KB271839

長虹貫日

장홍관일

월인 新무협 판타지 소설
FANTASTIC ORIENTAL HEROES

장홍관일 4

월인 新무협 판타지 소설

초판 1쇄 찍은 날 § 2010년 12월 30일
초판 1쇄 펴낸 날 § 2011년 1월 6일

지은이 § 월인
펴낸이 § 서경석

편집팀장 § 서지현
편집 § 박우진 · 어정원

펴낸곳 § 도서출판 청어람
등록번호 § 제1081-1-89호
등록일자 § 1999. 5. 31
어람번호 § 제2-2030호

주소 § 경기도 부천시 원미구 심곡2동 163-2 서경B/D 3F (우) 420-822
전화 § 032-656-4452 팩스 § 032-656-4453
http://www.chungeoram.com
E-mail § chungeoram@chungeoram.com

ⓒ 월인, 2010

ISBN 978-89-251-2401-8 04810
ISBN 978-89-251-2064-5 (세트)

4
정체(正體)

장홍관일

월인 新무협 판타지 소설
FANTASTIC ORIENTAL HEROES

長虹貫日

도서출판
청어람

目次

第三十六章

암중모색(暗中摸索)

장흥관일

　당년 마흔다섯 살의 무황성주 단목상군은 여러모로 완벽한 사람이었다.

　아니, 완벽하다기보다는 약점이 거의 없는 사람이었다.

　그는 우선 철혈의 성격을 지니고 태어났다.

　그의 나이 여섯 살 때 뒷산으로 놀러 갔다가 수직 동굴 속으로 떨어졌는데, 하필 그곳이 독사들의 집단 교미 장소였다.

　독사들이 우글거리는 동굴 속에 그 나이 또래의 아이가 떨어졌다면 정신을 차리지 못하고 비명을 지르거나 도망을 치기 위해 발버둥을 치다가 흥분한 독사들의 독니가 온몸에 틀어박혔을 것이다.

　그러나 단목상군은 수지 동굴로 굴리떨어지는 즉시 그 자리에 꼼짝도 않고 앉아 호흡조차 최소한으로 줄이며 돌이 되어 갔다. 밤이 되어 동네 사람들이 횃불을 들고 온 산을 누비며 단목상군을 고함쳐 불렀지만 그는 대답은 물론 눈도 깜박이지 않고 그렇게 앉아 있었다.

처음에는 대가리를 치켜들고 낯선 훼방꾼을 향해 쉭쉭거리 는 경고음을 내뿜던 뱀들도 서서히 돌이 되어가는 단목상군에 흥미를 잃거나 실제로 그를 돌로 착각하고 몸을 타고 넘어 기 어가는 놈들도 있었다.

그렇게 꼬박 이틀이 지나자 절륜한 정력을 지닌 뱀들도 볼 일을 다 보고 흩어졌다. 마지막 남은 한 마리의 뱀까지 나가자 단목상군은 미끄러지기를 거듭하며 수직 동굴을 기어 올라왔 다.

집으로 돌아온 단목상군은 그간의 일을 설명했다.

그 이야기를 들은 동네 사람들이 기절초풍할 듯 난리법석을 떨었지만 여섯 살의 단목상군은 대수롭지 않다는 듯 웃기만 했다.

그렇게 침착하고 냉철한 성격을 지닌 그의 명성은 전대 무 황성주의 귀에까지 들어가, 여덟 살이 되던 해 그는 전대 무황 성주의 다섯 번째 제자가 되었다.

무공에 입문한 그는 무황성주로부터 직접 가르침을 받으며 사흘 동안 물 한 모금 마시지 않고 운기조식에 매달린 때도 있 었다.

성격적으로도 그랬지만 그의 신체 역시 태양곤오신맥(太陽

昆侖神脈)을 타고나 보통 사람들보다는 훨씬 강인하고 오성이 뛰어났다.

심신 양면으로 그런 완벽함을 갖춘 사람이었기에 그는 스물이 조금 넘어 무황의 절기를 거의 이어받고 제자들 중 단연 돋보이는 위치에 서게 되었다.

절대로 그가 그렇게 행동을 해서 돋보이게 된 것이 아니었다.

단목상군은 자신이 지닌 능력의 삼 할 정도는 항상 감추었다. 그러나 날카로운 송곳은 아무리 가죽 주머니 속에 숨겨놓아도 그 끝이 주머니를 뚫고 나올 수밖에 없듯이 그의 존재감은 자연스럽게 밖으로 드러나게 되었다.

다른 제자들의 집중 공격은 필연적이었다.

전대 무황성주 초일부는 강자존의 철칙을 굳게 믿는 사람이었기에 제자들의 암투를 멀찌감치 지켜보기만 했다. 그러다 그 암투가 다른 사람들의 눈에 드러나거나 모두 느낄 정도로 너무 노골적일 때는 가차없이 응징을 가했다.

자연 그의 제자들은 남들이 보는 데서는 누구보다 우애 깊은 사형제들로 행동하면서 돌아서면 서로의 등에 비수를 찔러 넣을 만반의 준비를 하고 있는 자객들이나 마찬가지였다.

그런 살벌한 생존 경쟁에서 철혈의 성정을 갖춘 단목상군은 가장 두드러진 능력을 발휘하여 다른 모든 사형제들을 누르고 다음대의 무황성주가 되었다. 그리고 지금의 정파무림 제일성인 무황성을 구축한 것이다.

그런 그에게도 한 가지 약점은 있었는데 그건 바로 자신의 아들이었다.

아들이 부친과 달리 팔불출로 태어나서가 아니었다.

그의 아들 역시 그의 피를 그대로 이어받아 일찌감치 신룡의 자질을 내보이고 있었다.

약점이란 그가 아직 어리다는 것이다.

단목상군은 스물네 살에 당시 철봉황(鐵鳳凰)이란 별호를 얻은 조화민(趙花珉)과 결혼하였다.

하북제일의 검가인 조씨세가의 장녀로 태어나 그 나이 여인들 중에서는 검으로써 당할 사람이 없어 철봉황이란 별호를 얻은 조화민이었지만 첫아들을 낳는 재주는 없는 모양이었다.

그녀는 결혼 다음 해부터 후세를 보기 시작했는데 다섯 명을 연달아 딸을 낳았다.

조화민 외에 또 다른 부인이나 첩을 두지 않은 단목상군은 여섯 번째에 비로소 아들을 얻어 그가 이제 열 살이었다.

언젠가는 단목상군에 버금가는 신룡이 되겠지만 당장은 너무 어려 제자들의 상대가 안 된다는 점이 항상 마음에 걸렸다.

단지 지금 당장 아들이 제자들의 상대가 안 된다는 것이 마음에 걸리는 점이었다.

"운가장(雲家莊)에 도착했단 말이지?"

무황성주 단목상군은 혼잣소리처럼 말하며 창밖으로 시선을 고정시키고 있었다.

뒷짐을 진 채 창밖을 쳐다보는 그의 등은 태산처럼 굳건했고, 가만히 서 있기만 해도 숨이 막힐 듯한 기도가 느껴졌다.

"그렇습니다. 지금 그곳에서 몸을 추스르고 있다는 소식이 들어왔습니다."

무황성의 정보를 담당하는 신보전(新報殿)의 전주 노포량(盧捕粱)이 조심스럽게 답했다.

유생건을 쓴 그의 이마에는 어느새 식은땀이 번져 있었다.

"어리석은 놈!"

단목상군이 다시 혼잣소리처럼 말했다.

신보전주 노포량은 무슨 대꾸를 해야 할지 몰라 난감한 기분이 들었다.

지금 성주가 말한 어리석은 놈이 누구인지 짐작이 가지 않았기 때문이다.

둘째딸 단목진희를 가리키는 것 같기도 했고, 셋째 제자 위건화를 가리키는 것 같기도 했다.

무영에게 초주검이 된 단목진희는 겨우 살아남은 두 명의 호위 이지송과 임대봉을 대동한 채 호북성 운가장에서 몸을 추스르고 있었다.

운가장의 장주 운하진(雲河眞)은 무황성주 단목상군과 젊은 시절부터 호형호제하는 사이로 아직까지 두터운 친분을 유지하고 있기에 단목진희가 그곳으로 간 것은 지극히 자연스런 일이었다.

"흑룡단(黑龍團)을 보내는 것이 어떻겠습니까?"

침묵의 중압감을 이기지 못한 노포랑이 먼저 입을 열었다.

성주 직속 친위대인 흑룡단 인원을 차출하여 호위가 두 사람밖에 남지 않은, 그나마 임대봉은 외팔이가 된 상태인 단목진희를 호위하여 오는 것이 어떤가 하고 의견을 피력한 것이다.

"놔두게."

단목상군은 여전히 한참 뜸을 들인 후 답했다.

노포랑은 다시 침묵의 중압감에 시달릴 수밖에 없었다.

"그보다는……."

잠시 후 단목상군의 목소리가 다시 울렸다.

"그놈들은 어떻게 지내는가?"

"……?"

노포랑은 단목상군이 말한 그놈들이 누구인지 가늠하느라 여념이 없었다.

"큰놈은 계속 낚시만 하고 있는가?"

비로소 노포랑은 단목상군이 말한 그놈들이 성내에 있는 두 제자라는 것을 알 수 있었다.

"석 공자가 어제부터 처소에서 두문불출하고 있는 반면, 위 공자는 교룡각주와 두 번 회동을 하셨습니다."

"두 번이라……."

"……."

"지금 즉시 지시를 내리게, 차후 한 달 동안은 성의 여덟 개 각(閣) 내 어떤 인원도 차출할 수 없다고."

"그건……."

노포량은 당황한 눈으로 단목상군을 쳐다보았다.

성내 전투 부대 인원을 단 한 명도 차출할 수 없다는 말은 둘째 제자 사운혁이 위건화를 인질로 잡고 있는 그놈을 혼자 상대하게 하란 말이다.

물론, 암중인이라는 그놈이 위건화을 살리려면 사운혁 혼자 오라는 제의를 했다고는 하지만 절대로 혼자 보내서는 안 되는 일이었다.

셋째 제자 위건화를 그렇게 만든 자라면 둘째 제자도 역부족이 틀림없다.

그런 놈이 나타나 무황성의 자존심을 짓밟은 이상 소리 소문 없이 처단하는 것이 무황성의 방식이었다. 그리고 그 첨단에는 언제나 교룡각이 있었다.

'셋째 제자를 살리기 위함인가?'

단목상군의 표정에서 아무것도 읽지 못한 노포량은 혼란에 휩싸였다.

셋째 제자 위건화가 암중인이라는 놈의 손에 생포되었다는 보고를 들었을 때 노포량은 위건화의 운명은 그것으로 끝이라 생각했다.

성주 단목상군은 제자에 대한 애착이 자식 못지않게 강했지만 그 제자가 자신의 기대치에 미치지 못하는 순간, 그 애착을 칼로 두부를 자르듯 잘라 버렸었다.

열 명의 제자 중 어린 시절 그렇게 떨어져 나간 제자가 일곱 명이나 되었다.

남은 세 명만이 기대치를 충족시켜 지금까지 장성했다. 그러나 셋째 제자 위건화는 이번에 그의 기대를 왕창 무너뜨려 버린 셈이었다.

그렇게 생각했는데 성내의 인원 차출을 일체 금지시키며 암중인이라는 그놈이 제안한 대로 사운혁이 단신으로 그놈을 대면하게 하려는 것은 위건화를 살리기 위한 처사라고 생각할 수밖에 없다.

'하긴……'

셋째 제자 위건화가 그의 기대를 벗어난 것이 아니었다.

사천 천가보를 무너뜨린 일이나 조양방을 무너뜨리기 위한 준비 공작 역시 기대를 넘어섰다. 그럼에도 불구하고 이번 조양방 몰락 작전에 위건화가 실패한 것은 암중인이란 자가 뛰어났기 때문이다. 그래서 셋째 제자를 포기하지 않을 수도 있었다.

노포량의 상념이 거기까지 이어졌을 때 단목상군이 눈을 맞춰왔다.

단호하고 무거운 눈빛이었다. 그것은 지시대로 한 치의 어김없이 시행하라는 무언의 명령이었다.

"존명!"

노포량은 깊이 허리를 숙이고 실내를 빠져나갔다.

＊　　＊　　＊

"사술을 쓰는 놈이라고?"

밀랍을 칠한 듯한 얼굴의 인영이 호기심 가득한 음성으로 물었다.

창가에서 멀리 떨어진 벽 쪽의 으스름한 그림자 속으로 스며든 인영은 그 외양만으로는 노소의 구별은 물론, 남녀의 구별마저 어려워 보였다.

지하 동굴의 바람 소리처럼 흘러나오는 목소리 또한 높낮이가 없고 특징이 드러나지 않아 남자의 그것인지 여자의 그것인지 구별하기 힘들었다.

"그렇습니다. 이제껏 알려지지 않은 기이한 사술을 쓰는 것으로 밝혀졌습니다. 대개의 사술은 어둠을 그 힘의 원천으로 삼아 펼쳐지는 데 반해 놈들의 사술은 백주에 혈무를 피워 올린 후 그 속에서 펼쳐졌으며 강력한 힘을 발휘했다고 합니다."

흑색 야행복과 검은 복면을 한 사내가 빠른 어조로 보고했다.

보고하는 사내 역시 온몸에서 짙은 어둠의 냄새가 물씬 풍겨 나와 낮보다는 밤의 세계에 더 친근한 사람임을 느끼게 했다.

"현 무림에서 양광을 이길 정도의 사술을 쓰는 곳이 몇 개나 되지?"

밀랍 얼굴의 인영이 잠시 침묵을 지킨 후 복면사내에게 물었다. 그러나 복면사내는 대답을 않고 입을 다물고 있었다.

무황성의 외밀원(外密院) 원주가 모르는 사실이라면 복면사내 역시 알 수 없는 것이다. 반면 복면사내 자신이 아는 사실이라면 무황성 외밀원주는 한참 전에 이미 알고 있을 터였다.

무황성의 조직 체계는 삼원(三院), 사전(四殿), 팔각(八閣), 십이당(十二堂)으로 되어 있다.

삼원은 원로원(元老院), 내밀원(內密院), 외밀원(外密院)이 있고, 사전은 집법전(執法殿), 신보전(新報殿), 약왕전(藥王殿), 풍재전(豊財殿)이 있다.

팔각은 건곤각(乾坤閣)을 비롯한 여덟 개의 전투조직으로 편성되었는데, 조양방 궤멸 작전에 투입되었던 교룡각은 팔각 소속이었다. 십이당은 무기와 서적 등 무황성에 필요한 모든 물자를 담당하는 조직이었다.

그리고 위의 각 조직들 아래로 여러 개의 단(團)이나 대(隊)가 따로 조직되어 있었다.

그런 여러 조직 중에서 내밀원과 외밀원은 가장 은밀하고 비밀스런 조직으로 그 인원의 구성은 무황성 내에서도 성주만이 알고 있었다.

사전 중 신보전이 무황성 대내의 공식적인 정보를 통괄한다면 내밀원과 외밀원은 무황성 내외의 비밀스런 임무와 정보를 통괄하고 있었다.

특히 외밀원은 성주의 가족들마저도 그 정체를 알 수 없는 조직으로 오로지 성주만의 밀명을 받아 무림 전역에서 보이지 않는 활동을 한다. 최근 들어 성주의 특명으로 조직을 두 배로

강화시킨 외밀원은 무황성 내에서 가장 영향력있는 조직으로
부상했다.

신분은 전혀 알려지지 않았지만 그들 개개인은 은신과 추
적, 정보 수집과 분석에 타의 추종을 불허하는 고수들이었다.

외밀원주 요화극(嶢和克)은 그런 능력들에 더해 절정의 역
용술까지 익히고 있어 현재 분을 칠한 듯한 그의 얼굴은 가짜
일 가능성이 높았다.

"그 정도의 사술을 펼칠 수 있는 곳이라면……."

사내의 대답이 없자 외밀원주 요화극은 미간을 좁혔다.

그것은 기억의 밑바닥에 가라앉아 있는 생각들을 끄집어낼
때 나타나는 그의 오래된 버릇이었다.

"우선 모산파(茅山派)를 들 수 있겠군. 그들이라면 그만한
술법을 펼칠 수 있을 것이야. 그리고 다음으로는 운남의 귀수
막(鬼樹幕)이 모산파에 필적하지. 그다음으로는 사천의 혈매
궁(血魅宮)이 유력한데… 그곳은 여인들만 있는 곳이니 제외시
켜야겠지. 그다음으로는 안휘의 하토궁(遐土宮)과 청해의 유
령곡(幽靈谷)이 있지. 그리고……."

무황성 외밀원주 요화극은 그 직책답게 서책을 들추고 읽어
내듯 사술을 쓰는 문파의 이름들을 토해내고 있었다.

복면사내는 자신의 상식 밖의 사실들을 들으며 묘한 눈빛을
반짝였다.

"그중 어느 곳이 가장 유력할 것 같은가?"

요화극이 불쑥 질문을 던졌다.

　복면사내는 묘하게 빛났던 안광을 갈무리한 후 눈동자를 굴렸다.

　"아무래도 모산파 쪽이 가장 가까운 것 같습니다. 그들은 오래전부터 어둠을 극복할 만한 술법을 정진해 왔으니까요."

　복면사내는 가장 보편적인 사실에 근거하여 판단을 내렸다.

　"모산파라……."

　복면사내의 대답을 들은 요화극은 혼잣소리처럼 중얼거렸다. 그 중얼거림에 복면사내는 보일 듯 말 듯 어깨를 움츠렸다.

　요화극의 그런 독백은 상대의 의견에 대한 반대의 뜻을 피력하기 전에 표출하는 전조였기 때문이다.

　"그들은 아닌 것 같네. 그들은 오랫동안 활동을 중단했네. 그리고 피를 뱉어내어 혈무를 피워 올리는 술법은 아직 펼친 적이 없네. 그래서 아직까지 그들은 사파로 취급되지 않고 있지."

　요화극은 가볍게 고개를 저으며 말했다.

　"오랜 기간 동안 활동을 않고 있으니 그간 변했을 수도 있지 않을까요?"

　복면사내는 조심스럽게 요화극을 쳐다보았다.

　"그들이 활동을 중단했다고 해서 우리의 관점에서까지 그런 것은 아니네."

　요화극의 대답에 복면사내는 입을 다물었다.

　모든 무림 문파에게는 활동을 중단한 모산파로 알려져 있다

할지라도 무황성 외밀원은 그들의 중단된 동태까지도 파악하
고 있다는 말이다. 그렇다면 모산파는 대상에서 제외시켜야
했다.

"하토궁이라면……?"

"그들 역시 아닐세."

요화극은 복면인의 말꼬리를 매정하게 잘랐다.

"저로서는 이젠 청해성 유령곡밖에 생각할 수가 없군요."

복면사내는 거리상으로는 가장 먼 곳인 유령곡을 대상에 올
렸다.

오랫동안 활동을 중단한 모산파의 동태까지도 파악하고 있
는 외밀원이라면 다른 곳은 더 말할 것도 없다는 뜻이다. 유일
하게 청해성 유령곡이라면 너무 먼 곳인데다가 워낙 은밀한
곳이어서 외밀원의 촉수를 벗어날 수도 있었다.

"그곳 역시 아닐 걸세. 삼 년 전 유령곡주 두소용(斗召傭)이
죽은 후 그 절기가 제대로 이어지지 않았네. 그래서 지금은 예
전의 성세를 이어가지 못하고 있어. 설사 두소용이 살아 있다
고 해도 무황성을 상대로, 무황성주의 셋째 제자를 상대로 그
런 건방진 일을 벌일 수는 없지."

요화극은 단정하듯 강한 어조로 말했다. 그렇게 단정적인
어조로 말하자 목소리가 고음으로 갈라지며 여인의 특성이 언
뜻 내비쳐졌다.

"그렇다면 원주님께서는 어느 곳을 염두에 두고 계신지요?"

복면사내는 더 이상 자신이 외시 피력을 포기한 채 요화극

의 얼굴만 쳐다보았다.

밀랍을 칠한 듯한 요화극의 얼굴에 처음으로 표정 같은 것이 어렸지만 금세 사라져 버려 대단한 기억력의 소유자인 한림원의 학사라 할지라도 반추하기 힘들 정도였다. 그러나 오랜 세월 동안 요화극과 함께한 복면인은 그 표정을 뇌리에 잡아챌 수 있었다.

그것은 잔인한 승부욕 같은 것이었다.

상대가 강할수록 더욱 잔인하게 짓밟으며 희열을 느끼는, 그런 종류의 승부욕이었다.

"그자들의 정체를 쉽게 짐작할 수가 없기에 더욱 감흥이 솟구치는군. 미지의 지식을 습득하는 것은 언제나 감동적이지."

요화극은 여전히 높낮이가 없는 음성으로 중얼거렸다. 그러나 그의 눈은 사냥꾼의 그것처럼 일렁거렸다. 저런 눈빛을 보인 후에는 무슨 수를 써서라도 목적한 바를 이루고 만다.

그것이 외밀원주 요화극의 가장 큰 특징이자 성격상의 장점이었다.

"사운혁 공자의 근황은?"

잠시 말을 멈추었다가 요화극은 차가운 목소리로 물었다.

"떠날 채비를 하는 것 같습니다."

"혼자서 말인가?"

"그렇습니다. 그래야 위건화 공자를 구할 수 있지 않겠습니까?"

"그렇지. 표면적으로는 그렇게 움직여야겠지. 하지만 물밑에서도 그렇게 움직일까?"

요화극의 입꼬리가 보일 듯 말 듯 비틀렸다.

"어쨌든 그건 우리가 알 바가 아니지. 우리는 놈들의 정체만 알아내면 되는 것이다. 자네는 지금 즉시 만서당(萬書堂)으로 가서 술법이나 환술을 쓰는 문파에 관련된 모든 자료를 챙겨 오게. 최근 것은 물론이고 그 이전의 것도 모두 포함시키게."

"존명!"

복면사내가 고개를 깊이 숙인 후 공간 속으로 스며들 듯 그 자리에서 사라졌다.

"하운(夏雲)!"

복면사내가 나간 후 요화극은 또 하나의 이름을 불렀다.

방문이 열리며 청의 경장 차림의 사내 하나가 들어왔다.

"그놈이 조양방을 나온 후의 정보는?"

요화극의 표정이 차가워졌다. 자신이 원하는 것보다 소식이 늦어졌기 때문이다.

"교활한 놈입니다."

청의사내는 짤막하게 답했다. 그러고는 입맛을 한 번 다셨다.

"아직 못 알아냈다는 말이군."

요화극이 의외라는 표정을 지었다.

청의사내가 알아내겠다고 마음만 먹는다면 며칠 전에 입은 황후의 속옷 색깔이라도 알아낼 것이다. 그런데 교활한 놈이라는 말로 대답을 대신한 것은 극히 이례적이었다.

"일차 작전은 실패했습니다. 히지만……"

“하지만?”

“조만간 알 수 있을 것입니다.”

“얼마나 걸리겠는가?”

“닷새만 더 기다려 주십시오!”

“닷새라…….”

요화극은 청의사내의 말을 되뇌었다. 그 닷새란 시간도 그에게는 이례적이라 할 수 있었다.

“초반에 투입한 정보원들의 행적이 묘연합니다. 그래서 두 배의 인원을 새로 투입했습니다.”

중년인의 목소리에 처음으로 감정이 실렸다. 그것은 진득한 노기였다. 또한 은은한 놀라움이기도 했다.

“믿을 수가 없군!”

요화극은 고개를 저었다.

외밀원 소속의 그림자들!

그들이라면 지나가는 바람조차 추적하여 가둘 능력이 있는 부하들이다. 그런데 그들의 종적이 사라져 버렸다.

그것은 암중인이라는 그놈의 소행이 분명했다. 그놈이 접근하는 부하들을 사라지게 만든 것이다.

믿어지지 않았다. 그러면서도 멍청하게 사라져 간 부하들에 대한 분노가 치밀었다. 마음 같아서는 외밀원 전 인원과 여덟 개의 각 인원 중 수백 명을 차출하여 놈을 추살하고 싶었다.

그러나 지금은 때가 아니었다.

나름대로 그놈이 설쳐 주고 세상의 이목이 그쪽으로 쏠리는 것이 대업을 위해서 훨씬 나은 것이다.

그런 면에서 성주 단목상군의 생각과 일맥상통하는 바가 있었기에 은밀히 뒤만 캐려 하는데 그것이 신통치 않아 화가 솟구치는 것이다.

"놔두면 감당키 힘든 이무기가 될 놈 같군."

중년인의 표정을 살핀 요화극이 넌지시 말했다.

"예상을 뛰어넘는 놈인 것은 확실합니다. 하지만 무황성에 도전한 이상 결과는 정해진 일입니다."

"그런가?"

"그렇습니다."

"그럼 닷새 후에는 필히 놈의 종적을 가져오게. 더 이상의 실수는 용납하지 않겠다."

"복명!"

청의사내는 깊숙이 고개를 숙인 후 방문을 열고 나갔다.

"생각지도 않은 미꾸라지 한 마리가 흙탕물을 일으키고 있군."

요화극은 짜증스러운 표정을 지으며 중얼거렸다.

갑작스럽게 불거져 나온 조양방의 사건 때문에 그간 자신이 꾸미던 일을 제쳐 두고 며칠 동안 그 일에만 매달리고 있다.

그것은 무척이나 피곤하고 마음을 급하게 만드는 일이었다.

지금은 그 어느 순간보다 대업을 위해 전심전력을 쏟아야 하는 때이다. 그런데 자꾸만 다른 곳에 신경을 쓰다 보니 대업을 위한 계획에 빈틈이 생기는 것이다.

"일단은 기다리는 수밖에."

요화극은 한숨을 내쉰 후 주담자에서 차를 한 잔 따라 입으로 가져갔다. 이젠 다시 대업을 위해 매진할 시간이었다.

찻잔을 반쯤 비운 요화극은 탁자 아래에 있는 줄을 잡아당겼다.

잠시 후 밖에서 인기척이 들렸다.

"들어오게."

문이 천천히 열리며 한 인영이 실내로 들어왔다.

평범한 백의를 입은 중년인이었다.

얼굴 역시 저잣거리 어디에서나 볼 수 있는 평범한 용모였다. 그래서 길거리에서 우연히 마주친 후 조금만 지나면 그 얼굴이 기억나지 않을 그런 인상이었다. 그리고 그 인상에서는 무공을 익힌 것 같은 흔적은 조금도 찾아볼 수 없었다.

처음부터 무공을 익히지 않은 사람이거나, 아니면 절정의 수준을 뛰어넘어 그 기도를 철저히 안으로 감춘 것이 틀림없었다.

"어찌 되어가고 있는가?"

요화극이 기대감 어린 눈으로 중년인을 쳐다보며 물었다.

"조만간 구대문파에 대한 작업이 끝날 것입니다."

중년인은 지극히 평범한 음성으로 답했다.

"소림은 힘들다고 알고 있었는데 기대 이상이군."

요화극의 눈빛이 조금 강렬해졌다.

"돈은 귀신도 부린다는 말이 맞더군요. 부처보다는 돈을 더 우선시하는 중들이 몇 명 있었습니다."

"그런가?"

요화극은 무덤덤함 표정으로 화답한 후 다시 입을 열었다.

"세상이 많이 타락했구만. 중들까지 그 지경이라니. 쯧쯧!"

"세상은 원래 타락한 곳이지요. 단지 그것을 감추고 있을 뿐, 그 본질을 파악하고 접근하면 일이 아주 쉽게 풀린다는 것을 재차 깨달았습니다."

중년인의 얼굴에 희미한 조소가 떠올랐다.

"요즘 들어 자네 손에 걸리고도 타락하지 않을 사람이 있을지 의문이 생기는 바일세."

요화극은 고개를 저었다.

"구대문파에 대한 작업이 끝나가니 다음으로는 무림세가에 대해 작업을 시작해야 할 때로군. 무림세가는 구대문파보다 오히려 어려울 것일세. 심산유곡에서 도를 닦는 순진한 구대문파에 비해 그들은 닳고 닳은 이무기들이니까 말일세. 이해관계에 따라 온갖 수작을 벌이는 자들이 그들일세."

요화극은 중년인을 정시하며 말했다.

"잘 알고 있습니다. 그래서 구대문파에 비해 훨씬 더 오랜 시간 준비 작업을 해왔지요. 다행히 그들은 구대문파에 비해 훨씬 더 욕심이 많지요. 그건 그만큼 더 큰 약점을 가지고 있다는 말입니다. 그 약점을 적절히 공략하면 더 쉬울 수도 있습니다."

중년인이 좀 더 진한 조소를 피워 올렸다.

"욕심이라면 우리 무황성이 제일 많지 않은가?"

요화극이 의미심장한 표정과 함께 물었다.

"야망과 욕심은 차이가 있지요. 수만의 군사를 죽인 장수는 살인자가 아니듯이 야망은 욕심이 아니라 대업의 초석이지요."

"후후! 자네 입담에는 도저히 당할 수가 없군. 욕심과 야망의 차이라……."

요화극은 처음으로 미소다운 미소를 피워 올렸다.

그를 쳐다보며 중년인도 미소를 지었다.

"그런데……."

요화극이 다시 입을 열었다. 언제 그랬냐는 듯 미소를 지운 요화극의 얼굴에는 석상같이 무겁고 차가운 기운이 자리했다.

"그런데 지난번에 말했던 화산파의 움직임은?"

요화극은 다시 질문을 던졌다.

"화산의 청우자(靑雨子)가 무언가 낌새를 챈 것 같습니다. 그는 아주 집요하고 치밀합니다. 자신을 드러내지 않고 개방을 내세워 은밀하게 우리의 뒷조사를 해왔습니다. 지금쯤 무슨 흔적을 찾았을지도 모릅니다."

복면사내는 짜증이 묻어나는 음성으로 대답했다.

"구대문파의 명성이 무공만으로 얻어진 것은 아니지. 그만한 정보력과 치밀한 구석이 있어야 가능하지. 솔직히 그들을 조금 얕보았던 것이 화근이야. 그래서 그들이 뚫고 들어올 구멍이 생긴 것이야."

요화극은 손마디를 한 번 으드득 꺾은 후 번쩍하고 안광을 빛냈다.

"하지만 더는 좌시할 수 없다. 그들이 아무리 화산파라 할지라도 더 이상 접근하는 것은 용납할 수 없는 일이다."

요화극의 목소리가 칼로 두부를 자른 듯 단호하게 흘러나왔
다.

"그럼?"

"삭초제근(朔草除根)해야겠지."

요화극은 손가락 하나로 복면사내를가리키며 말했다. 그것
은 무언가 큰 결정을 내릴 때마다 행하는 그의 버릇이었다. 그
리고 그 결정이 이루어짐과 동시에 많은 사람들이 죽어나갔기
에 그의 손가락을 사망지(死亡指)라고도 불렀다.

"이번 일에 관련된 다른 사람은 없나?"

"화산의 청우자와 개방의 추풍신개(追風神丐) 외에는 없는
것 같습니다. 아직 확실한 것이 아니기에 그들도 신중을 요하
느라 자신들만 알고 일을 추진하는 것으로 보입니다. 하지만
이번 화씨세가(華氏世家)의 잔치에 그가 참석한 것을 보면 다
른 문파의 명숙들과 의논을 하지 않을까 생각됩니다."

복면사내가 안광을 빛내며 말했다.

"다행이군. 더 많은 사람들이 알기 전에 두 사람을 소리없이
제거하게."

요화극은 다시 그의 사망지를 앞으로 내밀며 지시를 내렸다.

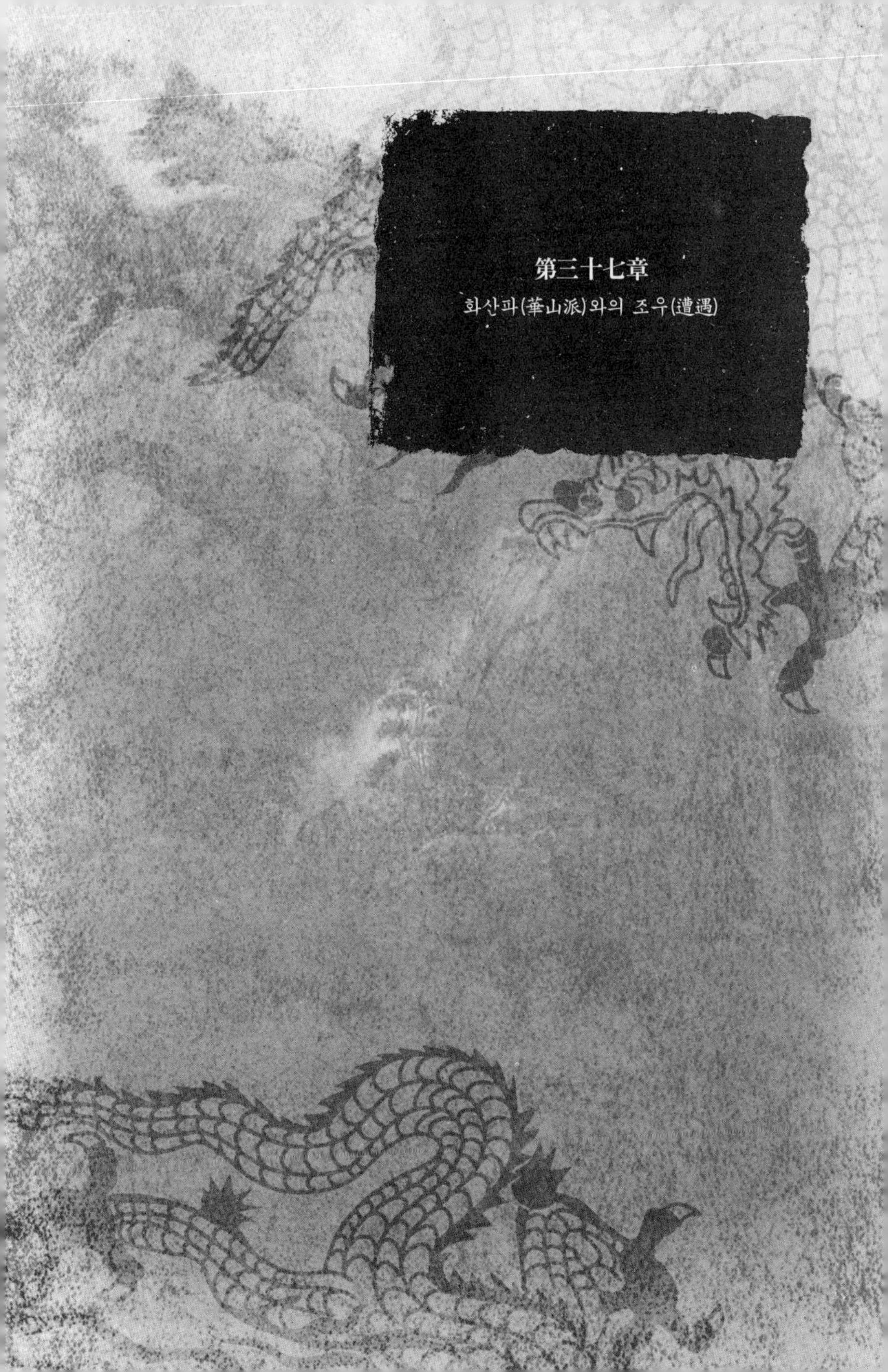

第三十七章

화산파(華山派)와의 조우(遭遇)

장흥관일

"기분 나쁜 인간들이야!"

청의 경장을 날렵하게 차려입은 소녀가 눈 사이를 약간 좁히며 말했다.

손잡이에 오색 수실이 달린 검을 허리에 찬 것으로 보아 무림 문파의 여인이 분명해 보였다.

"뭔데 그래?"

맞은편에 앉은 또 다른 여인이 고개를 옆쪽으로 돌리며 말을 받았다.

청의소녀보다 몇 살 더 들어 보이는 그녀 역시 남색 무복에 허리에 검을 차고 있었다. 그 맞은편 여인과 같은 문파의 제자 같았다.

"저쪽 구석에 있는 저 사람들 말이에요."

청의소녀가 눈짓으로 한 방향을 가리켰다. 그곳은 넓은 주루의 구석 쪽이었는데, 창문이 없어서 약간은 어두침침해 보이기까지 했다. 그래서 다들 그곳을 피해 자리를 잡았다. 그런데 유독 다섯 명의 사내가 그곳에 자리를 잡은 채 찻잔을 기울이며 이따금씩 자신들을 힐끔거리고 있었다.

한눈에도 그들은 인근의 한량들이 분명해 보였다.

창가의 밝은 자리를 놔두고 굳이 어두침침한 구석자리를 차지한 것만 보아도 충분히 짐작이 갔다.

그들은 차를 마시면서도 쉴 새 없이 주루 곳곳을 살피며 먹잇감이 발견되면 금방이라도 달려나갈 것 같았다.

"사매 말대로 정말 기분 나쁜 인간들이군."

남색 무복의 여인과 비슷한 나이로 보이는 청년이 슬쩍 입맛을 다시며 거들었다.

이마에 영웅건을 쓰고 역시 허리에 검을 차고 있는 청년이었다.

"그렇죠, 사형? 얼굴에 '우리는 인근의 불량배'라고 적혀 있죠?"

청의소녀가 눈을 반짝이며 동의를 구했다.

그녀의 눈에는 구석의 다섯 사내가 무슨 짓이라도 벌이면 득달같이 나서서 그들을 상대하고 말겠다는 생각이 엿보였다.

"사숙께서 자리를 비운 사이 절대로 경거망동하지 말라고 했으니 쓸데없는 신경 쓰지 말고 차나 마셔."

남색 무복의 여인이 약간은 엄한 눈으로 청의소녀를 쳐다보며 말했다.

"피, 사저는 만날 나만 보고 그래요."

청의소녀가 샐쭉하게 토라지며 찻잔을 들어 홀짝거렸다. 그 모습이 앙증맞고 귀여워 영웅건을 쓴 청년이 빙그레 미소를 지었다.

"사형은 또 왜 그렇게 웃는 거예요?"

그 모습에 청의소녀가 날카롭게 소리치자 청년이 찔끔 미소를 지우고 얼른 남색 무복의 여인에게 고개를 돌렸다.

"그런데 사저, 궁금한 것이 하나 있습니다."

비슷해 보이는 나이였지만 남색 무복의 여인은 청년의 사저인 모양이었다. 그것으로 보아 청년이 나이보다 더 의젓해 보이든지 아니면 남색 무복의 여인이 나이보다 더 어리게 보이든지 둘 중 하나인 것 같았다.

"뭔데 그래?"

남색 무복의 여인이 눈을 약간 들어 올리며 청년을 쳐다보았다.

깊은 눈동자에는 차분하고 현숙한 기운과 함께 지혜로운 빛이 영롱하게 흘러나와 청년은 잠시 말을 잇지 못했다.

"뭐가 궁금하냐니깐?"

남색 무복의 여인이 다시 물었다.

자신도 모르게 얼굴을 붉힌 청년은 얼른 입을 열었다.

"사숙의 요 며칠 행적이 좀 이상합니다."

　　청년은 궁금증이 가득한 눈으로 남색 무복의 여인을 정시했다. 청년의 지적에 청의소녀도 그렇다는 듯 얼른 고개를 돌렸다.

　　"저도 그렇게 느꼈어요. 이번 행차는 화씨세가의 잔치에 화산을 대표하여 축하객으로 참석하는 것이 아닙니까? 그렇다면 아무 부담 없이 즐겁고 편한 여행인데 사숙께서는 산문을 나서면서부터 표정이 어둡고 무언가 걱정거리가 있는 것 같았어요. 그때는 별생각없이 받아들였는데… 요 며칠은 더 초조하고 불안해하시는 것 같았어요. 그리고 오늘 아침부터는 우리끼리만 이곳에 남겨두고 아예 혼자서 출타하시기까지……."

　　"그걸 느꼈다니 사매도 어린애가 아니네."

　　남색 무복의 여인이 미소를 지으며 말했다.

　　"어머머, 사저! 어린애라니요. 제 나이가 몇 살인데 그러세요."

　　청의소녀가 쌍심지를 돋우며 목소리를 높였다. 그 목소리가 제법 커서 옆자리의 손님들이 고개를 돌렸다. 그들은 선남선녀들인 이들 일행에게 내내 관심이 있었지만 노골적으로 쳐다볼 수 없어 힐끔거리기만 하고 있다가 청의소녀의 고함 소리에 기회다 싶어 고개를 돌리고 쳐다본 것이다.

　　"조신하지 못하고……."

　　남색 무복의 여인이 다시 엄한 눈을 하자 청의소녀가 자라목을 하며 입을 다물었다. 그러나 어린애 소리가 억울한지 볼이 부어올랐다.

남색 무복의 여인이 잠시 뜸을 들인 후 입술을 움직였다.

"어떤 연유인지는 나도 모르겠지만 사숙의 행적이 석연찮은 것은 사실이야. 그리고 이번 행차에 무언가 다른 목적이 있는 것도 같고…… 이곳으로 오는 동안 사숙의 모습으로 보아 화씨세가의 잔치에 참석하는 것은 부차적인 일 같다는 생각이 들었어."

"그럼 주된 목적은 무엇이란 말입니까?"

청년이 물었다.

"모르긴 해도 사숙께선 누군가 다른 사람을 만나기 위해 이곳으로 왔다는 생각이 들어. 애초에 사부님께서 참석하기로 되어 있는 자리였는데 사숙께서 대신한 것도 그렇고… 또 사숙께선 어제 내내 초조한 모습으로 누군가를 기다리는 기색이었어."

남색 무복의 여인은 어느 정도 확신에 찬 음성으로 말을 맺었다. 그런 그녀의 얼굴에 한줄기 근심의 기운이 어려 있었다.

처음에는 별일 아니라 생각했는데 어제와 오늘 보여준 사숙의 행동에는 심각한 구석이 있었기 때문이다.

"대체 무슨 일이기에 침착하기 그지없던 사숙께서 그렇게 초조해하신단 말입니까?"

청년이 쉽게 짐작이 가지 않는다는 눈빛으로 물었다.

"그건 모르겠어. 하지만 목적지가 가까워졌으니 곧 알게 되겠지. 그보다……."

남색 무복의 여인이 무언가 다른 말을 이으려다 입을 다물고 한곳을 잠시 응시했다.

청년과 청의소녀도 남색 무복 여인의 시선을 따라 고개를 돌렸다.

남색 무복 여인의 시선이 향하는 곳에 한 청년이 있었다.

평범한 차림에 평범한 얼굴이어서 절대로 여인의 시선을 끌 만한 점이 없었다. 예상대로 여인의 관심은 청년이 아니라 청년의 등에 매달린 술병에 있었다.

청년은 두주불사의 술꾼이라도 되는지 열 개의 호리병을 등에 메고 셈을 치르고 있었다. 열 개나 되는 호리병이다 보니 무게도 만만치 않아 청년의 등이 다 휠 정도였다.

"푸훗!"

호리병을 등에 짊어지고 끙끙거리는 청년을 본 청의소녀가 실소를 터뜨렸다.

그렇게 술이 마시고 싶으면 주루로 와서 마시면 될 터인데 저 고생을 하며 굳이 열 병이나 되는 술을 사 가는 것이 웃음을 참지 못하게 한 것이다.

청의소녀뿐만 아니라 다른 사람들도 그런 심정이었던지 피식거리는 웃음과 함께 호기심 어린 눈으로 청년을 쳐다보았다.

남들의 시선을 의식한 듯 청년은 얼른 셈을 치르고는 문 쪽으로 걸음을 옮겼다.

그때였다.

청년의 발 앞으로 의자가 하나 쾌속하게 미끄러지며 청년의 발목에 부딪쳐 왔다.

청년은 신속히 발을 들어 올렸지만 그로 인해 중심을 잃고 휘청거렸다. 그러자 등 뒤에서 출렁거린 호리병들이 앞으로 쏠렸고, 청년은 결국 바닥으로 나뒹굴고 말았다.

쨍그랑!

열 개의 술 병 중 태반이 깨어지며 술이 바닥으로 쏟아졌다. 그리고 온전한 술병들에서도 술이 흘러나왔다.

"와하하!"

구석자리에서 음침한 표정으로 앉아 있던 사내들이 배를 잡고 웃었다.

청의소녀가 기분 나쁜 인간들이라고 한 그들이었다.

청년의 발 앞으로 갑자기 튕겨 나간 의자는 그들이 걷어찬 것이 분명했다.

"아이고, 내 술!"

청년이 허겁지겁 몸을 일으키며 남은 술병을 들어 올렸다.

열 병 중 네 병이 깨어지지 않고 온전했지만 그 안에 든 술은 쏟아져 모두 반도 남아 있지 않았다.

"이 비싼 술을……."

청년은 신음 같은 탄식을 흘린 후 의자가 미끄러져 온 쪽을 노려보았다.

구석자리에 앉은 청년들은 겨우 웃음을 멈추었다가 온몸에 술을 뒤집어쓴 청년의 몰골을 보고 다시 배를 잡고 웃었다.

얼굴을 붉히던 청년이 구석자리의 청년들에게로 다가갔다.

"이게 무슨 짓이오!"

청년이 콧김을 내뿜으며 목소리를 높였다.

술을 사러 온 청년의 고함에 구석자리에 앉은 청년들이 겨우 웃음을 멈추고는 상체를 내밀었다.

어둠 속에서 상체를 내밀자 화려한 복색이 드러났다. 아마도 인근 부유층의 자제들인 듯했다.

"내 입 가지고 웃지도 못하나?"

화려한 백의를 입은 청년이 노려보면 어쩔 거냐는 표정과 함께 대꾸했다.

"웃는 거야 당신들 자유지만 왜 멀쩡한 의자를 차서 내 발을 걸어 넘어뜨리게 했느냔 말이오? 그 때문에 술을 다 쏟았으니 여아홍 열 병 값은 당신들이 물어내시오!"

청년이 발갛게 달아오른 얼굴로 씩씩거렸다.

"여아홍이라……. 생긴 것과 다르게 술은 고급으로 마시는 군. 아까워서 어쩌나."

옆에 있던 청의청년이 비웃음 가득한 얼굴로 빈정거렸다.

"다른 소리는 필요없으니 어서 술값이나 물어내시오!"

청년의 목소리가 더욱 높아졌다. 그렇게 되자 주루의 모든 사람들이 흥미진진한 표정으로 술을 사러 온 청년과 인근 부유층 자제로 보이는 청년들 쪽으로 시선을 모았다.

"그 의자를 우리가 네놈에게 차 보냈다는 증거라도 있느냐?"

백의를 입고 머리에 영웅건을 맨 청년이 느물거리는 표정으로 말했다.

"의자는 이곳에서 날아왔소. 그래서 이 자리의 의자는 비어 있지 않소?"

청년이 빈자리 한곳을 가리키며 말했다.

"이 자리의 의자는 원래부터 비어 있었다. 네놈이 걸려 나자빠진 그 의자가 이곳에 있던 의자라고 뭘로 증명하겠느냐? 번호가 새겨져 있는 것도 아닌데……."

"그… 그건……."

술을 사러 온 청년은 말문이 막히는지 반박을 하지 못하고 잠시 더듬거렸다.

그러나 잠시 후 청년은 다시 입을 열었다.

"여기 있는 사람들 모두가 증인이오! 나도 보았고 여기 있는 사람들도 다 보았소!"

청년이 사방을 둘러보며 목소리를 높였다.

독기가 강한 청년이었다. 한눈에 보아도 부잣집 아들들이 분명해 보이는 청년들 앞이면 주눅이 들 만도 한데 청년은 시간이 갈수록 오히려 핏대를 세우고 있었다.

"여러분도 이 사람들이 내게로 의자를 차 보내는 것을 똑똑히 보았지 않소?"

청년이 다시 목소리를 높이며 주루에 앉은 사람들을 둘러보았다.

그제야 청년에게로 시선을 모았던 대부분의 사람들이 찔끔거리며 고개를 돌리거나 다른 곳으로 시선을 두며 시치미를 떼었다.

멀리서 시비를 구경하는 것은 흥미롭기 짝이 없는 일이지만 그 시비에 휩싸이는 것은 절대로 바라는 바가 아니었다.

"아무도 못 본 것 같은데?"

황의를 입은 청년도 느물거리며 비웃음을 흘렸다.

청년이 잠시 경멸의 기운이 감도는 눈으로 주변의 사람들을 둘러보았다.

여전히 나서는 사람은 없었다. 모두들 괜히 나서서 행세깨나 할 듯한 청년들과 시비를 붙고 싶지는 않은 기색이 역력했다.

잠시 기막힌 표정을 짓던 청년이 무언가 말을 하려 입을 열려는 순간 남색 무복을 입은 여인이 손을 들어 올렸다.

"내가 보았어요. 저 공자님이 의자를 차서 당신 발목에 부딪치게 했어요."

남색 무복의 여인은 들어 올렸던 손으로 백의를 입은 청년을 가리켰다.

여인의 지적을 받은 청년의 얼굴이 대번에 흑색으로 변했다. 그러고는 벌떡 신형을 일으켰다.

"소저는 대체 나하고 무슨 억하심정이 있다고 그런 얼토당토않은 누명을 씌우는 것이오? 대체 정체가 뭐요?"

백의청년이 여차하면 싸움이라도 벌이겠다는 듯 손을 옆구리 쪽으로 가져갔다. 그의 옆구리에는 화려한 수실로 장식된 검이 매달려 있었다.

"그만한 일에 정체 운운할 것까진 없을 것 같군요. 공자님께서 정인군자라면 깨끗이 자기 잘못을 인정하시고 저분 공자님께 술값을 물어드리는 것이 옳지 않을까요?"

여인이 정인군자라는 단어에 힘주어 말하자 청년이 잠시 움찔하는 기색을 보였다.

빼어난 미모의 여인 앞에서 스스로 정인군자의 자격을 포기하는 것이 꺼려진 모양이었다.

"소저는 자신이 한 말에 책임을 질 수 있소?"

옆에 있던 황의청년이 얼른 거들었다.

"물론이에요. 우리 화산문도는 책임질 수 없는 말은 입 밖으로 내뱉지 않아요."

일이 필요 이상으로 꼬여간다고 생각했는지 옆자리에 있던 청의소녀가 얼른 나서며 자신의 문파를 밝혔다.

구파일방의 한 축을 담당하는 거대 문파 화산!

그 이름 앞에 막무가내로 행동할 수 있는 사람은 극히 드물었다. 청의소녀는 그것을 노리고 얼른 자신의 문파를 밝힌 것이다.

화산파라는 말을 듣자마자 주루 이곳저곳에서 탄성이 터져 나왔다. 그리고 청년들의 기세가 눈에 띄게 수그러들었다.

동시에 그들은 자신들끼리 눈짓을 주고받으며 무언가 수군거렸다.

잠시 후 황의청년이 입을 열었다.

"대화산파의 여협께서 그리 우기시니 할 말이 없구려. 억울

하지만 없는 사람 돕는 셈 치고 술값은 물어드리겠소. 얼마
냐?"

꼬리를 내린 황의청년이 술을 사러 온 청년을 쳐다보며 전
낭을 꺼냈다.

"은자 열 냥이오!"

청년이 잠시 화산파 여인을 쳐다보다가 안도의 한숨을 내쉬
고는 여아홍 열 병 값을 말했다.

황의청년이 전낭에서 은자 열 냥을 꺼내 거지에게 적선하듯
청년에게 던졌다.

청년이 손을 뻗어 날아오는 은자를 잡으려는 순간 어디선가
휘익! 하고 바람이 쏘아져 나와 열 개의 은자를 황의청년의 전
낭 속으로 되날려 보냈다.

그것은 무림고수가 펼치는 지풍이었다.

"엇!"

외마디 비명들이 이곳저곳에서 흘러나왔다.

지풍으로 허공을 날아오는 은자 열 개를 동시에 맞추는 것
도 보통 솜씨가 아닌데 그것을 좁은 전낭에 집어넣는 것은 상
상을 초월하는 수법이었다.

청년들은 물론 주루의 모든 시선이 지풍이 날아온 곳으로
쏘아졌다.

언제 나타났는지 주루 입구에 한 명의 인영이 서 있었다.

훤칠한 키에 짙은 흑의를 걸친 인영은 군살 하나 없는 몸매
를 하고 있었다.

몸매로 보아서는 건장한 청년으로 짐작되었지만 온 얼굴을 뒤덮은 짙은 구레나룻 때문에 정확한 나이는 알 수가 없었다.

'언제 저곳에 나타났지?'

남색 무복의 여인은 뚫어져라 구레나룻 인영을 쳐다보았다.

인영은 마치 처음부터 그곳에 있었던 것처럼 여유있게 서 있었다. 하지만 분명히 처음부터 그 자리에 있었던 것은 아니다. 그렇다면 소란 중에 주루 안으로 들어왔다는 말인데 전혀 눈치를 채지 못한 것이다.

아무리 딴 곳으로 신경이 분산되어 있다고 하지만 그건 말이 되지 않았다.

청의소녀와 일행인 청년도 그것을 느꼈는지 눈을 크게 뜨고 구레나룻 인영을 쳐다보았다.

"사… 아니, 형님!"

술을 사러 왔던 청년이 반색을 하며 주루 입구에 나타난 인영에게로 다가갔다. 새로 나타난 인영은 뜻밖에도 술을 사러 온 청년과 일행인 듯했다.

"사정이 있어서 아직 술을……."

청년은 시간이 많이 지체된 상황을 설명했다.

"나도 보았어!"

새로 나타난 인영이 피식 웃었다.

"아!"

누군가 불식간에 탄성을 토했다.

구레나룻에 덮어 있었지만 청년의 미소는 무수한 가지 사이로 피어나는 벚꽃처럼 환하게 빛을 뿜어냈다.

구레나룻이 아니었다면 아마도 한동안 눈을 떼지 못할 것 같았다.

"그런데… 돈은 왜 되날려……?"

술을 사러 왔던 청년이 구레나룻청년을 향해 의구심 어린 눈으로 물었다.

구석자리에 앉은 청년들의 횡포로 술을 쏟았지만 그들에게서 술값을 받았으니 되었는데 왜 은자를 도로 날려 버렸는지 이해가 가지 않는 모양이었다.

"후후!"

구레나룻청년이 다시 미소를 지었다.

그런데 그 미소는 처음의 것과 너무나 달랐다.

대개의 경우 아무리 험악해 보이는 인간이라도 입을 벌리고 웃으면 그 험악한 인상이 반 이상 희석된다.

그런데 지금 구레나룻청년이 지은 미소는 정반대였다.

처음 미소를 지을 때는 화사하기 그지없었지만 이번의 미소는 왠지 모르게 가슴이 철렁하는 공포감을 안겨주었다.

"셈이 틀렸다."

"셈?"

"술값은 은자 열 냥이지만 넘어지면서 술을 쏟아 옷을 버렸으니 옷값도 받아야 하고, 많은 사람들 앞에서 망신을 당하게 했으니 그에 대한 보상도 받아야지. 그리고 또 바쁜 걸음을 멈추고 내가 이곳까지 직접 찾아오게 했으니 그것도 보상

받아야지."

구레나룻청년이 다시 미소를 지었다.

두 번째 지은 미소와 비슷한 미소였다. 그러나 그 미소를 대하는 사람들 가슴에는 훨씬 더 큰 공포감이 느껴졌다.

구레나룻청년이 입가에 묻은 미소를 지우고 구석자리의 청년들을 향해 다가갔다.

황의를 입은 청년이 벌떡 일어섰다.

"어, 얼마면 되겠소?"

자신이 던진 은화가 전낭 속으로 도로 들어오는 순간부터 황의청년은 제정신이 아니었다. 자신이 그런 수법을 펼치려면 평생을 수련해도 힘들 것이다.

"얼마를 내놓겠소?"

구레나룻청년이 되물었다.

"전낭째 드리겠소."

피식!

구레나룻청년이 다시 미소를 지었다. 그와 동시에 더 큰 공포감이 주루 안을 번져 나갔다.

이번에는 구석자리 청년들뿐만 아니었다.

그 미소를 본 주루 안 대부분의 사람들이 영문 모를 공포감을 느끼며 온몸이 오그라드는 기분에 빠져들었다.

미소로 공포를 전하는 사내!

웃을 때마다 더 공포스러운 사내!

'마혼소(魔魂笑)?'

남색 무복을 입은 여인이 크게 뜬 눈으로 청년을 쳐다보았다.

청년의 미소는 마교의 마혼소와 닮아 있었다.

'그렇다면 마교의 인물이란 말인가?'

오랜 세월 동안 남만의 밀림으로 사라졌다 다시 나타나 운남에서 똬리를 틀던 마교의 총단은 무황성에 의해 완전히 무너졌다. 그런데 그들의 절기가 중원 한복판에서 버젓이 나타나다니?

남색 무복의 여인은 혼란에 빠졌다.

"우리도 전낭을 모두 드리겠소."

나머지 네 청년도 황급히 허리춤에 묶인 전낭을 풀어 앞으로 내밀었다.

구레나룻청년은 손을 뻗어 네 개의 전낭도 챙겼다. 그러고는 점소이를 불렀다.

점소이가 덜덜 떨면서 다가왔다.

청년은 네 개의 전낭을 점소이에게 건네주었다.

"이 돈을 챙기고 여아홍 열 병을 가져와라. 그리고 오늘 여기 있는 사람들 음식 값은 받지 말도록. 특히 저쪽에 계신 화산파 분들에게는 최고의 성찬을 대접하도록."

전낭 네 개를 받은 점소이는 잠시 동안 멍하니 구레나룻청년의 얼굴만 쳐다보았다.

"다시 말해야 하나?"

청년이 예의 그 미소를 지었다.

“아, 아닙니다. 분부대로 거행하겠습니다.”

퍼뜩 정신을 차린 점소이가 부리나케 주방으로 달려갔다. 그러고는 제일 먼저 여아홍 열 병을 챙겨 나와 두 청년에게 내밀었다.

먼저 온 청년이 술병을 다 챙기자 구레나룻청년은 천천히 몸을 돌려 주루 입구를 향해 걸음을 옮겼다. 열 개의 술병을 둘러멘 청년이 그 뒤를 따랐다.

주루 안에는 쥐 죽은 듯한 정적이 흘렀다.

입구에서 남색 무복의 여인 쪽으로 상체를 돌린 흑의청년은 그녀를 향해 보일 듯 말 듯 고개를 숙이고는 주루를 빠져나갔다.

“휴!”

“후우—”

두 청년의 모습이 완전히 사라지자 이곳저곳에서 긴 한숨이 터져 나왔다. 뒤이어 한숨을 터뜨린 사람들은 하나같이 서로를 쳐다보았다.

구레나룻청년의 모습이 사라지자 지금까지 자신들이 왜 그렇게 공포에 질렸는지 이해가 되지 않은 것이다.

말로 꼬집을 수는 없지만 그 순간에는 영문을 알 수 없는 짙은 공포에 질렸다. 그러나 청년이 사라진 지금은 그 사실이 쉽게 받아들여지지 않았다. 그건 마치 밤중에 너무 무서웠던 공동묘지가 낮에 와서 보니 아무것도 아닌 것과 같은 그런 심정이었다.

“뭐 저런 사람이 다 있지?”

청의소녀도 한숨을 한 번 내쉰 후 푸념처럼 중얼거렸다.

그녀 역시 조금 전에는 구레나룻청년의 미소를 대하며 심한 공포감을 느꼈다. 그것을 무마코자 더욱 큰 소리로 호들갑을 떨었다.

“어떤 사람이었기에?”

남색 무복의 여인이 청의소녀를 보고 물었다.

“그… 그건…….”

청의소녀가 쉽게 표현을 못하고 더듬거렸다.

“말로는 정확히 설명이 되지 않아요. 무언가 무척… 위험한 것 같기도 하고, 아닌 것 같기도 하고……. 귀공자 같기도 하고 무서운 마공자 같기도 하고…….”

청의소녀는 여전히 더듬거리며 구레나룻청년에 대해 느낀 바를 말했다.

“사매 말대로 도저히 정체를 종잡을 수 없는 사람 같았어. 특히 그 웃음은 너무 이상했어.”

청년도 고개를 끄덕이며 청의소녀의 말에 공감을 표했다.

“대체 정체가 뭘까요?”

청의소녀가 눈을 가늘게 뜨며 물었다.

남색 무복의 여인은 아무 대답도 않은 채 생각에 잠겨 있었다.

“사저!”

청의소녀가 목소리를 높였다.

"으응… 왜?"

"무슨 생각을 그렇게 깊이 하세요? 혹시 아는 사람인가요?"

청의소녀의 눈에 의구심이 어렸다.

"사매가 모르는 사람을 내가 어떻게 알아. 이제껏 한시도 안 떨어지고 같이 살아왔는데."

"하긴……"

청의소녀가 의구심 어린 눈길을 거두었다. 그때 점소이가 양손에 커다란 쟁반 한 개씩을 들고 나타났다.

쟁반 위에는 온갖 값진 요리들이 그득하게 쌓여 있었다.

"이게 무언가요?"

남색 무복의 여인이 눈을 동그랗게 뜨고 물었다.

"아까 그 공자님이 여러분에게 최고의 성찬을 대접하라고 하셨지 않습니까? 우선 이것부터 드십시오. 다른 것은 조금 뒤에 내오겠습니다."

점소이가 쟁반을 내려놓으며 답했다.

"우와!"

청의소녀가 환호성을 질렀다.

산속에서는 상상도 하지 못했던 산해진미에 그녀는 완전히 정신을 뺏긴 채 불식간에 젓가락을 앞으로 내밀었다.

"그만둬!"

남색 무복의 여인이 엄한 목소리로 말했다.

막 오리고기 요리 한 점을 집으려던 청의소녀가 깜짝 놀란 눈으로 남색 무복 여인을 치다보았다.

"우리 돈으로 시킨 것도 아니잖아."

말과 함께 남색 무복 여인은 구석자리의 청년들을 쳐다보았다.

사연이야 어찌 되었든 이 음식은 그들의 돈으로 나온 것이었다. 그런 음식을 먹는다는 것은 전혀 내키지 않았다.

그때 여인의 시선을 받은 청년들이 벌떡 일어섰다.

"아, 아니오. 우리 손을 떠난 이상 그 돈은 우리 것이 아니오. 그러니 아무 걱정 말고 드시오. 아니, 그보다 혹시 아까 그 사람이 다시 찾아와서 확인하거든 잘 먹었다 전해주시오."

빠르게 말한 청년들이 얼른 자리를 벗어나 서둘러 주루를 빠져나갔다. 그 모습은 그야말로 꽁지 빠진 닭이 따로 없었다.

"와하하!"

주루 이곳저곳에서 웃음이 터져 나왔다. 아직까지 청년들의 공포에 질린 모습이 우습기도 하고 통쾌하기도 했던 것이다.

'확인이라고……?

남색 무복의 여인이 쓴웃음을 삼켰다.

아마도 구레나룻청년이 구석자리 청년들에게 확인하러 오겠다는 내용의 전음을 날려 한 번 더 겁을 준 것 같았다. 그래서 그들은 아직까지도 공포에 질려 있다가 도망치듯 주루를 빠져나간 모양이었다.

'대체 정체가 뭘까?

화산의 이대제자 정화영(鄭華英)의 뇌리에 궁금증이 가득 차올랐다.

　청년들의 전낭을 모두 챙길 때는 그들 못지않은 불한당이란 생각도 들었지만 그 돈을 점소이에게 주어 주루 안의 모든 사람들 음식 값을 지불하게 하고 자신들에게 성찬을 대접하게 하는 모습에서는 협기마저 느껴졌다. 그런데 그가 짓던 악마적인 미소를 생각하면 그런 마인도 없겠다는 생각이 들었다.

　어쨌든 도저히 정체를 가늠하기 힘든 청년이었다.

　"그럼 우리가 먹은 음식도 공짜겠지?"

　정화령의 상념을 깨며 누군가 점소이에게 질문을 던졌다.

　"여부가 있습니까. 특별 요리만 아니라면 얼마든지 더 시켜도 됩니다."

　점소이가 신이 나서 대답했다. 그렇게 하더라도 몇 배의 이익이 남을 터였다.

　"와아―!"

　"오늘 포식 한번 해보자!"

　이곳저곳에서 함성이 터져 나왔다. 그리고 제각각 음식을 더 주문하는 소리들로 주루 안이 시끌벅적 소란스러워졌다.

　"사저, 우리도 부담 갖지 말고 어서 먹어요. 어쩌면 평생 처음이자 마지막으로 먹는 귀한 음식이 될지도 모르는데……."

　청의소녀 소혜진(蘇慧珍)이 연방 침을 꼴깍거리며 정화영을 쳐다보았다

　만약 정화영이 거절한다면 눈물이라도 흘릴 것 같았다.

　정화영은 눈살을 찌푸리려다가 평생 처음이자 마지막으로 먹는 귀한 음식이라는 소혜진의 말에 가늘게 한숨을 내쉬

었다.

어릴 때부터 화산에서만 자란 소혜진은 아직까지 이런 음식은 본 적도 없었다. 그리고 앞으로도 언제 먹어볼지 장담할 수가 없었다.

"사저, 그렇게 합시다. 돈 아끼느라 저도 며칠 동안 소면만 먹었더니 배탈이 날 지경입니다."

사제 조운기(曹雲技)마저 침을 삼키며 조르자 정화영은 다시 한숨을 내쉬며 고개를 끄덕였다.

"와아―!"

소혜진이 탄성을 터뜨리며 허겁지겁 음식을 집어 입에 우겨넣었다.

사저 보고 먹어보란 소리도 않고 먼저 먹는 소혜진의 행동에 와락 눈살을 찌푸렸던 조운기도 그녀의 처지를 생각하자 측은한 마음이 들어 표정을 풀었다.

"사저도 드십시오. 안 그러면 저도 못 먹습니다."

조운기가 재촉했다.

"알았어. 그러니 사제도 들어."

정화영은 비로소 젓가락을 들고 쟁반 가장자리에 있는 야채 조각 하나를 집어 입으로 가져갔다. 그제야 조운기도 허겁지겁 젓가락을 놀렸다.

'어쨌든 오늘 점심 값은 굳혔네.'

고소를 삼킨 정화령은 입에 든 야채 조각을 오래오래 씹었다. 그리고 한참 동안 그녀는 야채 외에 다른 것은 먹지 않고 헛손질만 했다.

한창 식사에 열중하던 중 도관을 쓴 중년 도사 한 사람이 주루로 들어섰다.

"사숙!"

맞은편에 앉아 있다가 도사를 먼저 본 소혜진이 반갑게 고함을 치며 자리에서 일어섰다.

그녀를 따라 정화영과 조운기도 얼른 자리에서 일어났다.

"앉아라!"

중년 도사 청우자는 가볍게 손을 흔들며 세 명의 젊은이를 자리에 앉게 하고는 자신도 빈자리에 앉았다.

일순 청우자의 눈이 크게 뜨여졌다. 현재 자신들의 주머니 사정으로는 상상도 하지 못할 산해진미 때문이었다.

"웬 음식들이냐?"

청우자가 정화영을 쳐다보며 물었다.

이번 행차에 있어 정화영이 재무대신 역이었다.

"그러니까… 그게……."

정화영이 잠시 뜸을 들이자 검술보다는 입술이 더 빠른 소혜진이 나서서 그간의 일을 소상히 설명했다.

소혜진의 설명을 듣는 청우자의 눈빛이 몇 차례 변했다.

"미소만으로 상대를 제압하고 너희들에게 이런 귀한 음식을 대접하게 했단 말이냐?"

청우자는 다시 정화영을 쳐다보며 물었다.

소혜진의 설명은 빠르고 소상했지만 천방지축인 그녀였기

에 정화영의 확인이 필요했던 것이다.

"사숙은 언제나 제 말을 못 미더워하세요."

소혜진이 투정을 부렸다.

"그렇습니다, 사숙. 분명 그랬습니다."

정화영이 확인을 해주자 청우자는 눈 사이를 좁히며 무언가 생각에 잠겼다.

"무슨 생각을 그렇게 하시는가요, 사숙?"

한참 동안 수저를 들지 못하고 있던 소혜진이 더 기다리지 못하고 청우자의 주의를 일깨웠다.

"아, 아니다. 잠시 딴생각을 했다. 어쨌든 먹던 음식이니 마저 들도록 하거라."

청우자가 상념에서 깨어나며 말했다.

"사숙께서도 좀 드세요. 너무 맛있어요."

소혜진이 활짝 얼굴을 펴며 말했다.

"아니다. 나는 조금 전에 먹었다. 그러니 너희들이나 먹어라."

청우자가 손사래를 치자 잠시 머뭇거리던 소혜진이 수저를 놀렸고, 조운기와 정화영도 마저 음식을 들기 시작했다.

식사가 끝나고 차가 나오자 모두들 세상에서 가장 행복한 표정으로 마셨다. 그중에서도 소혜진의 표정은 일행보다 두 배는 더 행복해 보였다. 그 행복감 때문에 평소라면 그녀가 먼저 했어야 할 질문을 사저 정화영에게 빼앗길 수밖에 없었다.

"그런데 어딜 다녀오셨는지요, 사숙?"

질문을 던진 정화영은 조심스럽게 청우자를 쳐다보았다.

청우자는 잠시 주위를 돌아보았다.

정화영 일행과 마찬가지로 풍성한 음식을 공짜로 대접받은 손님들은 식사에 열중하느라 이곳으로는 한 점의 관심도 보이지 않고 온통 음식에만 시선을 주고 있었다.

"은밀하게 만나야 할 사람이 있었다."

청우자는 나직한 목소리로 답했다.

"그게 누구인가요?"

정화영이 눈을 반짝이며 물었다.

언제나 담백하고 숨김이 없는 성격인 사숙께서 여태껏 그 사실을 숨기며 만나려 하는 사람이라면 대체 어떤 사람인지 궁금하기 짝이 없었다.

정화영의 재촉에도 불구하고 청우자는 조심스런 표정으로 대답을 미루고 있었다.

소혜진이 궁금증을 참지 못하고 질문을 하려는 찰나 청우자가 감은 눈을 떴다.

"만약 앞으로 내게 무슨 변고가 생기면 너희들은 그 즉시 화씨세가 행은 포기하고 무당으로 달려가 장문인에게 이 서찰을 전해라."

청우자는 대답 대신 무거운 음성으로 말하고는 한 장의 봉서를 정화영에게 내밀었다.

"사, 사숙?"

느닷없는 청우자의 말과 행동에 정화영은 눈을 동그랗게 뜨고 청우자를 쳐다보았다.

화씨세가 전 가주의 칠순 잔치에 참석하는 가벼운 행차에도 불구하고 사숙 청우자는 내내 어두운 기색을 감추지 못했다. 그리고 어제는 갑자기 진로를 바꾸어 이곳으로 온 후 몇 시진 동안 혼자 사라졌다가 나타나서는 대뜸 서찰을 내밀고 있었다.

"대체 무슨 일인가요, 사숙? 그동안 내내 어두웠던 사숙의 표정이 이번 일과 관계가 있는가요?"

정화영은 서찰을 받지 않고 질문을 던졌다.

"아직은 모르는 일이다. 하지만 만에 하나의 가능성에 대비한 것이니 우선 이 서찰을 깊이 간직하거라."

청우자가 엄중한 목소리로 재차 말하자 정화영은 주춤거리며 서찰을 받아 품속에 갈무리했다.

"대체 무슨 영문인지 모르겠습니다, 사숙. 화씨세가에 무당 사람들도 올 것이 분명한데 그때 전하면 되지 않는지요."

조운기도 두 눈을 끔벅거리며 의구심 가득한 표정을 지었다.

"별다른 일 없이 그들과 조우하게 된다면 그러면 되는 것이다. 그러나 만일의 경우가 생길 수 있으니 네가 잘 보관해 두어라."

청우자는 너무 심각하게 생각하지 말라는 듯 가볍게 손을 저으며 사질들의 질문을 미리 막았다.

궁금증 가득한 표정으로 다른 질문을 던지려던 정화영 등은 마지못해 입을 다물었지만 눈에는 의구심이 증폭되어 갔다.

"다 먹었으면 이제 그만 일어서자꾸나. 예정에 없이 행로를 바꾸는 바람에 조금 늦어졌으니 오늘은 조금 더 바쁘게 길을 재촉해야겠다."

청우자가 신형을 일으키자 세 명의 사질도 청우자를 따라 몸을 일으켰다.

第三十八章

마련(魔聯)

장흥관일

“캬아—!”

방 안을 가득 채운 향기로운 주향과 함께 탄성이 터져 나왔다.

우여곡절 끝에 주루에서 열 병의 여아홍을 사 들고 와서 객점의 별채에서 그것을 마시는 마소창이 터뜨리는 감탄사였다.

생전 처음으로 이런 고급술을 마시는 그는 퍼붓듯이 여아홍을 마셔댔다.

조양방에서의 일을 마무리한 무영은 조양방 방도 중에서는 유일하게 마소창만 데리고 왔다. 마소창에게는 돈 대신 무공을 가르쳐 주기로 했으니 그럴 수밖에 없었다. 아니, 그것보다는 앞으로의 행로가 지옥이라는 말에도 불구하고 마소창이 무

조건 따라가겠다고 막무가내로 고집을 부려 할 수 없이 데려
온 것이다.

그리고 또다른 동행자(?) 위건화는 모처에 감금해 놓았다.

"숙소에서 느긋하게 마시니 술맛이 한층 더 좋습니다."

마소창이 의자 깊숙이 등을 기대며 말했다.

무영 일행이 주루에서 술을 마시지 않고 숙소로 사 가지고
온 것은 부연호와 무영의 사형 때문이었다.

길을 갈 땐 부연호는 방갓을 썼고 무영의 사형 허복양은 겉
옷을 한 벌 더 걸쳤기에 별문제가 없었지만, 주루에 들어서 방
갓과 겉옷을 벗고 술을 마시면 그 외모 때문에 모든 사람들의
시선을 받을 것이다.

"정말 좋구나!"

마소창과는 대조적으로 무영의 사형인 허복양은 혀끝으로
한 모금씩 음미하며 술잔을 기울이고 있었다.

겉옷을 벗은 그는 기이한 문양이 가득 새겨진 도포 차림이
었다. 그런 차림으로 술을 마시는 모습은 왠지 모르는 이질감
을 느끼게 했다.

환술에 매진하기 위해 여자를 요물로 생각하며 멀리하는 그
가 술은 왜 멀리하지 않는지 이해가 안 가는 일이었다.

황금 가면으로 얼굴 반쪽을 가린 부연호는 그것이 궁금한
듯 묘한 표정으로 허복양을 쳐다보았다.

그는 아직 한잔도 마시지 않았다. 아니, 그가 앉은 탁자 앞
에는 아예 술잔마저 놓여 있지 않았다.

"정말 마시지 않을 텐가?"

구레나룻을 떼어내고 평소의 모습이 된 무영이 여아홍 한잔을 비운 후 의미심장한 눈으로 부연호를 쳐다보며 물었다.

"말하지 않았나, 끊었다고."

부연호는 퉁명스러운 목소리로 답하고는 술잔 대신 찻잔을 들어 올려 벌컥 들이켰다.

"주마룡이라면서?"

무영이 짓궂은 표정과 함께 자신의 잔에 다시 여아홍을 따랐다.

쪼르릉—

일부러 술병을 높이 들어 올린 채 술을 따랐기에 술잔에 술이 고이는 소리가 맑게 울려 퍼졌다. 뒤이어 향기로운 주향이 사방으로 퍼져 나갔다.

그것은 술꾼이라면 웬만해선 참기 힘든 유혹의 향기였다.

"주마룡… 그 병신 같은 놈은 마련이 몰락할 때 뒈졌지. 술독에 파묻혀 문도들이 지옥 불속을 헤매는지도 모른 채 자고 있다가 비명횡사했지."

부연호는 다시 한잔의 차를 벌컥 들이켰다.

찻물을 들이켜는 그의 표정은 소태를 씹은 것처럼 쓰게 일그러졌다.

반쪽밖에 드러나지 않은 얼굴이 잔뜩 일그러지자 그야말로 흉신악살을 보는 것 같아 마소창은 슬며시 상체를 돌리며 부연호가 보이지 않게 술잔을 기울였다.

"공력으로 술기운을 몰아낼 줄도 몰랐나?"

무영이 다시 한잔의 여아홍을 들이켜며 물었다.

"그러려면 술을 왜 마시나?"

부연호는 여전히 퉁명스럽게 답했다. 최대한 자제력을 발휘해 술을 마시지 않고 있었지만 그 때문에 심통이 나는 건 어쩔 수 없는 모양이었다.

"하긴 그렇군."

무영이 피식 웃었다.

마소창은 술을 마시다 말고 멍하니 무영을 쳐다보았다.

아까 주루에서 행패를 부렸던 그놈들이 무영에게 대들거나 검을 뽑았다면 그들은 지금 심장이 박살 난 채 염왕을 만나고 있을 것이다. 그때 무영의 미소에는 분명 그런 뜻이 내비치고 있었다. 아니, 철철 넘쳐흐르고 있었다.

그건 방울뱀의 꼬리 소리 같은 사전 경고였고, 그 경고를 눈치 빠르게 읽은 그놈들은 목숨을 구했다.

'어떻게 같은 사람이 저렇게 바뀔 수가 있지?'

마소창은 그때와는 너무나 다른 무영의 모습에 절로 고개를 흔들었다.

"너… 딴 목적이 있어 저 친구의 제자가 된 건 아니겠지?"

소태를 씹어 삼키는 것 같은 표정을 하고 있던 부연호가 악동 같은 미소와 함께 마소창을 쏘아보았다.

"네? 무, 무슨……?"

마소창이 그제야 무영의 얼굴에서 시선을 돌리며 부연호를 바라보았다.

"아무래도 그런 것 같은데?"

부연호의 미소가 더욱 짙어졌다. 그는 무영에게 당한 약 올림을 무영의 제자인 마소창에게 되갚으려 하고 있었다.

"대체 그게 무슨 당치 않는 말씀이십니까!"

마소창은 와락 얼굴을 구기며 고함을 질렀다.

그러나 부연호의 표정은 조금도 변하지 않고 더욱 짓궂어져 갔다.

"틈만 나면 저 친구 얼굴을 쳐다보며 침을 질질 흘리는 게 아무래도 수상해."

"나참! 그게 아니라, 사부님께서 아까 주루에 있던 파락호들을 향해 피식 미소를 지었는데 그게 지금과는 전혀 다르게 너무 공포스러웠습니다. 그래서……."

마소창이 펄쩍 뛰며 변명을 했다.

"마혼소를 펼쳤군."

부연호는 마소창을 향해 고정되었던 눈길을 무영에게로 옮기며 말했다.

"마혼소? 그게 뭡니까?"

마소창은 그럼 그렇지 하는 표정으로 부연호를 향해 득달같이 질문을 던졌다.

무언가 수법을 펼쳤기에 미소가 그렇게 공포스러웠지, 그렇지 않다면 절대로 그럴 리가 없는 것이다.

"소리장도(笑裏藏刀)란 말은 들어보았겠지?"

부연호가 마소창에게 물었다.

"웃음 속에 칼이 숨겨져 있다는 말 아닙니까?"

"아주 무식한 놈은 아니군."

부연호는 피식 미소를 지었다.

그 미소에 마혼소라는 수법을 펼쳤는지 너무 공포스러워 마소창은 비명을 지르며 뒤로 물러나 앉았다.

"이게 진짜다. 네놈 사부는 나한테서 배워서 써먹은 것이고."

부연호는 다시 미소를 지었다. 이번에는 평범한 미소였다.

"웃으려면 그냥 웃으면 되지 미소에 그런 수법을 펼치는 이유가 무엇입니까?"

마소창은 도저히 이해가 안 간다는 듯 질문을 던졌다.

"우리 문파의 선조들 중에 아주 괴짜였던 분이 계셨지. 나만큼 미남이었던지 여자들이 줄줄 따라다닌 모양이야. 그중에서 아주 골치 아픈 여자 한 분이 계셨는데 그 당시 부교주의 딸이었다나 뭐라나. 어쨌든 그런 신분이니 마음에 안 든다고 험악한 얼굴을 하며 물리칠 수는 없는 노릇이었지. 그래서 미소 속에 알게 모르게 그런 기운을 섞어 정나미가 떨어져서 자연스럽게 떨어져 나가게 만들었는데 그것이 이렇게 발전했지."

"푸하하!"

부연호의 설명을 들은 마소창이 박장대소를 했다.

공포스럽기 짝이 없던 그 미소에 딸린 사연이 너무나 어이가 없었다.

마음에 안 드는 여자를 떨치기 위해 무공을 창안하다니?

마도의 인물들은 하나같이 악마나 마찬가지로 알고 있었는데 겪어보니 정파인들이나 다름없이 엉뚱하기도 하고 웃기기도 했다.

"정말 웃기는 마도인이군요. 하하하!"

퍽!

"아이쿠!"

계속 웃어젖히던 마소창이 부연호의 손에 뒤통수를 가격당하고는 비명을 질렀다.

"너… 저 친구 제자만 아니었다면 벌써 여러 번 죽었다."

부연호는 험악한 인상을 하며 으르렁거렸다.

"공자님이 무슨 살인마입니까, 그만한 일로 사람을 죽이게?"

"아닌 줄 알았냐?"

"그럼요. 저번에 제가 잡아온 토끼도 못 죽이셨잖습니까?"

"그거야… 인간이 아니니까 그렇고……. 쩝!"

부연호는 입맛을 다시며 다시 찻잔을 들이켰다.

술 생각이 날 때마다 차를 들이켠 그는 벌써 다섯 잔이나 마셨다. 그러나 아무리 차를 마셔도 술 생각은 떨쳐지지 않는 듯 술병을 힐끔거리며 쓴 입맛을 다셨다.

쪼로로롱—

무영이 다시 한잔의 술을 소리 나게 따랐다.

이번에는 잔을 부연호에게 더 가까이 둔 채 따랐기에 주향이 더욱 강렬하게 부연호의 후각을 강타했다.

퍽!

부연호의 손바닥이 다시 마소창의 뒤통수를 쳤다.

"아이쿠! 대체 왜 이러십니까? 이번에는 아무 잘못도 하지 않았는데……."

마소창이 머리를 감싸 쥐며 죽는 소리를 냈다.

그의 말대로 이번에는 입도 뻥긋하지 않았는데 부연호는 다짜고짜 후두부를 강타한 것이다.

"제자가 잘못하면 사부가 책임을 지듯 사부가 잘못하면 제자가 대신 맞는 법이다."

부연호는 무영의 술잔을 쳐다보며 답했다.

무영이 술을 가지고 약을 올리니 자신은 그 제자에게 화풀이를 한다는 말이었다. 그러거나 말거나 무영은 꼴깍거리는 소리까지 내며 여아홍을 마셨다.

"고래 싸움에 새우 등 터진다더니……. 에이!"

마소창은 버럭 역정을 터뜨린 후 무형의 사형인 허복양의 곁으로 자리를 옮겼다.

허복양은 여전히 눈을 지그시 감은 채 혀끝으로 여아홍을 음미하며 마시고 있었다.

여아홍은 허복양이 조양방에게 무영을 도와주는 대가로 다섯 병을 사달라고 해서 산 것인데 정작 그는 지금까지 두 잔도 채 마시지 않고 혀끝으로 빨아먹다시피 하고 있었다.

"그렇게 마셔서 언제 다섯 병을 다 마시려고 그럽니까, 사백?"

마소창은 쓴웃음을 지으며 말했다.

"으응! 자네 왔나?"

허복양은 집 나갔다 돌아온 식구를 맞듯 반갑게 마소창을 맞았다.

"제가 어딜 갔게요?"

마소창이 기막힌 표정으로 대꾸했다.

"저 친구 옆에 있다가 여기로 온 것 아닌가?"

하복양은 부연호를 턱짓으로 가리키며 답했다.

마소창은 잠시 할 말을 잃었다.

말이야 맞는 말이지만 그것이 이렇게 반갑게 맞을 일은 아닌 것이다.

'어떻게 이런 사람이 사부의 사형인 것이지?

마소창은 벌써 몇 번이나 그런 생각을 하며 두 사람을 비교해 보았다. 그럴 때마다 두 사람은 극과 극으로 다른 것 같다는 느낌을 받았다. 그러면서도 여러 면에서 너무나 잘 어울렸다.

한 사람이 나서면 한 사람이 물러서고, 한 사람이 흥분할 땐 다른 한 사람은 호수처럼 가라앉았다. 그렇게 두 사람은 조화를 이루며 서로의 약점을 메워주었다.

"제 술 한잔 받으십시오, 사백!"

아직 허복양의 술잔에는 여아홍이 반쯤 남아 있었지만 마소창은 술병을 들고 허복양에게 술을 권했다.

"아, 아닐세. 이 진에 남은 술만으로도 일각은 더 마실 수 있네. 그러니 자네나 한잔 더 받게.”

허복양은 손사래를 친 후 마소창에게 도로 술을 따라주었
다.

“그렇게 마셔서 술맛이 납니까, 사백?”

가득 채운 술잔을 든 마소창이 허복양을 향해 신기한 듯 물
었다.

“자고로 술이란 건 이렇게 조금씩 음미하며 마셔야 하는 것
일세. 자네나 사제처럼 마시는 건 술이 사람을 마시는 것일세.
그래서는 안 되네. 그러다 보면 저 친구처럼……”

부연호를 쳐다보던 허복양은 얼른 입을 다물었다. 무의식중
에 부연호의 상처를 건드릴 뻔했기 때문이다.

“옳은 말씀인데 뭘 그러십니까. 마음껏 비웃으셔도 됩니다,
사형. 그래야 와신상담이 되지요.”

부연호는 빙긋 반쪽 웃음을 지었다.

“험! 험!”

허복양은 헛기침을 하며 얼른 술잔을 들어 한 모금 꿀꺽 마
셨다. 그래도 그의 술잔은 비워지지 않았다.

“그런데……”

부연호가 신중한 표정으로 무영을 쳐다보며 입을 열었다.
무영 역시 처음으로 장난기가 가신 얼굴로 부연호를 마주 보
았다.

“이젠 왜 무당산 하고도 현도봉으로 정했는지 얘기해 줄 때
가 되지 않았나?”

부연호의 눈에 궁금증이 가득했다.

위건화를 사로잡고 단목진희에게는 사운혁을 무당산 현도봉으로 오라고 했다. 그런데 왜 하필 무당산 현도봉인지 이유를 알 수가 없었다.

"그때 마침 생각나는 무당산 봉우리가 그곳이었네."

무영이 전혀 수긍이 가지 않는 대답을 하자 부연호는 눈살을 찌푸렸다.

"그건 그렇다 치고… 그런데 현도봉과 정반대쪽인 이곳엔 웬일인가? 곧장 그쪽으로 가서 준비를 하는 게 낫지 않은가?"

부연호는 또 다른 질문을 했다.

현도봉으로 약속 장소를 정했으면 얼른 달려가서 그곳에 무언가 준비를 해놓을 줄 알았는데 무영은 오히려 정반대쪽인 이곳으로 방향을 정한 것이다.

"아직 시간이 남아 있으니 그동안 유람도 좀 하면서 긴장을 풀어야지. 긴장한 몸으로는 제대로 실력 발휘를 할 수 없지 않겠나?"

무영은 다시 부연호의 염장을 지를 만한 답변을 했다. 부연호는 이제 인상도 찌푸리지 못하고 다시 입을 열었다.

"설마 사운혁 그놈이 혼자서 올 것이란 생각은 아니겠지?"

"그놈이 팔푼이가 아닌 이상 그러진 않겠지."

무영은 그렇게 맞장구만 치고는 입을 다물었다.

"떼거지로 몰려올 경우 현도봉으로 오르는 길이 여러 갈래이니 전력이 분산되기 때문인가?"

답답해진 부연호가 다시 질문을 던졌다.

"그건 나도 단박에 짐작이 가니 그놈도 충분히 대처를 할 테고……."

부연호는 자신의 질문에 자신이 답했다.

"그곳은 무당파와 가깝지."

잠자코 있던 무영이 불쑥 한마디 했다.

"무당파? 그들이 무슨 상관인가?"

부연호의 이마에 주름살이 생겨났다.

"차츰 알게 될 걸세."

무영은 더 이상의 설명을 회피하며 술잔을 기울였다.

"젠장!"

부연호는 와락 인상을 찌푸리며 찻잔을 들이켰다.

"대체 무슨 꿍꿍인지……. 하긴 자네가 그걸 미주알고주알 나에게 의논한다면 더욱 골치 아파지겠지. 난 머리 아픈 건 딱 질색이니 머리 쓰는 건 자네가 알아서 하게. 대신 복수는 확실히 하게 해주게."

부연호는 머리를 흔들며 의자 뒤로 등을 기댔다.

"복수의 대상이 누구인가? 석모광 그놈인가, 아니면 무황성인가?"

"둘 다!"

"계란으로 바위를 치겠다는 말이군."

무영이 피식 웃으며 말했다.

"나야 그냥 계란이지만 자넨 좀 다르지. 속에 무시무시한 화

약이 들어찬 계란 아닌가? 그걸로 바위를 두드리면 바위가 박살 날 수도 있지.”

부연호는 다시 한 모금의 다액을 삼켰다.

“그런데 저도 궁금한 것이 하나 있습니다.”

무영과 부연호의 대화를 주의 깊게 듣고 있던 마소창이 불쑥 끼어들며 말했다.

무영과 부연호는 동시에 마소창에게로 고개를 돌렸다. 그러나 마소창의 눈은 부연호를 향해 고정되어 있었다. 부연호에게 질문이 있다는 말이었다.

“뭐가 그리 궁금하나?”

부연호가 덤덤하게 대꾸했다.

“저기……”

마소창은 약간 뜸을 들였다. 아마도 조금 하기 힘든 질문인 것 같았다.

“안 때릴 테니 걱정 말고 말해라.”

부연호가 피식 웃으며 말했다. 그러자 마소창이 입을 열었다.

“마련이 왜 그렇게 쉽게 무너졌습니까? 한때는 정파무림 전체와 패권을 다투던 곳이 아니었습니까? 그런데 무황성 전체와 싸운 것도 아니고, 무황성 대제자 석모광에게 무너진 것이 이해가 가지 않습니다.”

질문을 던진 마소창은 조심스런 눈빛으로 부연호의 표정을 살폈다. 그의 질문은 어쩌면 무연호의 깊은 상처를 건드릴 수 있었다. 그러나 한참 무공을 배우는 마소창은 지금 그런 것에 새로운 관심을 가지게 되었고, 그만큼 의문도 많았던 것이다.

부연호의 몸에서 살기가 피어올랐다.

"고, 공자님… 안 때린다고……"

마소창이 더듬거리며 무영의 뒤로 몸을 피했다.

부연호는 마소창의 고함과는 아랑곳없이 온몸에 진한 살기를 한차례 피워 올렸다가 서서히 냉정을 되찾았다. 마소창에 대한 살기가 아니라 자기 자신이나 다른 누군가에 대한 진한 적개심을 느꼈다가 냉정해지는 것 같았다.

무영은 아무 말 없이 부연호를 지켜보았다.

무영 역시 그런 의문을 오래전부터 품고 있었지만 부연호의 자존심을 생각해 자제하고 있었는데 마소창이 가려운 곳을 긁어준 셈이었다.

"몇 가지 이유가 있는데… 그중 가장 큰 이유 두 가지만 말해주겠네."

부연호는 또 다시 차 한 잔을 벌컥 들이켰다. 아마도 그만큼 술을 들이켜고 싶은 심정이 간절한 것 같았다.

"첫째는 마련 내에 첩자들이 있었네. 보통 첩자가 아니라 아주 뛰어나고 교활한 첩자들이었네. 그들은 오래전부터 마련에 숨어들어 공작을 벌려놓은 것 같았네. 그래서 제대로 싸우기도 전에 큰 타격을 입었네. 그런 상태에서 놈들이 들이닥친 것이지."

부연호는 지그시 입술을 깨물었다.

“무황성의 첩자였겠지요?”

마소창이 다시 물었다.

“두 번째는…….”

부연호는 되새기기도 싫다는 듯 다음 설명을 이어갔다.

“마교가 아니라 마련이었기 때문이지.”

“예에? 그게 무슨 말씀이십니까? 마교와 마련이 뭐가 다르기에…….”

마소창은 눈을 동그랗게 뜨며 부연호를 쳐다보았다. 이제껏 자신만의 세계에 침잠한 채 여아홍 한잔을 오랫동안 빨아먹던 허복양도 관심을 보이며 고개를 돌리고 있었다.

“다르지. 마교의 우두머리는 교주라 칭하지만 마련은 련주라 칭하지. 또 마교주는 천마동에 들어 천마의 무공을 익힌 절대자지만 련주는 그냥 잡다한 마교 무공밖에 못 익힌 사람이지. 그리고 교주는 무소불위의 권위를 가지지만 련주는 장로회의 결정이 있으면 하루아침에 옷을 벗기도 하지. 후후!”

부연호는 자괴감 가득한 웃음을 흘렸다.

“왜 그렇습니까? 련주 하지 말고 교주 하면 안 됩니까?”

마소창은 도저히 이해가 안 된다는 표정으로 항의하듯 물었다.

“그러고 싶지 않아서 그런 게 아니라 그럴 수 없어서 그런 것이지. 오래전 정파무림에 패하여 남만으로 쫓겨나며 교도들은 천마 무학의 본산지인 천마동을 무너뜨려 버렸다고 했네. 뼈를 깎아내는 것 같은 심정이었지만 어차피 가만두면 정파

놈들의 손에 철저히 더럽혀질 테니 어쩔 수 없었겠지. 차라리 그렇게 봉인해 두고 후일을 기약하는 것이 나은 일이었지. 그 후부터 지금까지 마교는 완벽히 부활하지 못하고 마련으로 명맥을 유지해 온 것이지.”

“그럼 아직도 그때의 천마동은 찾지 못했단 말이군요?”

마소창은 비로소 이해가 간다는 듯 고개를 끄덕이며 말했다.

“각고의 노력 끝에 다시 어느 정도 성세를 이루고 운남성의 어느 곳에 파묻혀 있는 천마동을 찾기 위해 운남성에 마련 총단이 세워진 것이지. 그 후로도 세력을 불리기보다는 천마동을 찾는 데 전력을 기울였기에 허약했지. 무황성 대제자가 이끄는 삼백 무인도 막지 못할 정도로.”

“그렇군. 그런 비사가 있었구만.”

허복양도 안타까운 표정과 함께 혀를 찼다.

한때 중원무림에 있어, 아니, 어쩌면 무림 역사 내내 공포의 대명사였던 마교는 정사대전에서 몰락 후 오랜 세월이 지나 겨우 싹을 틔우려 하다가 무황성에 의해 싹둑 잘려져 버린 것이다.

정파무림 입장에서 보면 삭초제근의 결과로 속이 후련하겠지만 부연호 입장에서는 비사 중의 비사였다.

“그럼 앞으로도 영원히 천마동은 찾을 수 없는 것인가?”

이제껏 남의 얘기란 듯 듣고만 있던 무영이 처음으로 질문을 던졌다.

“후후!”

부연호가 갑자기 의미심장한 웃음을 흘렸다. 그것은 지금껏 비탄 어린 기분에 잠겨 있던 모습과는 무척이나 이질적이었다.

"그 질문이 하고 싶어서 여태껏 어떻게 참았나? 쿡쿡!"

부연호는 괴상한 미소까지 지으며 무영을 쳐다보았다.

"무슨 소린가?"

무영이 양미간을 약간 좁히며 반문했다. 거의 표정 변화가 없던 그가 오늘 처음으로 보인 표정이었다.

"그것 때문에 죽어가는 나를 악착같이 살린 것이 아닌가? 내가 마련 총단의 수뇌부 중 한 사람이니까 말일세. 후후후!"

부연호는 이젠 음흉스런 웃음까지 흘리며 무영을 빤히 쳐다보았다.

같이 부연호를 쳐다보던 무영이 시선을 내렸다.

"인정하지. 쩝!"

무영은 입맛을 다시며 고개를 돌렸다. 그러고는 여아홍 한 잔을 쭈욱 들이켰다.

"둔한 술주정뱅이인 줄 알았더니 눈치는 있었군."

술잔을 내려놓은 무영이 피식 웃었다.

"그 정도야 기본 아닌가. 후후!"

부연호도 따라 웃었다.

"그런데 말일세, 내가 천마동을 찾는 데 아무 소용 없는 인간이라면 어떻게 할 텐가? 이제껏 그 가능성 하나로 날 데리고 다녔을 텐데."

부연호는 탁자 위에 턱을 괴고 여인이 정랑을 쳐다보는 듯한 사세로 무영을 쳐다보았다.

무영의 미간이 다시 좁혀졌다.

"그럼 다른 조력자를 찾아봐야지. 누구든 자네보다는 덜 피곤할 테니."

"그동안 내가 그렇게 피곤했었나? 옛날의 덜떨어진 삶을 속죄하는 의미에서 최대한 조신하게 살았는데……."

부연호는 심각한 표정을 지으며 무영을 쳐다보다가 불쑥 품속으로 손을 집어넣었다.

"한번 살펴보게."

손바닥만 한 옥함을 손에 든 부연호는 그것을 무영에게 건넸다.

녹색 표면에 정교한 무늬들이 빈틈없이 세공된 옥함이었다. 그 무늬들은 그림 같기도 하고 글자 같기도 한 이상한 형태를 띠고 있었다.

"뭔가, 이게?"

무영은 손에 든 옥함을 쳐다보며 물었다.

"열어보면 알 게 아닌가?"

부연호의 대답에 무영은 잠시 옥함을 살펴보다가 뚜껑을 열었다.

第三十九章

신물(神物)

장홍관일

딸각!

옥함이 열리고, 그 안에 든 물건이 모습을 드러냈다.

그것은 아수라 형상이 정교하게 조각된 한 개의 흑옥 조각
상이었다.

조각상을 본 무영의 눈이 번쩍 빛을 토했다. 그러고는 공력
을 끌어올렸다.

"옴 아모라 다나타 바야하……."

조각상에서 무슨 기운을 읽었는지 무영의 사형 허복양이 급
히 수결을 맺으며 주문을 외웠다.

"콜록! 콜록! 캑캑!"

허복양 옆에 앉아 소각상을 부심코 쳐다보던 마소창이 갑자

기 술을 토해내며 자지러질 듯한 기침을 해댔다. 그러는 그의 얼굴이 순식간에 흑색으로 변해갔다.

"컥!"

마침내 마소창이 목을 부여잡고 바닥으로 쓰러졌다.

"옴 사다야 하마라……."

허복양이 급히 부적 한 장을 부연호가 들고 있는 조각상을 향해 날렸다. 부적은 조각상 한 치 앞에서 멈추며 붉은빛을 발했다.

"캑캑!"

부적의 광채가 흑옥 조각상에서 흘러나오는 기운을 모두 차단하자 마소창은 겨우 숨을 들이켜며 심하게 기침을 했다.

"멀리 떨어지게!"

허복양은 엄한 목소리와 함께 마소창을 끌어당겼다.

휘익—

마소창이 마치 한 개의 공깃돌처럼 허공에 번쩍 들린 채 허복양의 뒤쪽으로 날려가 바닥에 처박혔다.

평소에는 술잔을 들어 올리는 것도 힘겨워 보이는 그였지만 자신보다 한참 더 덩치가 큰 마소창을 돌멩이 하나 던지듯 가볍게 뒤로 던지는 모습으로 보아 결코 만만치 않은 공력을 소유하고 있음이 짐작되었다.

"이게 무언가?"

무영은 여전히 공력을 끌어올린 채 흑옥상을 주시했다.

흑옥상에서는 예의 그 마기가 독분처럼 흘러나오고 있었다.

"대단하군!"

부연호는 대답 대신 찬사를 터뜨렸다.

"마도인도 아니면서 마령패(魔靈牌)의 마기를 견디다니……."

"마령패?"

"그렇다네. 그건 마령패라는 것일세. 천마동을 여는 열쇠이자 천마동을 찾을 수 있는 유일한 단서이기도 하네."

부연호는 흑옥상의 용도를 설명하며 자신도 이리저리 살펴보았다.

"무황성의 침입을 받고 돌아가시기 직전 련주께서는 술에 취한 채 뒤늦게 나타난 나에게 그걸 넘기셨지. 그런데 그 비밀이 어떤 것인지는 작고하신 련주도 풀지 못했네. 나 역시 마찬가지고. 하지만 언젠가는 풀게 되겠지."

부연호는 흑옥상을 다시 건네받아 녹옥함 속에 넣고 뚜껑을 닫았다.

"휴우―"

이상한 문양이 가득 새겨진 옥함 속에 들어가자 흑옥상의 마기는 더 이상 흘러나오지 않았고, 마소창은 마치 지옥에라도 갔다 온 듯 긴 한숨을 내쉬었다.

"그것이 마교의 힘인가요? 정말 심맥이 터지는 줄 알았습니다."

마소창은 아직도 가쁜 숨을 헐떡거리며 한 손으로 가슴을 쓸었다. 만약 허복양의 신속한 대처가 아니었으면 마소창은 심맥이 파열되거나 주화입마에 빠져 폐인이 되고 말았을 것이다.

"정말 대단하군요!"

손바닥만 한 흑옥상에서 그런 무시무시한 기운이 흘러나온 것을 보고 마소창은 비로소 마교에 대한 두려움이 이는 것을 느꼈다.

사실 그동안 부연호를 통해 마도인에 대해 약간은 김빠지는 선입관을 가지게 되었다.

마련 총단의 청년 수뇌부였다는 부연호는 싱겁고, 피곤하고, 잡아온 토끼도 못 죽이는 사람이었다. 그래서 무의식중에 마도와 부연호를 동일시하며 싱겁게 생각하고 있다가 마령패를 보며 혼쭐이 난 것이다.

"이것은 백분의 일도 안 되지. 진정한 마교의 힘을 대하게 되면 네놈의 혼백은 구주팔황으로 흩어지게 될 것이다."

부연호는 옥함을 품속에 갈무리하며 의기양양한 미소를 지었다.

"그 힘은 천마동 속에 있는 것입니까?"

마소창이 으스스한 표정으로 다시 물었다.

"그렇다고 봐야지."

"그럼 어서 찾아야겠군요."

마소창이 조바심이 나는 음성으로 말했다.

"내 말이 그 말이다. 그런데 네놈 사부에게 끌려 다니느라 그럴 틈이 없으니……."

"그게 아니라, 사부님이 도와주면 비밀을 풀 수 있지 않을까 해서 졸졸 따라 다니는 것 같은데…… 어헉!"

무영을 두둔하던 마소창은 부연호가 품속에 넣던 옥함을 다시 꺼내는 것을 보고 비명을 지르며 허복양 뒤로 몸을 피했다.

"자꾸 깐죽거리면 마령패로 목걸이를 만들어서 네놈 목에 걸어놓겠다."

부연호는 마소창을 한 번 노려본 후 옥함을 다시 품속에 갈무리했다.

"그것밖에 단서가 없나?"

무영은 부연호의 가슴께를 보며 물었다.

마교의 패도무쌍한 힘!

그것을 불러일으킬 수 있다면 무황성과의 싸움은 불가능한 일만도 아닐 것이다.

"일단은 그렇다네. 언젠가 총단이 있던 곳으로 가서 더 찾아보면 뭔가 있을지도 모르지. 그러나 그건 나중 일이고 지금은 그것보다는 마련 신패로서의 역할이 더 중요하지."

"마련의 신패라면?"

무영이 의미심장한 표정으로 물었다.

"련주님께서 후계자를 정할 때 내리는 물건이지. 그러니까 이걸 지닌 사람은 소련주의 신분이 되는 것이지. 지금은 받들어줄 총단 사람 하나 없지만 말일세."

흑옥상을 쳐다보는 부연호의 눈에 금방이라도 흘러내릴 듯한 슬픔이 어렸다.

“부릴 사람 하나 없는 마련의 신패라니… 자넨 백성들이 모두 사라진 왕국의 왕과 같은 신세로군.”

무영은 한심하다는 표정으로 부연호를 쳐다보았다. 그의 얼굴에는 약간의 실망감이 번져 있었다.

“후후!”

실망한 무영의 표정을 본 부연호가 의미심장한 웃음을 흘렸다.

“총단은 무너졌지만 마교가 모조리 멸망한 것은 아니라네.”

“무슨 소린가?”

무영의 눈이 빛을 발했다.

“총단은 마교의 머리 역할을 하는 곳이지만 마교 전체는 아니라네. 그리고 총단은 먼 변방에서 자리를 잡았지만 대부분의 마교도는 오히려 중원 곳곳에 뿌리를 내리고 있다네.”

부연호는 자부심이 도는 표정으로 미소를 지었다.

“언제 그렇게 퍼뜨렸나? 준동한 지 얼마 되지 않았는데.”

무영의 얼굴에 감탄의 기운이 어렸다. 오래전에 일패도지하여 남만의 밀림 속으로 사라진 마도는 그동안 맥이 끊긴 것으로 알려졌다. 그러다 그 맥이 다시 이어져 운남에서 총단을 세우고 세력을 넓혀왔다. 하지만 운남에 국한된 것으로 알고 있었는데 어느새 중원 깊은 곳까지 뿌리를 내려왔다는 말이다. 그 집요한 생명력과 은밀함에 무영은 내심 혀를 내둘렀다.

“몸체가 잘려져도 뿌리 한 가닥만 남아 있으면 되살아나는 식물처럼 우리 마도 역시 그렇다네.”

대답을 하는 부연호의 얼굴에 자괴감이 넘쳐흘렀다.

그렇게 긴 세월을 기다려 회생했는데 무황성에 의해 하루아침에 총단이 다시 무너졌다. 그로 인해 자신 역시 이런 괴물 같은 몰골로 변했다.

천행이라면 자신이 살아남았고 마령패도 건졌다는 것이다.

그것을 토대로 복수의 칼을 다듬어갈 것이고, 언젠가는 피맺힌 원한을 갚을 것이다.

모든 사람들에게 정인군자로 알려져 있는 무황성주 단목상군!

그러나 자신들에게 있어서는 냉혈을 가진 살인마일 뿐이었다.

언젠가는 그가 뒤집어쓴 가면을 벗겨내고 그의 가슴에 비수를 꽂아 넣을 것이다.

"흐읍!"

부연호는 들끓어 오르는 감정을 긴 호흡으로 달랬다.

"아무래도 한잔 마시는 것이 좋을 것 같은데?"

무영이 장난기 어린 표정으로 다시 여아홍을 권했다.

"지금은 무황성주보다 자네가 더 악마 같아."

부연호는 와락 눈살을 찌푸렸다. 그러고는 술에 대한 유혹을 떨치려는 듯 자리에서 벌떡 일어섰다.

"총단은 일패도지하여 남만으로 쫓겨 갔지만 마도의 잔뿌리들은 모조리 땅속에 남겨두었지. 지금쯤 그 잔뿌리들은 굵디굵은 큰 뿌리로 바뀌고 싱싱한 줄기까지 땅 밖으로 밀어올린 곳이 많을 걸세.”

“그렇군. 그걸 간과했네. 그럼 지금도 연락이 된다는 말인가?”

“각 지역에 연락망이 있네. 총단이 무너져 끊긴 곳도 많겠지만 흑마령이 내리면 곧 정비되어 신속히 몰려들 걸세.”

“인원은 얼마나 되나?”

“글쎄… 그건 그들을 만나봐야 알겠지. 표식을 남겨놓았으니 조만간 만나게 될 걸세.”

부연호는 기대감 이는 표정으로 답했다.

“호랑이도 제 말 하면 온다더니.”

부연호는 갑자기 고개를 창문 쪽으로 돌렸다. 그를 따라 무영도 같은 방향으로 고개를 돌렸다. 마소창으로서는 전혀 감지할 수 없었지만 두 사람은 무언가를 느낀 모양이었다.

“잠시 후 연극을 좀 하세.”

부연호는 여전히 창문 쪽에 시선을 고정시킨 후 말했다.

“무슨 연극?”

무영이 의아한 표정으로 대꾸하자 부연호는 입술을 달싹거리며 전음으로 무언가 전해주었다.

무영은 부연호의 전음을 듣고 있다가 눈살을 찌푸렸다.

“꼭 그렇게 해야 하나?”

“그렇게 하게. 워낙 배타적인 사람들이라 안 그러면 말을 듣지 않을 걸세.”

부연호가 말을 마치차 밖에서 미세한 바람 소리가 들리더니 급격히 가까워졌다.

휘익―

획!

마침내 몇 개의 그림자가 창문 밖에 어른거리며 멈추어 섰
다.

"들어와라!"

부연호가 문밖을 향해 딱딱한 음성으로 말했다.

창밖의 인영이 누군지도 모른 상태에서 대뜸 하대를 하는
그의 모습은 지금까지 마소창을 상대하던 때와는 너무나 달랐
다. 그의 몸에서는 이미 사방을 태울 듯한 마기가 일렁이고 있
었다.

스르륵―

문이 열리고 다섯 명의 인영이 안으로 들어왔다.

하나같이 흑의를 걸친 채 복면을 하고 있었다. 복면에 가려
지지 않은 눈에서는 바위라도 뚫을 듯한 형형한 안광이 뿜어
져 나왔다.

"명왕출세!"

칼날 같은 안광을 내뿜던 다섯 인영이 갑자기 한목소리로
한 개의 단어를 외쳤다.

"마도재림!"

부연호도 다른 한 개의 단어를 외치며 그들의 목소리에 화
답했다.

그러고는 한동안 침묵이 흘렀다.

갑자기 들이닥쳐 구호를 외친 다섯 인영도, 그들의 구호에 화답한 부연호도 아무 말 없이 서로를 응시하고 있었다.

"믿을 수가 없소!"

한참의 침묵이 이어진 후 다섯 복면인 중 한 사람이 떨리는 목소리로 말했다.

묵직하고 낮은 목소리로 보아 중년인이 분명했다.

"무엇을 믿을 수 없다는 말인가?"

사내의 나이가 중년임을 짐작할 수 있었지만 부연호는 추호의 주저함 없이 하대를 하며 물었다.

"총단은 무너졌다고 들었소. 그리고 한 사람도 살아남지 못했다고……."

"난 살아남았다. 그리고 련주님으로부터 이것을 물려받았다."

부연호는 냉정한 음성으로 답한 후 품속으로 손을 넣어 마령패가 든 옥함을 끄집어냈다. 그러고는 복면인에게 건네주었다.

"옴 바아라……."

허복양이 낮게 주문을 외며 마소창을 이상한 문양이 가득한 자신의 도포 자락 뒤로 끌어당겼다.

"이것은……?"

중년인으로 짐작되는 복면인이 떨리는 손으로 옥함을 열었다.

"어헉!"

옥함을 열자마자 흑옥으로 만든 아수라상에서 강력한 마기가 흘러나왔다.

"크윽!"

"큭!"

흑옥상에서 흘러나오는 마기는 그들도 감당하기 힘든지 숨이 막히는 듯한 신음을 토했다.

"어서 공력을 끌어올려라!"

중년인이 고함을 질렀다. 그러자 다른 네 명의 복면인이 급히 호흡을 가다듬으며 공력을 끌어올렸다.

잠시 후 그들은 겨우 흑옥상에서 흘러나오는 마기를 감당할 수 있는지 호흡이 진정되었다.

"마도의 혼이 끊어지지 않았구려. 천지신명이여, 감사합니다."

중년인이 감정을 주체하지 못하고 흐느끼듯 말하며 부연호를 쳐다보았다.

"소련주시여……."

다섯 명의 복면인이 울부짖음과 함께 바닥에 무릎을 꿇었다.

북받치는 감정을 주체하지 못한 그들은 거칠게 어깨를 떨었다.

부연호는 잠시 동안 그들을 묵묵히 쳐다보았다. 그러고는 입을 열었다.

"모두 일어서시오. 그리고 복면을 벗어보시오."

부연호는 비로소 그들에게 공대를 하며 지시를 내렸다. 부연호의 지시를 받은 다섯 인영이 천천히 일어섰다. 그러고는 복면을 벗었다.

한 명의 중년인과 네 명의 젊은이였다.

중년인은 오십 줄을 갓 넘긴 것 같았고 네 명의 젊은이는 각각 이십대 초반에서 중반 정도까지 되어 보였다.

그런데 그중 한 명은 뜻밖에도 여인이었다.

이십대 초반 정도로 보이는 여인은 체격이 남자에 못지않아 복면을 쓰고 있을 때는 몰랐는데 복면을 벗자 여인임을 알 수 있었다.

그러나 그것보다 더 특이한 것은 그녀의 머리가 눈이 부실 듯한 금발이라는 사실이었다. 허리까지 치렁거리는 탐스러운 금발은 그것만으로도 세인의 시선을 끌기에 충분했다. 눈 또한 선명한 벽안으로 한족이 아닌, 이국의 미녀였다.

한동안 금발여인을 쳐다보던 무영은 눈살을 찌푸렸다.

'한쪽은 얼굴 반쪽에서 금빛이 번쩍거리고 한쪽은 머리에서 금빛이 출렁거리니 같이 다니면 가관이겠군.'

그동안 부연호의 특이한 외모 때문에 이동하는 데 보통 불편한 것이 아니었다.

제대로 된 음식점에도 들어가지 못했고, 어쩔 수 없이 주루에라도 들어갔을 때는 방갓을 그대로 쓰고 있었다. 그런데 저 여인까지 가세하면 두 배로 불편해질 것이 분명했다.

"그런데 저분들은?"

　중년인이 자신들의 소개에 앞서 무영 일행을 보며 경계심 가득한 표정으로 물었다.

　같은 마도인들에 대해서는 피를 나눌 정도로 친밀하게 대하지만 외인은 극도로 경계하는 마도인들의 특성이 그대로 나타났다.

　"소개하겠소. 이 친구는 죽어가는 나를 구해준 생명의 은인이고 이름은 무영이라 하오."

　부연호는 다섯 사람에게 제일 먼저 무영을 소개했다. 그러지 않고서는 이들 다섯은 자신들의 소개마저 하지 않을 것 같았다.

　부연호의 말을 들은 다섯 사람의 눈빛이 순간적으로 날카롭게 빛났다.

　처음 본 순간부터 지금까지 아무런 말도, 행동도 하지 않고 가만히 앉아만 있었지만 자연스럽게 풍기는 기도는 절대로 만만치 않았다. 은연중에 그런 느낌을 받고 있었는데 부연호가 자신의 생명을 구한 사람이라고 소개하자 그 관심이 더욱 증폭된 것이다.

　"그리고 이분은 저 친구의 사형이시고, 이 녀석은 제자요."

　부연호는 허복양과 마소창도 소개했다.

　"제 이름은 마소창입니다. 이 녀석이 아니고."

　마소창이 뚱한 얼굴로 투덜거렸다. 마치 옆집 강아지를 소개하듯 부연호가 자신의 머리를 쓰다듬으며 소개하는 통에 골이 난 것이다.

퍽!

부연호의 손바닥이 다시 마소창의 뒤통수를 갈겼다.

마소창은 비명과 함께 오만상을 찌푸리며 뒤로 물러나 앉았다.

"먼 길을 달려오셨을 터이니 우선 목부터 축이시오. 그런 다음에 차근차근 얘기를 나누도록 합시다. 사형, 이거 두 병만 빌립시다."

부연호가 허복양의 표정을 살피며 여아홍 두 병을 가리켰다.

"나중에 네 병으로 갚겠다면 그렇게 하게."

허복양이 고개를 끄덕였고, 부연호는 두 병의 여아홍 뚜껑을 열어 다섯 사람에게 차례로 따랐다.

그렇잖아도 무너진 총단의 마령패가 나타났다는 사실에 목에서 단내가 나도록 달려온 다섯 사람은 여아홍의 향기에 속이 울렁거리던 중이라 단숨에 한잔씩 목구멍 속으로 털어 넣었다.

"한잔 더 받으시오."

부연호는 다시 한잔씩 따랐고, 그렇게 여아홍 두 병은 바닥이 났다.

"대체 무슨 일이? 아니, 어떻게 살아남고, 영패가 전해진 것입니까?"

날카로운 인상의 중년인이 부연호를 향해 질문을 던졌다.

일패도지하여 남만으로 쫓겨 간 마련이 끈질긴 생명력을 바탕으로 오랜 세월 만에 부활했을 때, 중원에 남은 그들은 예전의 영화를 꿈꾸며 가슴이 터질 듯한 감흥을 느꼈다. 그러나 너무도 순식간에, 그리고 너무도 처참하게 무너진 총단의 소식은 그들에게 있어서 도저히 믿을 수 없는, 그리고 절대로 믿고 싶지 않은 청천벽력과 같은 일이었다.

그런 와중에 총단의 수뇌부 중 한 사람이 살아남았고, 련주의 신패마저 지니고 있다는 것은 천운이라 여길 만했다.

"그 얘기를 다 하자면 한 달도 모자랄 것이오. 나중에 놈들의 살과 뼈를 가르며 하나씩 해드리겠소. 지금은 더 중요한 문제부터 해결하도록 합시다."

부연호는 중년인의 질문에 대한 대답을 뒤로 미룬 채 무영을 쳐다보았다.

무영은 처음이나 지금이나 조금도 표정 변화 없이 목상처럼 앉아 있었다.

속으로 입맛을 한 번 다신 부연호가 시선을 다섯 사람에게로 돌린 채 입을 열었다.

"총단은 무너졌지만 다행히 천마동을 찾을 열쇠인 마령패가 내게로 전해졌으니 난 천마동을 찾는 일을 계속해서 추진할 것이오. 하지만 총단이 무너진 상황에서 천마동을 찾고 마도의 영광을 재현하려면 이 친구의 도움이 절대적이라 판단했소. 그래서 서로 상부상조하기로 했으니 당분간 여러분은 이 친구를 나를 대하듯 해주시오. 그리고 이 친구의 지시를 전적으로 따라주었으면 하오."

부연호는 무영을 한번 쳐다보며 엄한 목소리로 말했다.

"그건……."

날카로운 인상의 중년인이 얼른 고개를 들어 무영을 쳐다본 후 표정을 차갑게 굳혔다.

비록 부연호를 구하긴 했다지만 무영은 마교도가 아닌 외부인이다. 그런 사람에게 마령패를 지닌 부연호와 똑같은 대접을 하는 것은 어불성설이었다. 폐쇄적이고 패도적인 힘을 앞세운 마교도였기에 그건 더욱 그랬다.

"왜 그러시오?"

부연호가 딱딱한 어조로 물었다.

"우리는 마령패의 흔적을 보고 마도재림의 불씨를 되살릴 수 있다는 터질 듯한 심정으로 단숨에 이곳까지 달려왔습니다. 그런데……."

"이 친구를 돕는 것이 마도재림과 무슨 상관이 있는가 그 말이오?"

부연호가 사내의 질문을 대신했다.

"그, 그렇습니다. 특히 외인의 명을 전적으로 따르라는 것은 납득이 가지 않습니다."

중년인 옆에 있던 청년 한 명도 약간은 높은 음성으로 말했다.

"아무리 소련주의 명이지만 그건 따를 수 없습니다."

다른 한 명의 청년도 단호한 음성으로 말했다.

부연호의 반쪽 입꼬리가 씨익 위로 말려 올라갔다. 아마 반쪽 가면 얼굴이 아닌 온전한 얼굴이었다면 악동의 미소가 떠올랐음직한 표정이었다.

"곤란하다는군."

입꼬리에 묻은 미소를 지우며 부연호가 무영을 향해 말했다.

"내가 가진 영패가 천마패라면 명령이 곧 천명이나 마찬가지지만 마령패인지라 아무래도 권능이 부족한 것 같아."

부연호는 무영을 쳐다보며 과장스럽게 입맛을 다셨다. 그러고는 한쪽 눈을 찡긋거렸다. 아까 전음으로 말한 연극을 지금 하라는 신호였다.

목상처럼 앉아 있던 무영이 상체를 조금 움직였다.

"그건 약속이 다른데?"

무영이 짤막하게 말하고는 어깨를 조금 풀었다.

"미안하네. 나도 마령패가 이렇게 힘이 없을 줄은 몰랐네. 마교의 몰락이 결코 우연이 아니었던 것 같네."

부연호는 여전히 과장된 표정으로 입맛을 다셨다.

"그럼 할 수 없지!"

무영은 피식 미소를 지은 후 천천히 자리에서 일어섰다. 그러고는 보일 듯 말 듯 입술을 달싹거렸다.

무영의 입에서 음울한 주문이 흘러나왔다.

갑작스런 그의 행동에 다섯 마도인은 물론 허복양까지도 어리둥절한 눈으로 무영을 쳐다보았다.

"으윽!"

갑자기 부연호가 짤막한 비명과 함께 머리를 감싸 쥐었다.

"소련주!"

중년인이 벌떡 일어서며 비틀거리는 부연호를 부축했다. 그러나 부연호는 더욱더 고통스런 신음과 함께 바닥으로 무너졌다.

급기야 그의 코에서도 선혈이 흘러내리기 시작했다.

第四十章

재림(再臨)의 꿈

장흥관일

"이, 이게 무슨 일이오? 대체 무슨 짓을 하는 것이오!"

중년인이 무영을 향해 고함을 질렀다. 동시에 다른 네 명의 인영도 벌떡 일어서며 무영을 향해 당장 출수할 듯한 자세를 잡았다.

"당신들이 날 죽인다면 저 친구는 저렇게 고통을 겪다가 한 시진 후엔 전신 혈맥이 터져 죽게 될 거요."

무영은 어느새 주문을 그친 후 자신을 향해 출수할 준비를 하는 다섯 인영에게 냉막하게 말했다. 그러는 사이에도 부연호는 연신 신음을 토해내며 이를 악물고 있었다.

"대체 이게 무슨 짓이에요?"

이번에는 금발을 허리까지 내리고 있던 여인이 날카롭게 고함을 질렀다.

"보시는 대로 저 친구의 머릿속에는 내 금제가 걸려 있소. 내가 갖은 고생을 하여 저 친구를 살린 이유는 당신들의 힘을 이용하기 위해서였소. 그런데 그러지 못한다면 저 친구를 살려둘 이유가 없지 않겠소. 오히려 방해가 될 테니 죽여 버리는 게 낫겠지요."

무영은 지극히 담담한 음성으로 대답했다.

"네놈을 죽여 버리겠다. 그러면 금제도 풀리겠지."

훌쩍 키가 큰 청년이 신속하게 칼을 뽑아 들었다. 그의 칼이 섬뜩한 마기를 내뿜었다.

"지금 이 순간 내가 주문을 읊지 않는데도 당신들 소련주는 저렇게 고통스러워하지 않소? 그러니 내가 죽어도 그건 마찬가지일 것이란 판단이 설 텐데?"

무영은 느긋하게 등을 의자에 기대며 말을 이었다.

"그리고 총단에서 유일하게 살아남은 저 친구가 죽게 된다면 당신들은 절대로 천마동을 찾지도 못할 테고, 마도재림은 영원히 땅속에 묻히게 될 것이오."

"이, 이런 마귀 같은!"

금발여인이 부르르 상체를 떨며 고함을 질렀다.

"마음에 드는 칭찬이오. 하지만 내 마음을 돌릴 정도는 아니오."

무영은 다시 입술을 달싹거렸다. 그러자 부연호는 더 큰 신음과 함께 바닥을 뒹굴었다. 그에 따라 코에서 쏟아지는 선혈의 양도 더 많아졌다.

　"선택은 당신들 자유이니 강요하진 않겠소. 한 시진 후에 돌아올 테니 그때까지 잘 생각해 보시오."

　무영은 벌떡 자리에서 일어서서 밖으로 나갈 채비를 했다.

　"이런 상태로 한 시진을 견디면 살아도 폐인이 되고 말아요!"

　금발여인이 비명 같은 고함을 지르며 무영의 앞을 막아섰다. 그러고는 중년인을 쳐다보았다.

　중년인의 눈빛이 심하게 흔들렸다.

　앞으로 마도인도 아닌 외인의 명령을 받는다는 것은 죽도록 싫은 일이었지만 현재 마도인들 중 유일하게 천마동의 위치를 찾을 수 있는 부연호가 죽고 나면 마도재림은 영원히 불가능할 것이다.

　"폐인이 되더라도 죽지는 않을 테니 천천히 생각해 보시오."

　무영이 앞을 가로막은 여인을 피하며 다시 몸을 움직였다.

　"아, 안 돼요!"

　금발여인도 옆으로 걸음을 옮기며 다시 무영을 막았다. 그녀를 따라 청년 하나도 가세하며 무영을 막아섰다.

　스윽―

　무영의 손이 슬쩍 안으로 뻗어 나왔다.

　갑작스럽거나 전광석화 같은 수법이 아니었다. 그냥 앞을 막은 장애물을 밀치는 듯한 손짓이었다. 그러나 그 손짓에는 강호의 어떤 금나수법보다 신랄한 기운이 담겨져 있었다.

"앗!"

금발여인이 짤막한 비명과 함께 급히 양손을 흔들었다.

파앗—

여인의 손에서 한줄기 묵색 기운이 무영의 손목을 향해 쾌속하게 뻗어 나왔다.

여인을 밀쳐 가던 무영의 손이 허공에서 슬쩍 흔들렸다.

우웅—

무거운 진동음과 함께 검은 기류가 순식간에 사방으로 흩어졌다. 그리고 그 속에서 무영의 손이 처음과 똑같은 자세로 뻗어왔다.

퍼억—

파육음과 함께 금발여인이 주르르 뒤로 밀려났다. 뒤이어 그녀의 입에서 한줄기 선혈이 흘러나왔다.

"안 돼!"

금발여인이 고함을 질렀다. 금발여인이 가슴에 일장을 격중당하고 뒤로 밀려나자 옆에 있던 청년이 반사적으로 검을 뽑아 벼락처럼 무영을 향해 휘두른 때문이었다.

무영이 죽으면 부연호도 죽고 마도재림은 물거품이 되고 만다. 그러나 청년은 그것을 생각할 겨를도 없이 여인이 무영에게 일격을 당하고 밀려나자 무의식적으로 검을 휘두른 것이다. 그리고 그 거리가 너무 가까웠기에 무영의 신형은 속절없이 양단되는 것처럼 보였다.

파앗—

청년의 검이 무영의 가슴을 가른다 싶은 순간 무영의 신형이 그 자리에서 꺼져 버렸다.

그러고는 검을 휘두른 청년 옆에서 불쑥 솟아올랐다.

대경한 청년이 다시 검을 휘둘렀다.

이번에는 무영의 신형이 꺼지지 않았다. 대신 조금 전 금발 여인에게 그랬던 것처럼 불쑥 손을 내밀었다.

따앙—

선명한 금속성이 울리며 청년의 검이 허공으로 솟구쳐 올랐다.

슈욱—

검을 쳐낸 무영의 손이 다시 뻗어 나오며 청년의 가슴을 가볍게 두드렸다.

여전히 권태로운 듯한 동작이었다. 그러나 청년은 두 눈만 부릅뜬 채 고스란히 가슴을 가격당했다.

퍼억!

파육음과 함께 청년의 신형이 허공으로 날아왔다. 그러고는 여인 옆의 벽에 부딪쳐 떨어졌다.

"죽일 놈!"

또 한 명의 청년이 고함과 함께 쾌속하게 검을 뽑았다.

앞으로의 상황이 어떻게 돌아갈지는 둘째 문제였다. 들끓어 오르는 젊은 혈기로 인해 지금은 두 명의 동료를 순식간에 벽으로 처박히게 한 무영을 두고 볼 수 없다는 심정만 뇌리에 가득했다.

휘이잉—

청년의 검에서 대기가 찢기는 소리가 일며 시퍼런 기운이 섬전인 듯 뻗어 나왔다.

무영의 손이 이번에는 빠르게 앞으로 뻗어나갔다.

우우웅—

무거운 진동음과 함께 무영의 손에서 암흑보다 더 짙은 기운이 둥글게 퍼져 나갔다.

파아앙—

파열음이 일며 청년의 검에서 뻗어 나온 시퍼런 기운이 무영의 손에 어린 둥근 기운에 부딪쳐 모조리 흩어져 나갔다. 계속해서 무영의 손에 어린 그 둥근 기운이 두 배로 커지며 청년의 가슴을 두드려 왔다.

"피해!"

갑작스런 상황에 당황해하고 있던 중년인이 고함과 함께 양손을 세차게 뿌려댔다.

무영의 손에서 뻗어 나온 묵색의 둥근 기운은 한없이 부드럽고 음유로워 보였지만 그 속에는 쇠망치보다 더 강렬한 파멸의 기운을 내포하고 있었다.

파아앙—

중년인의 양손에서 두 줄기 장력이 포탄처럼 뻗어 나왔다.

마치 선혈이 솟구치는 듯한 선홍색 장력이었다. 그것에 격중되면 모든 것이 피로 물들 것 같았다.

'혈옥수(血獄手)!'

부연호는 고통을 못 이기는 척 계속 연극을 하면서도 중년인 일행의 무공을 유심히 살폈다. 총단과 오랫동안 단절된 그들이 과연 얼마만큼 마교의 절기를 익히고 있을지 궁금해서였다.

중년인이 지금 펼치는 수법은 지옥의 뇌옥에서 피어오르는 혈무 같은 장력이라고 해서 혈옥수라는 이름이 붙었다.

그 무공은 마교 내에서도 상위 서열의 무공이었다. 그 무공이 소실되지 않고 중년인의 손에서 펼쳐진다는 것은 그만큼 마도인의 생명력이 끈질기다는 말이었다. 동시에 마도재림에 있어 큰 보탬이 될 수 있다는 말이기도 했다.

지옥의 혈무 같은 쌍장이 무영의 둥근 기운과 부딪치려는 찰나 무영은 손바닥을 빠르게 뒤집었다.

쌔애액!

무영의 손에 어린 암흑의 기운이 순식간에 수백 개의 칼날처럼 변하며 혈옥수의 핏빛 장력을 향해 쏘아져 나갔다.

"헛!"

중년인이 다급성을 토했다.

암흑의 칼날들은 몸에 닿기도 전에 온몸을 난도질하는 듯한 기운을 먼저 전해 주었기 때문이다.

중년인은 더욱 세차게 손을 흔들었다.

파파파파팡!

두 기운이 미주치는 곳에서 날카로운 파공음이 일었다. 뒤이어 얼음송곳에 거대한 빙판이 깨어져 나가듯 중년인의 손에서 피어오른 혈무가 산산이 흩어졌다.

잠시 후 중년인은 망연한 표정으로 자신의 상체를 내려다보았다.

무영의 손에서 뻗어 나온 암흑의 칼날들이 혈무를 완전히 소멸시키는 것도 모자라 중년인의 상의 곳곳에 시커먼 구멍을 숭숭 뚫어놓았다.

그 구멍들은 하나같이 치명적인 급소들이었다. 그러나 겉옷에만 구멍을 뚫어놓았을 뿐 더 이상은 전진하지 않았다. 만약 그 기운들이 끝까지 힘을 뿌려댔다면 중년인의 몸은 벌집이 되어 피를 쏟아내고 있을 것이다.

네 명의 청년도 멍하니 중년인과 무영을 쳐다보고 서 있었다.

순식간에 일어난 일이었지만 결과는 너무나 선명했다.

두 명의 동료가 무영의 단순한 손짓 몇 번에 나가떨어져 버렸다. 그리고 중년인은 훨씬 더 치명적인 공격을 받고 얼이 빠져 있었다.

어떤 무공인지 짐작도 가지 않았지만 그 수법으로 보아 자신들 다섯이 한꺼번에 덤빈다 해도 무영의 상대가 되지 않을 것이 분명했다.

중년인을 비롯한 다섯 청년의 얼굴이 딱딱하게 굳어졌다.

음울한 주문으로 부연호를 제압했을 때는 사악한 주술을 익힌 자라는 생각만 했는데 방금 예상치 못한 상황에서 부딪쳐 보니 무공은 주술보다 훨씬 더 강한 것 같았다.

아직까지 강호에서 그 누구도 자신들을 이렇게 간단하게 제압하지 못했다. 부딪치는 순간 그들은 예상치 못한 거대한 암벽을 맞이한 느낌을 받았다.

"크으윽!"

경직되었던 공기가 부연호의 비명으로 흐트러졌다.

굳은 표정으로 무영만을 노려보던 사내들이 다시 부연호 쪽으로 시선을 돌렸다.

얼굴이 백짓장처럼 창백해진 부연호는 더 많은 선혈을 흘리며 바닥을 뒹굴고 있었다.

"사부님!"

금발여인이 고통스런 표정과 함께 중년인을 불렀다.

더 이상은 두고 볼 수 없는 상황이기도 했고, 선택의 여지가 없는 상황이기도 했다. 부연호가 금제에 당하지 않았다고 해도 무영에게 복종할 수밖에 없는 상황이었다.

중년인의 눈이 다시 심하게 흔들렸다. 이윽고 그의 입술이 열렸다.

"좋소! 당신 제의에 응하겠소. 그러니 우선 소련주의 금제를 풀어주시오."

중년인이 부연호를 쳐다보며 빠르게 말했다.

그의 말을 들은 금발여인이 긴 한숨을 내쉬었다.

"저 자식은 한 시진쯤 고생을 해야 하는 데… 쩝!"

부영은 혼잣소리로 중얼거린 후 손으로 입술을 가린 채 가느다란 주문을 읊었다.

마치 지옥 유부에서 흘러나오는 듯한 음울한 주문이 새벽안
개처럼 내리깔리자 고통에 바닥을 뒹굴던 부연호의 안색에 핏
기가 돌아왔다. 이윽고 코를 통해 흘러내리던 선혈도 멈추고,
완전히 신색을 되찾은 부연호는 바닥에서 몸을 일으켰다.

"멋진 수법이야!"

온통 땀으로 젖은 반쪽 얼굴의 부연호가 피식 미소를 지었
다. 조금 전까지 죽을 듯한 고통에 몸부림치던 사람이라고는
도저히 여길 수 없는 그런 미소였다.

중년인과 금발여인이 혼란스런 눈으로 부연호를 쳐다보았
다.

보통 사람이라면 이런 경우 자신을 그렇게 만든 사람에게
욕설을 퍼붓거나 죽이려 달려들 텐데 부연호는 오히려 좋은
경험을 했다는 듯 빙글거렸다.

"절대로 그냥 살려두고 도와줄 놈이 아니라는 생각은 하고
있었지. 그래서 대가로 무얼 요구할까 내내 궁금했는데 이런
수작을 부려놓았군."

소매로 반쪽 얼굴의 땀을 닦은 부연호가 무영을 쳐다보며
건들거렸다.

"견딜 만했나 보군."

무영이 피식 웃으며 화답했다.

"그런대로……. 그런데 어떻게 이렇게 했지? 내가 그렇게
만만한 놈이란 생각은 해보지 않았는데."

부연호는 중년인과 그 일행의 궁금증을 풀어주려는 듯 무영을 빤히 쳐다보며 말을 이어갔다.

무영은 연극을 하고 있다고는 도저히 믿어지지 않을 정도로 능청스런 연기를 하고 있는 부연호를 보며 고소를 삼켰다.

"지금이라면 불가능하겠지만 반쯤 시체가 된 인간은 쉽게 걸려드는 법이지. 그러니 앞으로 허튼수작은 안 하는 것이 좋을 거야."

무영은 입술을 비틀며 엄중하게 경고했다.

"빌어먹을! 개목걸이에 단단히 묶인 신세로군."

부연호는 쓰게 입맛을 다시며 목을 쓰다듬었다. 그러고는 잠시 후 칼날 같은 안광을 내쏘며 무영을 쳐다보았다.

"난 네놈을 친구라 생각했는데 이런 식이면 그 관계는 자동 청산되는 셈이지. 안 그래?"

부연호의 안광이 더욱 강렬해졌다. 이번에는 연극인지 진심인지 분간하기 힘든 눈빛이었다.

무영은 묵묵히 부연호의 시선을 받다가 입을 열었다.

"악운이 강한 놈들끼리는 되도록 친구 같은 거 안 하는 게 좋아. 혼자의 운명도 벅차니까 말이야."

칼날같이 자르는 무영의 대답에 부연호는 쩝 하고 입맛을 다셨다.

연극을 가장한 진심에서 무영의 마음을 읽은 것이다.

"얼마 동안 공자의 지시를 받으면 되는 것이오?"

부연호가 말을 멈추자 중년인이 무영을 향해 허탈한 음성으로 물었다.

"길면 이 년, 빠르면 그 안에 끝날 수도 있소. 어쨌든 이 년이 되면 무조건 약속 이행을 한 것으로 하겠소."

무영이 차분한 음성으로 답했다.

중년인의 표정에 여러 가지 생각이 빠르게 지나갔다. 그는 고개를 돌려 부연호를 쳐다보았다.

"절대로 내키지 않겠지만 어쩔 수 없는 일이오. 죽었던 내 목숨을 살려준 친구이니 내 목숨을 저당 잡았다고 해도 나는 할 말이 없소. 그리고 천마동을 찾는 일은 이 친구의 도움이 없으면 절대로 불가능할 것이오. 직접 겪어봤으니 충분히 느꼈을 것이라 생각하오."

부연호는 슬쩍 중년인의 눈치를 보며 덧붙였다.

중년인은 조금 더 갈등하는 표정을 보이다가 마침내 고개를 끄덕였다.

"빚을 졌으면 갚아야지요. 마도인이라면 더더욱 그래야지요. 좋소! 앞으로 이 년 동안은 공자의 지시를 따르겠소."

중년인이 어깨를 늘어뜨리며 결정을 내렸다.

이제 무영은 그들에게 있어서 상전이나 마찬가지였다. 비록 이 년이라는 시한부 관계였지만 그때까지는 무영이 시키는 대로 해야 할 수족의 신세가 된 것이다.

"휴—"

금발여인의 입에서 들릴 듯 말 듯한 한숨이 새어 나왔다. 대체 어쩌다가 자신들 신세가 이렇게 되었는지 도저히 납득이 안 간다는 심정에 불식간에 터져 나온 한숨이었다.

무영은 피식 웃으며 입을 열었다.

"마도인도 한숨을 쉴 줄 아는 모양이군."

무영의 말에 남몰래 한숨을 쉬던 금발여인의 눈매가 위로 치켜졌다.

"마도인은 사람도 아닌 줄 아세요!"

여인의 목소리가 날카롭게 울려 퍼졌다.

"사람이라면 이름도 있겠군요. 통성명부터 합시다. 그래야 일을 시킬 수도 있을 테니."

무영의 말에 다섯 인영은 잠시 머뭇거리다 부연호의 눈짓을 받은 후 자신들의 소개를 했다.

부연호 역시 그들의 이름을 모르기는 마찬가지였다.

다섯 인영 중 제일 연장자이자 그들 사부인 중년인은 서문진충(西門辰忠)이라 했고, 군현에서 작은 무관을 운영하며 신분을 감추고 있었다. 그리고 금발여인은 강운설(姜雲雪)이라 했는데 이름 외에 다른 것은 밝히기를 꺼렸다.

무영으로서는 그 외의 것은 알 필요가 없었기에 더 묻지도 않았다.

나머지 세 명의 청년은 각각 동하건(東夏巾), 문기수(文企秀), 정사익(鄭司益)이란 청년들로 서문진충의 무관 제자들로 신분을 위장하고 있었다.

"됐소. 그럼 지금부터 부탁을 몇 가지 드릴 테니 힘닿는 데 까지 도와주었으면 좋겠소."

무영은 부탁과 도와달라는 말로 그들에게 내릴 지시를 대신
했다.

마교도인도 아닌 외인에게 지시를 받아야 한다는 생각에 가
슴속으로 강한 거부감이 일던 사람들의 눈에 잠시 이채가 스
쳐 지나갔다.

같은 말이라도 표현에 따라서 이렇게 달라질 수가 있는 것
이다.

"말해보시오."

서문진충은 최대한 빨리 일을 시작하여 일 년 안에 끝내고
천마동을 찾고 싶은 심정으로 무영을 재촉했다.

"그럼 첫 번째 부탁을 드리겠소. 우선 저 탁자에 앉아 술을
한잔씩들 더 하시오. 당장 땅이 꺼지는 것도 아니니."

긴장한 모습으로 서 있는 그들을 향해 무영의 입가에 장난
스런 미소가 피어올랐다.

무영의 말을 들은 금발여인의 시선이 흔들리다 얼른 다른
곳으로 향했다.

서문진충이 입맛을 한번 다신 후 탁자로 다가가 자리에 앉
았다. 아닌 게 아니라, 한바탕 무공을 펼치고 나니 다시 술 생
각이 일었다.

"너희들도 이리 와 앉거라."

서문진충의 지시에 네 명의 젊은이도 탁자로 다가가 자리에
앉았다.

무영은 다섯 사람에게 각각 한잔씩의 여아홍을 따랐다.

"휴—"

여아홍을 받은 금발여인이 다시 한숨을 내쉬었다.

무영은 빙긋 미소를 지은 후 자신도 한잔의 여아홍을 마셨다.

"그럼 두 번째 부탁을 드리겠소. 최대한 빠른 시간 안에 무황성의 조직에 대해서 좀 알아봐 주시오. 각주들과 그 아래 단주나 대주들 명단 및 가능하다면 무공 수위 등도 알아봐 주면 좋겠소."

무영의 지시에 중년인의 눈에서 번쩍하고 빛이 흘러나왔다.

무영이 자신들의 원수인 무황성에 대해 조사를 하려 하는 것은 뜻밖이었다. 그리고 그 빛은 무척 위험하기도 했다.

그러나 이내 서문진충은 고개를 끄덕였다.

"알겠소. 놈들에 의해 총단이 무너졌다는 소식을 듣고 나도 한번 생각해 보았던 일이오. 하지만 그때는 도저히 큰 그림을 그릴 자신이 없었기에 불필요한 일이었소. 이젠 두 분이 계시니 필요하겠군요. 최대한 빨리 알아보도록 하겠소. 다음 지시를 내려주시오."

서문진충의 재촉에 무영은 품에서 한 개의 두루마리를 꺼내 그에게 건넸다.

두루마리는 제법 묵직해 그 안에 많은 것이 적혀 있을 듯했다.

두루마리를 조금 펼쳐 본 서문진충은 의아한 눈으로 무영을 쳐다보았다.

두루마리 첫 부분에는 짚으로 만들어진 이상한 모양의 허수아비 형상이 가득 그려져 있었다. 그리고 자세하게 묘사된 무당산의 선인봉(仙人峰) 지형이 뒤를 이어 그려져 있었다. 그리고 그 뒤로는 무슨 기관진식 같기도 한 그림들이 어지럽게 그려져 있었다.

"대체 이것이 무엇이오?"

서문진충은 도저히 모르겠다는 표정으로 무영을 쳐다보았다.

"뒷부분에 상세한 설명이 있으니 그대로만 해주시오. 낮은 피하고 밤에 움직여야 하오."

무영의 지시에 서문진충은 입맛을 한번 다신 후 고개를 끄덕였다.

"마지막으로… 두루마리에 적힌 곳에 가면 청년 한 명이 점혈되어 있을 것이오. 그를 대협의 도장으로 데려가서 하루에 한 끼씩만 죽을 떠먹여 주시오. 혈이 봉해진 상태지만 생명에는 지장이 없을 것이오. 그 후 두루마리에 적힌 곳에 정해진 날짜까지 데려다 놓으면 되오."

무영이 마지막 부탁을 끝냈다. 서문진충은 여전히 납득이 안 간다는 표정으로 무영을 쳐다보다가 입을 열었다.

"혈도를 그렇게 오래 봉해놓으면 몸이 굳어져 죽지 않겠소?"

"그렇게 되지 않도록 조치를 해놓았으니 걱정하지 않아도 됩니다."

무영이 답하자 서문진충은 물론이고 그의 제자들도 이해가 안 간다는 표정을 지었다. 자신들의 상식으로는 그런 점혈법을 알지 못했다.

"시키는 대로만 하면 됩니다. 어차피 이해가 안 되는 괴물 같은 친구이니……."

부연호가 옆에서 거들자 서문진충은 의구심 가득한 표정을 지우고 천천히 고개를 끄덕였다.

"선인봉이라면… 조금 서둘러야겠군요."

서문진충은 거리를 가늠하듯 눈 사이를 좁혔다.

"선인봉? 현도봉이 아니고?"

부연호가 무영을 향해 눈을 동그랗게 뜨고 물었다. 그러다가 무언가 깨달은 듯 대소를 터뜨렸다.

"하하하! 그렇군, 그랬어. 푸하하하!"

부연호는 크게 고개를 끄덕이며 다시 웃음을 터뜨렸다. 서문진충과 네 명의 젊은이는 영문을 몰라 어리둥절한 표정을 지었지만 부연호는 웃기만 했다.

"더는 없습니까?"

서문진충이 다시 물었다.

"일단 그것만 해주시오. 다음에 부탁드릴 일이 있으면 또 연락드리겠소."

무영이 말을 맺었다. 그러자 서문진충이 고개를 끄덕인 후 두루마리를 품속에 갈무리했다.

"자네 일이 끝났으면 난 문도들을 만난 기념으로 우리끼리

회포를 좀 풀겠네. 그래도 되겠지?"

마교도인 자신들끼리만 할 얘기가 있다는 말이었다.

"물론일세. 엿듣지 않을 테니 편하게 얘기하게."

무영이 고개를 끄덕이자 부연호는 서문진충 일행을 데리고 밖으로 나갔다.

그들은 다른 방에서 자신들만의 얘기를 나누다가 근 한 시진이 지나고 나서야 무영이 있는 방으로 건너왔다.

"그럼 최대한 빨리 돌아오겠소."

서문진충은 작별 인사를 남기고 제자들과 함께 왔던 길을 되돌아갔다.

"문도들이 얼마나 된다고 하던가?"

떠나는 다섯 사람의 뒷모습을 지켜보던 무영이 부연호를 향해 물었다.

"글쎄, 모두 따진다면 몇만은 될 거라더군. 하지만 그 숫자는 남녀노소를 총망라한 것이니 자네가 원하는 숫자는 이천 정도. 또 그들 중에서 마령패의 권위에 전적으로 복종하며 따를 사람은 일천 정도밖에 안 되겠지."

부연호는 되도록 최소한의 숫자를 추려서 말했다. 무황성에 의해 총단이 무너진 지금 마도의 긍지를 잃어버리고 이탈한 사람이 예상보다 많을 수도 있었다.

아무리 핍박이 강하더라도 구심점이 있다면 희망을 버리지 않고 견디어내겠지만 다시 총단이 무너져 버린 상태이니 마도인의 신분을 버리고 평범하게 살고자 하는 사람들도 많을 것이다.

천행으로 천마동을 찾고 천마의 모든 것을 얻는다면 그들을 모두 다시 모을 수가 있겠지만 그렇지 못한 상태에서는 일천이란 숫자도 자신만의 희망 사항일 수 있었다.

'천마동…….'

부연호는 속으로 주문을 걸 듯 읊조렸다.

술주정뱅이였던 자신이 과연 그곳을 찾을 수 있을까? 그래서 예전의 영화를 되찾을 수 있을까?

그러지 못한다면 마교는 영원히 악마들의 집단으로 낙인찍혀 사라질 뿐이다.

마도인으로 살아오면서 한 번도 자신들이 악마라고 생각해본 적이 없었다.

똑같이 몸속에는 붉은 피가 흐르는 인간들이었다.

그럼에도 불구하고 마도인은 악마의 화신 같은 존재들로 강호에서 경원시되어 왔다.

패자!

그것은 패자가 감수해야 할 운명이었다.

패배자였기에 승자들에 의해서 악마로 매도된 탓이 더 컸다.

자신들의 근거를 송두리째 뒤엎을 수 있는 가장 강력한 적이었기에 악마적인 모습으로 매도하여 무참히 척살할 정당성을 얻었던 것이다.

차라리 마도가 적당한 힘밖에 없는 군소 방파였다면 그렇게

까지 악마로 내몰리지는 않았을 것이다.

패자는 말이 없다고 했듯이 패배자인 이상 악마의 탈을 뒤집어쓰며 살 수밖에 없었다. 천마동을 찾지 못하고 예전의 힘을 되찾지 못한다면 영원히 그럴 수밖에 없을 것이다.

'악착같이 찾아야겠지, 후세에게는 더 이상 악마의 족쇄를 물려주지 않기 위해서라도.'

부연호는 주먹을 불끈 쥐었다.

"고수는 얼마나 되나?"

한동안 같이 생각에 잠겼던 무영의 질문에 의해 부연호는 상념에서 깨어났다.

"응? 뭐라고 했나?"

"고수는 몇 명이지?"

"무슨 고수?"

부연호는 아직 상념 자락의 끄트머리에서 헤매고 있었다.

"이젠 차를 마시고도 취하나?"

무영이 눈살을 찌푸리며 다시 입술을 움직였다.

"자네가 추산한 일천 명 중 고수는 얼마나 되냔 말일세."

"어느 정도 고수 말인가?"

그제야 감을 잡은 듯 부연호가 되물었다.

"자네 정도면?"

"아까 그 사람과의 대화를 미루어 추측해 본다면 다섯 정도."

근 한 시진 동안 자신들만의 대화에서 부연호는 그것까지도 파악한 모양이었다.

"예상보다 뿌리가 깊은 모양이군."

무영이 고개를 끄덕였다.

"마도 천년이란 말이 있지 않은가? 어쩌면 정파보다 더 뿌리가 깊을지도 모르지."

부연호의 얼굴에 처음으로 참담한 기색이 사라지고 옅은 자부심이 어렸다. 그러나 무영은 더 이상 질문도 하지 않았고, 왜 고수의 숫자를 물었는지 이유도 설명하지 않았다. 그는 다시 여아홍 한잔을 마시며 무언가 생각에 잠겼다.

"쩝!"

중원에 퍼져 있는 마도인 중 절정고수의 숫자를 가르쳐 주며 뭔가 잔뜩 기대를 했던 부연호는 김이 팍 새는 기분으로 입맛을 다셨다.

무언가 계획을 세우는 것 같았지만 저런 식으로 자신만의 생각에 빠져들면 아무리 물어도 가르쳐 주지 않기 때문이다.

'어차피 머리 아픈 건 질색이니까.'

부연호는 자신을 합리화시키며 차를 한 모금 마셨다.

"그런데 아까 그 여인은 서역 사람입니까?"

경색된 분위기에서 한참 입을 다물고 있던 마소창이 부연호에게 질문을 던졌다.

말과 행동은 마소창 자신과 다를 게 없었지만 금발에 파란색이 감도는 눈동자는 전혀 달라 보였다.

"나노 그건 안 물어봐서 모르겠다. 다음에 만나거든 네놈이 직접 물어보아라.”

“성질이 보통이 아니겠던데, 무슨 봉변을 당하려고요.”

마소창은 고개를 절레절레 흔들며 손사래를 쳤다.

“꼴에 사내놈이라고… 눈에 여자만 보였던 모양이군.”

부연호가 피식 웃었다.

“제 꼴이 어때서요?”

“어떻긴 뭐가 어때, 비 맞은 쥐새끼 꼴이지.”

“아니, 제가 어디로 봐서…….”

두 사람은 내내 그런 식으로 옥신각신하며 시간을 축내고 있었다.

“이젠 그만 떠나기로 하지.”

한참 생각에 잠겨 있던 무영이 천천히 자리에서 일어서며 말했다. 그들은 조양방을 떠나 여기까지 오며 낮에는 거처를 정해 쉬고 밤에 이동하는 생활을 해왔던 것이다.

“끄응! 이 짓도 이젠 지겹군!”

부연호는 바위라도 짊어진 듯 무겁게 몸을 일으켰다.

第四十一章
드러나는 마각(馬脚)

장홍관일

휘익—

휘익—

네 개의 인영이 표홀한 신법으로 어둠을 가로지르고 있었다.

별로 굵지도 않은 나뭇가지를 밟고 몸을 날리는 그들의 신법으로 보아 단박에 명가의 경신술을 익히 무인들이라 짐작할 수 있었다.

그렇게 한참을 신법을 펼치던 인영들은 관제묘가 보이는 소로에서 신형을 멈추었다.

"여긴가요, 사숙?"

앞에 선 인영을 향해 뒤쪽의 인영이 질문을 던졌다.

침착하고 고운 여인의 목소리였다.

한참 동안 경공을 펼쳐 왔음에도 불구하고 여인의 목소리에는 거친 호흡의 기색이 거의 느껴지지 않았다.

"그래, 이곳이다."

앞에 선 인영이 묵직한 음성으로 답했다.

듣기 좋은 중년인의 목소리였는데, 그 역시 조금도 호흡이 흐트러져 있지 않았다.

"아이고! 이젠 좀 살겠다. 하마터면 숨 막혀 죽을 뻔했어요, 사숙!"

제일 마지막으로 경공을 멈춘 인영이 가쁜 숨을 몰아쉬며 볼멘소리를 질렀다. 목소리만 들어도 아직 철이 덜 든 소녀임을 느끼게 했다.

"그러게 평소에 수다 그만 떨고 수련 좀 열심히 하지. 가쁜 숨소리가 저 산 너머까지 들리겠어."

소녀의 앞에 있던 청년이 핀잔을 주었다.

"조 사형도 만만치 않았으면서 뭘 그러세요?"

소녀가 뾰족한 목소리로 말을 받았다.

그들은 오늘 오후 주루에서 마소창의 봉변을 막아준 화산파 정화영 일행이었다.

"조용히들 하거라. 여긴 싸우러 온 게 아니다. 되도록 은밀하게 사람을 만나고 행동해야 하니 말수도 줄이도록 하거라."

청우자가 조용히 나무라자 소혜진과 조운기는 입을 다물었다.

"어서 관제묘로 들어가자. 그는 아직 오지 않은 모양이구나."

청우자가 관제묘를 향해 걸음을 옮기자 세 명의 사질도 조심스럽게 그의 뒤를 따랐다.

관제묘 안은 을씨년스럽기 그지없었다. 최근에는 아무도 다녀가지 않은 듯 곳곳에 거미줄이 쳐져 있었고 바람에 날려 온 낙엽들이 먼지 속에서 어지럽게 뒹굴고 있었다. 그런 가운데 눈을 부릅뜨고 있는 관운장의 모습은 흡사 귀신처럼 무서웠다.

"불을 켜요, 사숙."

소혜진이 겁에 질린 목소리로 채근하였지만 청우자는 고개를 흔들었다.

"그 사람과는 은밀히 만나야 한다. 그러니 불빛이 새어나가 다른 사람의 이목을 끄는 일은 하지 않는 것이 좋다. 그리고 마침 달이 만월에 가까우니 불을 켜지 않아도 큰 어려움이 없지 않느냐? 오히려 운치가 있어 좋구나."

청우자가 부드러운 목소리로 타이르자 소혜진은 한숨을 포옥 내쉬며 어깨를 늘어뜨렸다.

"그런데 만나려는 사람이 누구신지……?"

정화영이 조심스럽게 청우자를 향해 물었다.

처음에는 화씨세가 현 가주의 칠순 잔치에 무당 대표로 참석하는 것으로 생각했는데 이젠 절대로 그것이 아니란 걸 알았다. 득히 어제 혼자 자리를 비운 뒤부터는 그걸 확신했다.

모르긴 해도 청우자가 화씨세가의 잔치에 참석하는 것은 이 일을 위해서인 것 같았다.

"만나보면 알게 된다. 혹 만나지 못한다면 너희들은 계속 모르고 있는 것이 더 나은 일이고."

청우자는 대답을 회피하고 황량하게 창살만 남은 창밖으로 시선을 돌리며 누군가를 기다렸다.

한참이 지나도 기다리는 사람은 나타나지 않았다.

소혜진과 조운기는 좀이 쑤시는 기색이었지만 무겁게 가라앉은 청우자의 분위기에 눌려 아무 소리도 내지 못하고 앉아만 있었다.

"오는 모양이다!"

한참 후에 청우자가 긴장한 기색으로 말하며 몸을 일으켰다. 정화영 등도 긴장한 기색으로 몸을 일으켰다.

경공을 펼치는 소리가 점점 가까워졌다.

그것은 흡사 작은 야조 한 마리가 날아오는 듯 미세해서 신법의 고수임이 절로 느껴졌다.

그러던 어느 순간 그 미세한 바람 소리가 뚝 끊겼다.

삐익─

야조의 울음소리가 가느다랗게 울렸다. 그러나 그것은 청우자의 입에서 흘러나온 똑같은 소리로 인해 야조의 울음이 아니란 사실을 알게 되었다.

삐익!

삐익─

청우자가 들려온 것과 똑같은 소리를 두 번 내뿜자 뚝 그쳤던 바람 소리가 다시 들리며 관제묘 입구에서 인기척이 느껴졌다.

"청우자?"

속삭이는 듯한 낮은 목소리가 들려왔다.

야조의 울음소리 같은 신호도 모자라 다시 확인을 하는 것으로 보아 무척이나 신중하고 의심 많은 사람 같았다.

"들어오시오, 추풍신개."

청우자가 반가운 목소리로 화답했다.

덜컹!

소리는 앞쪽에서 들렸는데 갑자기 뒤쪽 문이 열렸다.

소혜진이 깜짝 놀라 정화영 옆으로 붙었고, 청우자도 신형을 돌려 뒤쪽 문을 응시했다.

언제 그곳에 있었는지 한 명의 인영이 달빛을 받으며 서 있었다.

작은 체구에 등이 굽은 인영이었다. 그리고 손에는 짧은 지팡이가 들려 있었다.

그 인영은 앞문에서 인기척을 내고 뒷문으로 들어섰으면서도 경계심을 풀지 않고 잠시 관제묘 내부를 살핀 후 안으로 들어섰다.

"어서, 어서 이리 오시오, 추풍신개. 나는 무슨 변고가 생긴 줄 알았소."

"반갑소, 청우자 대협!"

　추풍신개라 불린 인영이 마침내 모든 경계심을 풀고 청우자에게로 다가와 손을 잡았다.

　등이 굽어 더욱 왜소하게 보이는 인물이었다. 게다가 봉두난발한 머리가 온 얼굴을 덮어 나이는 도저히 짐작이 불가능했다. 하지만 머리카락 사이로 내쏘아지는 눈빛은 그 어떤 젊은이들보다 날카롭고 강렬했다.

　황량하던 관제묘 안에 기이한 냄새가 가득 찼다.

　그것은 지독한 악취였다.

　"크으으, 냄새."

　소혜진이 코를 감싸 쥐며 뒤로 물러섰다.

　조운기와 정화영도 내색은 하지 않았지만 비슷한 심정인지 호흡을 멈추었다.

　추풍신개라는 별호로 보아 그는 개방의 거지가 분명했다.

　별호는 제쳐 두더라도 이 지독한 냄새는 그가 개방도라는 것을 의심할 여지가 없었다.

　정화영은 계속 호흡을 멈춘 상태에서 추풍신개를 쳐다보았다.

　그동안 초조한 기색을 숨기지 못하며 사숙께서 기다렸던 사람이 개방도였단 말인가?

　그건 정말 뜻밖이면서도 무언가 심상치 않은 기분이 들게 했다.

　인원수로 따지자면 강호에서 가장 큰 방파가 개방이다.

　세상 곳곳에 개방도가 없는 곳이 없고 개방도의 눈과 귀가 미치지 않는 곳이 없다. 그런 연유로 개방은 세상의 모든 정보와 소문의 집합소이기도 하다. 지금 사숙이 개방의 인물을 만난다는 것은 십중팔구 어떤 정보를 얻기 위함이라는 것은 어렵지 않게 짐작할 수 있었다.

정화영은 참았던 숨을 가늘게 들이쉬며 사숙 청우자와 추풍신개라는 개방도를 주시했다.

"대체 무슨 일이 있었던 것이오, 신개? 일차 약속 장소에도 나타나지 않고……."

인사를 끝낸 청우자가 걱정스런 눈으로 추풍신개의 신색을 살피며 물었다.

"얼마 전 순간적으로 미행을 당하는 것이 아닌가 하는 기분이 들었소. 착각인 듯했지만 매사 불여튼튼이라 일부러 먼 곳으로 돌아오다 보니 일차 약속 장소에는 나타나지 못했소."

추풍신개는 은은한 경계심이 도는 음성으로 답했다.

"그럴 리가 있소?"

청우자는 불신 가득한 표정으로 말했다.

추풍신개는 별호 그대로 바람마저 쫓아갈 수 있다는 신법의 고수였다.

그런 사람의 뒤를 흔적을 드러내지 않고 미행할 수 있는 사람들이 있다는 사실이 믿어지지 않는 것이다.

"그래서 함정을 파놓고 매복도 해보았지만 미행자는 없었고 더 이상 그런 느낌은 들지 않아 내 노파심에 의한 착각이 아니었나 하는 생각도 드는 중이오."

추풍신개는 입맛을 쩍 다셨다.

"착각한 것이 맞는 듯하오. 누가 추풍신개의 이목을 속이면서 뒤를 쫓을 수 있단 말이오."

청우자가 맞장구를 쳤다. 그러자 추풍신개도 굳어진 표정을 풀며 고개를 끄덕였다.

"어쨌든 매사 조심하는 게 상책이라……."

추풍신개는 혼잣소리처럼 중얼거린 후 긴장을 풀고 바닥에 주저앉았다.

"우선 목부터 좀 축이시오."

청우자가 품속에서 호리병을 꺼내 추풍신개에게 내밀었다.

아까 주루에서 도인의 신분임에도 불구하고 술 한 병을 챙기면서 점소이를 의아하게 했는데 이때를 위한 것 같았다.

"아이쿠! 이 귀한 것을……."

추풍신개는 반색을 하며 호리병 뚜껑을 열고 그 안에 든 술을 벌컥거리며 마셔댔다.

향긋한 주향이 추풍신개의 체취를 조금이나마 희석시켜 주었다.

추풍신개는 청우자에게 한 모금 마셔보란 말도 하지 않고 병나발을 불었다. 누군가 미행을 하지 않나 신경을 곤두세우며 먼 길을 돌아오느라 목이 많이 말랐던 모양이다.

"커억— 좋다! 역시 청우자께서는 이 사람의 마음을 알아준단 말이오."

단숨에 한 병의 술을 다 비운 추풍신개는 처음의 긴장된 기분을 완전히 떨쳐 버린 듯 찬사를 토했다. 그렇게 긴장된 분위기는 완전히 씻겨 나가고 있었다.

"그래, 내가 부탁한 일을 알아보셨소?"

잠시 술맛을 음미할 여유를 주었던 청우자가 추풍신개를 향해 질문을 던졌다.

한 병의 술로 풀어졌던 추풍신개의 표정이 다시 처음의 그것처럼 굳어졌다. 그에 따라 관제묘 안의 공기도 딱딱하게 경직되었다.

"청우자의 짐작이 맞았소!"

추풍신개가 가슴에 커다란 바위가 얹힌 듯한 기색으로 대답했다.

"그렇다면 정말 이번 일의 배후가 무황성이란 말이오?"

청우자의의 목소리가 관제묘 밖으로 새어나갈 정도로 크게 울렸다. 그것은 이제까지 조심하던 모습과는 너무나 대조적이었다.

그만큼 충격이 컸단 말이다.

'무황성?'

정화영이 혼란스런 심정으로 사숙이 한 말을 되뇌었다.

무언가 불안하고 경직되었던 최근 사숙의 행동이 무황성과 관련이 있다는 말인가?

누가 뭐래도 현재의 무황성은 백도무림의 가장 큰 세력 중 하나였다.

구파일방 개개로는 그 세력에 비견되기 힘들다. 아마 구파

일방 중 몇 개가 하나로 합쳐서 연맹을 만든다면 그들의 힘과
비슷할 것이다.

또한 그들은 누가 뭐래도 모든 정파무림인들의 추앙을 받는
백도무림의 상징과도 같은 존재였다.

그런 무황성이 무언가 사숙을 긴장시키는 일에 관련이 있다
는 말인가?

정화영은 눈을 동그랗게 뜨고 두 사람의 입술만 번갈아 쳐
다보았다.

"그들이 아니기를… 내 판단이 틀렸기를 빌고 또 빌었는데
결국 그들이란 말이구려. 이런 무서운 일이……."

청우자가 장탄식을 했다. 그런 청우자를 보며 추풍신개도
긴 한숨을 내쉬었다.

"대체 무슨 말씀이십니까, 사숙? 이분은 누구시고 무황성이
무슨 일을 했다는 것입니까?"

조운기가 마침내 답답한 심정을 토로했다. 지금까지 무언가
긴장된 분위기에 억눌려 지켜만 보았는데 더 이상 참을 수가
없었던 것이다.

형색과 체취로 보아 사숙과 대화하고 있는 사람이 개방도라
는 것은 짐작이 가지만 사부는 자신들에게 최소한의 소개조차
시켜주지 않고 있었다.

조운기의 목소리를 들은 청우자는 조금 냉정을 되찾았다.
그러고는 심호흡을 한 후 추풍신개를 향해 고개를 돌렸다.

"이분은……."

"그럴 필요가 있을까? 잠시 후 저승에 가면 자연히 알게 될 텐데."

갑자기 관제묘 밖에서 낯선 목소리가 들렸다.

차분하면서도 낮았지만 지금 그 목소리는 마치 벼락처럼 관제묘 안에 있는 사람들의 고막을 때렸다.

"웬 놈이냐?"

"누구냐!"

모두 깜짝 놀라며 자리를 박차고 일어섰다. 특히 추풍신개는 대경실색하여 반사적으로 신형을 뽑아 올렸다.

와장창!

허름한 관제묘 창문이 박살 나며 추풍신개의 신형은 어느새 관제묘 밖으로 쏘아졌다. 뒤를 따라 청우자 등도 몸을 날렸다.

관제묘 밖에는 한 명의 인영이 뒷짐을 지고 있었다.

추풍신개는 부릅뜬 눈으로 인영을 노려보았다.

전혀 기척도 없었다.

그런데 이렇게 가까이까지 접근하다니?

추적에 있어서는 타의 추종을 불허하는 추풍신개였기에 보통 무인들보다 청각과 기감이 훨씬 뛰어났다. 그런데 그런 추풍신개를 속이고 괴인은 지척까지 접근한 것이다.

그건 괴인이 그만큼 고수라는 반증이었다.

밤이긴 하지만 만월에 가까운 달이 떠 있어 괴인의 모습이 확연히 눈에 들어왔다.

흑의 무복을 입은 중년인이었다.

적당한 체격에 군살 하나 없는 몸매는 평생 수련을 게을리 하지 않은 흔적이 여실히 드러나 보였다.

"누구냐, 네놈은?"

추풍신개가 굳은 표정으로 질문을 던졌다.

자신의 이목을 속이고 여기까지 쫓아왔다는 사실이 더없이 그를 긴장시키고 있는 것이다.

"글쎄… 이름을 잊어먹고 산 지가 하도 오래되어서 기억이 나지 않는군. 그리고 그것이 그리 중요한 것도 아닐 테고."

중년인의 입가에 가느다란 미소가 피어올랐다.

흐릿했지만 왠지 섬뜩함을 느끼게 하는 미소였다.

보일 듯 말 듯한 한 가닥 미소로 이런 기운을 느끼게 할 사람이 중원에 얼마나 있을까 궁금하게 만들 정도로 미소는 차갑게 느껴졌다.

휘익—

휘익—

중년인의 입가에 피어오른 미소가 사라지기도 전에 미세한 파공음이 울리며 여러 명의 인영이 경공을 펼쳐 오고 있었다.

'그때 그 느낌이 착각이 아니었구나!'

추풍신개는 입술을 깨물었다.

아주 짧은 순간 느꼈던 미행의 낌새!

그건 너무나 순간적이어서 확신을 할 수가 없었다. 그러나 경계심을 늦추지 않고 매복을 하기도 하고, 경공의 속도를 달리하기도 하며 확인을 하려고 했지만 더 이상은 아무런 낌새도 느끼지 못해 이곳으로 왔는데 그 미세한 느낌의 주인이 저 놈이었던 것이다.

저놈은 자신보다 더 뛰어난 추적술로 자신을 미행하여 이곳까지 왔고, 그 뒤를 따라 부하들로 짐작되는 놈들까지 몸을 날려오고 있었다.

휘익—

휘익—

미세하던 파공음은 어느새 정체를 드러내며 여러 명의 흑의인이 주변으로 내려섰다.

얼핏 보아도 스무 명은 넘는 듯했다. 또한 경공을 펼치는 모습으로 미루어 하나같이 만만치 않은 고수들 같았다.

어느새 청우자 일행과 추풍신개는 흑의를 입은 복면인들에게 포위되어 버렸다.

"무황성의 인물들인가?"

추풍신개의 뒤에서 침중한 기색으로 중년인을 쳐다보던 청우자가 질문을 던졌다.

중년인이 다시 가느다란 미소를 피워 올렸다. 아까보다 더 섬뜩하게 느껴지는 미소였다.

"인간사 모두 새옹지마지요. 비범해서 촉망받았지만 그로 인해 이렇게 명이 짧아지게 되니 말이오. 쯧쯧!"

중년인은 청우자의 질문에 빙글 돌려서 대답했다. 어쨌든 그가 무황성의 인물이라는 것이 확실했다.

사내의 대답에 청우자는 속으로 신음을 삼켰다.

한 가지 의심을 계기로 제법 긴 시간 동안 조사를 해왔다. 그 의심이라는 것이 확실치 않았기에 최대한 은밀하게 추진했다. 그런데 놈들은 귀신같이 알고 역추적을 해온 것이다.

무황성에 대한 두려움이 엄습해 왔다.

오랜 시간 정파무림 최고 세력으로 인정해 왔지만 두려움의 대상은 아니었다.

그들은 덩치가 너무 컸고, 그래서 자신의 무게도 제대로 이기지 못하고 허덕거리는 존재들이었다.

지닌 바 힘은 거대했지만 하나로 집결되지 못하고 분열되었다. 그래서 통일적인 행동이 이루어지지 않아 늙고 병든 호랑이 같은 존재로 느껴졌었다.

그러던 그들이 현재 무황성주 단목상군에 의해 대대적인 수술을 받고 있다는 소문이 들렸다.

하지만 그때도 그러려니 했다.

전대 무황성주도 그런 시도를 여러 번 했지만 역부족이었다.

여러 장로들과 원로들에 막혀 완전한 무황성의 장악은 힘들었다. 그래서 현 무황성주 단목상군 역시 그러리라 생각했다.

그런데 그는 조금 다른 것 같았다.

오 년간의 긴 암투 끝에 무황성의 힘이 한곳으로 결집되었다고 했다.

하지만 그건 무황성 내부의 일이었을 뿐 외부적으로 달라진 것은 아무것도 없었다. 어디까지나 소문이었고 상세한 확인이 불가능했다.

그러나 그들의 손에 마련과 사도맹이 차례로 무너졌다는 말을 듣고는 그 소문이 과장이 아니라는 것을 알게 되었다.

물론 마련이 예전의 마도와 같은 성세가 아니었고, 사도맹 역시 한 개의 큰 방파 수준이었지만 단일 세력으로 그들을 상대하기에는 무리가 있는 세력들이었다. 그런데 무황성은 차례로 그들을 지리멸렬시켜 버린 것이다.

그때부터 무림인들은 무황성을 다시 보게 되었고, 뒤이어 세력을 확장하려는 마련과 사도맹의 싹을 미연에 잘라 버린 무황성에 찬사를 아끼지 않았다.

청우자 역시 무황성의 부활에 큰 관심을 가지고 그들을 지켜보았다.

정파무림의 가장 큰 세력인 그들이 긴 잠에서 깨어나 기지개를 켜는 것은 흥미로운 일이었다. 특히 마도와 사도의 세력들이 준동하는 시기에 그들의 싹을 애초에 잘라 버린 것은 무인의 피를 뜨겁게 만드는 일이기도 했다.

단지 한 가지 일만 아니었다면 지금까지도 그런 심정으로 무황성을 바라볼 것이다.

"역시 무황성이란 말인가?"

청우자가 침음성을 터뜨렸다. 그의 얼굴에 여러 가지 생각이 한꺼번에 떠올랐다.

허탈감과 불안의 감정이 사라진 곳에 다시 분노와 자괴감의 감정이 스쳐 지나갔다.

"새옹지마에 이어 모르는 게 약이란 말도 떠오르는구려."

중년인이 애석하다는 표정과 함께 중얼거렸다.

그것은 다분히 비웃음이었고, 더 나아가 조롱이기도 했다.

청우자는 중년인의 표정에서 살인멸구의 확연한 의지를 읽을 수 있었다.

[신개, 신개는 어서 포위망을 뚫고 탈출하시오. 그래서 사실을 다른 곳에 알리시오.]

청우자가 추풍신개에게 전음을 날렸다.

같이 적들과 맞서 싸우면 큰 도움이 되겠지만 모두 화를 당할 경우 사실을 알릴 사람이 없다. 그렇게 되면 죽어도 눈을 감지 못할 것이다.

[그럴 순 없소!]

추풍신개가 단호한 음성으로 전음을 날려 왔다.

[누군가는 비밀을 알려야 하오. 그리고 신개들 쫓기 위해 저들의 일부가 따라가면 우린 그만큼 부담이 적어지는 것이오.]

추풍신개는 잠시 갈등하는 기색을 보였다.

도의상 이들을 두고 혼자 몸을 뺄 수는 없지만 자신의 몫을 달고 사라지면 오히려 도움이 될 수도 있었다.

휘익—

추풍신개는 갑자기 손을 흔들었다.

마음의 결정이 서면 촌각도 지체하지 않는 것이 정보를 다루는 사람들의 특징이다.

청우자의 두 번째 전음을 들은 후 숨 한 번 내쉴 시간도 되기 전에 행동으로 옮긴 것이다.

"파앙—

추풍신개의 손에서 시커먼 가루가 쏟아져 나왔다. 그것은 흡사 독분처럼 한쪽의 흑의인들을 덮쳐 갔다.

"엇!"

"피해라!"

갑작스런 추풍신개의 행동에 포위망을 형성하고 있던 흑의인들이 대경하며 몸을 빼냈다.

그 사이로 추풍신개의 신형이 쏜살처럼 쏘아졌다.

"속았다! 쫓아라!"

사내 하나가 고함을 질렀다.

독분인 줄 알고 피했는데 추풍신개는 그 독분 사이로 스스럼없이 몸을 날린 것이다.

휘익!

휘익!

다섯 명의 흑의인이 추풍신개를 쫓았다. 그들의 경공도 추풍신개 못지않았다.

"너희 둘도 같이 가라."

중년인이 좌측에 있는 두 사내에게 명령을 내렸다.

잠시 주춤하던 사내들도 몸을 날렸다. 아마도 다섯이면 충분하다고 생각한 것 같았다.

어쨌든 추풍신개는 흑의인들의 삼분지 일 정도의 인원을 달고 사라져 자신의 몫은 충분히 했다고 볼 수 있었다.

"조금 더 어려워지겠지만 결과는 변함이 없을 것이오. 그러니 너무 즐거워할 필요는 없소."

중년인이 여전히 뒷짐을 진 자세로 청우자를 향해 말했다.

일곱 명이 추풍신개를 쫓아갔지만 여전히 열네댓 명의 복면인이 포위망을 구축하고 있었다.

그들은 자신이 있는지 아직 무기도 뽑지 않고 여유롭게 서 있었다.

챙!

청우자가 먼저 검을 뽑았다. 그를 따라 세 명의 사질도 동시에 검을 뽑았다.

긴장된 채 서 있던 그들이 검을 뽑자 지금까지와는 전혀 다른 분위기가 느껴졌다.

포위망 속에서 위축되어 있던 그들의 기세는 검을 뽑음과 동시에 바위처럼 무겁고 노도처럼 거센 느낌을 주었다.

오랜 세월 명문정파에서 수련을 한 흔적이 검과 함께 고스란히 드러나고 있었다.

"후후!"

중년인이 다시 웃음을 흘렸다. 사냥감이 강할수록 더욱 만족감을 느끼는 사냥꾼과 같은 미소였다.

"너무 쉽게 잡힌다면 그간의 노력이 억울하지. 아주 좋아! 그래야 사냥할 기분도 나고……."

중년인의 손을 들어 올렸다.

챙―

챙—

　사방으로 검명이 울리며 복면사내들이 일제히 무기를 뽑았
다.

　하나같이 시퍼렇게 벼린 검이었다. 그리고 그것들은 휘영청
밝은 달빛을 받아 얼음처럼 시린 빛을 토해냈다.

　"순순히 잡혀준다면 싸울 필요가 없겠지만 설마 그럴 리는
없겠지요? 쳐라!"

　중년인은 혼자 묻고 답한 후 명령을 내렸다.

　휘이익—

　명령과 동시에 검 하나가 대기를 가르며 소혜진에게로 날아
들었다.

　네 명 중 그쪽이 가장 약하다는 것을 느낀 본능적인 공격이
었다.

　"하앗—"

　소혜진이 기합성을 지르며 날아드는 검을 쳐내갔다. 그와
동시에 다른 사내들도 정화영과 조운기를 향해 검을 쳐왔다.

第四十二章

월하검투(月下劍鬪)

장홍관일

“사숙, 대체 이들이 누군가요?”

정화영은 날아드는 복면인의 검을 쳐내며 고함을 질렀다.

사숙과 복면인의 대화로 미루어 무황성의 사람들임은 알겠는데, 대체 무황성의 무사들이 왜 이곳에 나타났고, 또 왜 자신들을 포위하여 살인멸구를 하려고 하는지 도저히 짐작할 수 없었다.

챙!

정화영은 좌측에서 날아드는 검을 쳐내며 강한 위기의식을 느꼈다.

화산검초를 펼쳐 막기는 했지만 복면인들의 검법은 결코 만만하지 않았고, 숫자도 많았다.

그러기에 사력을 다하지 않고는 이들의 포위망을 뚫기 힘들 겠다는 생각이 절로 들었다.

"내가 너무 안일하게 생각했구나."

청우자는 정화영의 질문에 대답 대신 탄식처럼 중얼거렸다.

그러는 사이에도 복면인들의 도검은 쉴 새 없이 날아들어 촌각의 방심도 허용하지 않았다.

[이놈들은 우리가 막을 테니 너는 틈을 보다 아까 내가 지시한 대로 무당으로 달려가거라.]

청우자는 정화영을 향해 다급한 전음을 날렸다.

"사숙!"

정화영은 놀란 목소리로 고함을 쳤다. 그 순간에도 복면인들의 도검은 어지럽게 날아들어 정화영의 정신을 혼란스럽게 했다.

[무림의 중대사가 달린 일이다. 그러니 어서 시키는 대로 하거라.]

청우자의 전음이 다시 다급하게 날아들었다.

"그럴 수 없습니다, 사숙! 이들을 모두 베고 같이 가도록 해요!"

정화영은 다시 고함을 지르며 맹렬히 검을 휘둘렀다.

"크윽!"

정화영의 매화검에 허리가 쩍 갈라진 복면인 하나가 외마디 비명과 함께 뒤로 물러섰다. 그러나 그것도 잠시, 또 다른 복면인이 즉시 그 자리를 메우며 정화영을 향해 더욱 거센 검격을 가해왔다.

정화영은 이를 악물고 검을 휘두르며 소혜진 곁으로 신형을 이동시켰다.

일행 중 그녀가 제일 무공이 약했기에 자신이 그녀를 도와야 한다는 생각이 뇌리에 가득했기 때문이다.

그때 다시 청우자의 전음이 정화영의 귓전으로 날아들었다.

[이들은 무황성의 무인들이다. 지금 몸을 빼내지 않으면 영원히 기회는 없을 것이다. 내가 기회를 만들어줄 테니 너는 그 틈을 놓치지 말고 몸을 빼내어 무당파로 달려가거라.]

청우자의 전음을 들은 정화영은 등줄기로 얼음물이 흐르는 느낌을 받았다.

짐작은 하고 있었지만 사숙에게 직접 듣는 무황성의 무인이라는 말은 또 다른 충격을 전해주었다.

무황성이 어떤 곳인가?

현 백도무림의 최고 문파이자 무황성주 단목상군은 모든 무림인의 우상이 아니던가?

또 그들은 그들 자신만의 힘으로 잡초처럼 끈질기게 되살아나는 마련의 세력들을 무너뜨렸으며 사도맹 역시 철저히 붕괴시켜 버렸다.

그렇게 분란의 싹을 모조리 뽑아 무림의 안정에 더없는 공헌을 하지 않았던가?

그런 그들이 왜 화산파인 자신들을 공격한단 말인가?

휘익—

혼란한 마음에 검초가 흐트러졌고, 그 사이로 어김없이 복면사내들의 검이 날아들었다.

"하앗!"

정화영은 기합성과 함께 맹렬히 검을 휘둘렀다.

그녀의 검에서 매화노방(梅花怒放), 매개이도(梅開二度), 매화토염(梅花吐艶)의 검초가 연이어 쏟아졌다.

파앗—

정화영의 어깻죽지 부근의 옷깃이 잘리며 그곳으로 서늘한 한기가 스며들었다.

정화영은 가슴 한편이 철렁 무너져 내리는 느낌을 받았다.

이십사수 매화검법의 세 초식을 연달아 펼쳤는데도 한 놈이 기어코 검을 쑤셔 넣어 옷깃을 베었다.

복면인의 검이 한 치만 깊었어도 자신의 어깨는 쩍 하고 갈라져 선혈을 뿌리고 있을 것이라고 생각하니 모골이 송연했다.

오른쪽 어깨이기에 그 상처는 검을 제대로 휘두르지 못하게 하여 얼마 지나지 않아 무력하게 무너져 내리고 말 것이다.

정화영은 다시 등줄기로 얼음물이 흘러내리는 기분을 느끼며 가쁜 호흡을 가다듬었다.

[어서 가거라. 그렇지 않으면 모두 개죽음을 당한다.]

정화영의 귓전으로 다시 사숙의 전음이 날아들었다.

정화영은 이를 악물었다.

자신이 포위망을 탈출함으로 인해 놈들이 추풍신개와 마찬가지로 자신을 쫓아온다면 전력이 분산되어 오히려 사숙과 소혜진, 조운기에게 득이 될 수도 있었다.

"챙!"

정화영은 날아드는 검을 신속히 쳐내며 그 여세를 몰아 사내의 가슴에 검을 쑤셔 넣었다.

"크윽!"

복면사내가 단말마의 비명을 지르며 바닥으로 나뒹굴었다. 그와 동시에 청우자의 검이 맹렬한 검기를 폭사했다.

"콰앙!"

포위망을 형성하고 공격을 퍼붓는 복면인 중 가장 허술한 곳에 청우자의 검기가 쏟아지며 땅거죽이 터져 올랐다.

"지금이다!"

사숙 청우자의 고함이 정화영의 귓전을 때렸다.

정화영은 반사적으로 땅을 박찼다.

그녀의 신형이 한 마리 제비처럼 흙먼지를 뚫고 쏘아졌다.

"후후!"

뒤에서 사태만 관망하던 중년인이 조금도 당황하지 않고 나직한 웃음을 흘렸다.

그의 몸이 그 자리에서 흐릿하게 사라졌다.

청우자는 뇌리 속으로 번갯불이 번쩍이는 것을 느끼며 정화영 쪽으로 시선을 모았다.

느물거리며 자신과 대화할 때는 겉멋만 잔뜩 든 애송이 같았는데 지금 그가 펼친 신법은 절정의 고수 수준이었다.

그의 불길한 예상대로 중년인은 솟아나듯 정화영의 탈출로를 막고 나타났다.

적수공권의 사내는 귀신같은 움직임으로 정화영을 막아서며 여전히 뒷짐을 지고 있었다.

'천려일실을 경계해야 했는데…….'

청우자는 속으로 장탄식을 삼켰다.

개방의 추풍신개와의 일차 약속이 틀어지는 순간부터 최대한의 대비를 해야 했다.

문파의 장문인에게도 보고하지 않고 개인적으로 극도의 신중함과 함께 추진한 일이었지만 상대는 천하제일성인 무황성이었다.

그들을 상대로 한 일이라면 극히 사소한 것이라도 놓치지 말고 대비책을 세웠어야 했다.

하지만 아무도 모르는 은밀한 일이었기에 방심을 하고 추풍신개와의 이차 약속 장소로 온 것인데 놈들은 귀신같이 따라붙어 포위망을 구축한 것이다.

청우자는 정화영을 막아선 사내의 모습을 빠르게 훑었다.

거리는 제법 떨어져 있었지만 사내의 기도로 보아 주변을 포위한 다른 사내들보다 최소 두어 단계는 높은 무공을 소유한 것으로 짐작되었다.

청우자는 사방으로 먹구름이 몰려오는 느낌을 받았다.

포위망을 형성한 놈들도 벅찬데 저놈까지 가세한다면 더욱 어려워질 것이 자명했다.

　혼자라면 저놈만 집중적으로 상대하여 격퇴시키고 몸을 빼낼 수도 있겠지만 세 명의 사질까지 책임져야 하는 상황에서는 불가능에 가까워 보였다.
　청우자는 더욱 맹렬히 검을 휘둘렀다.
　"하앗!"
　퇴로를 차단당하며 주춤 멈춰 섰던 정화영도 기합성과 함께 앞을 막은 사내를 향해 맹렬히 검을 뿌렸다.
　"후후!"
　중년인이 나직한 웃음을 흘리며 슬쩍 보법을 밟았다. 그러자 중년인의 신형이 봄날의 아지랑이처럼 흔들리며 정화영의 공격을 모조리 무위로 돌렸다.
　놀람과 수치심으로 눈을 크게 뜬 정화영은 더욱 날카롭게 검을 휘둘렀다.
　뚝!
　보법만으로 정화영의 검을 피하던 중년인이 장난처럼 가느다란 싸리나무 가지 하나를 꺾었다. 그러고는 정화영의 검을 향해 내려쳤다.
　따땅—
　싸리나무 가지에 부딪친 정화영의 검이 심한 비명을 토했다. 그러고는 검로가 눈에 띄게 흐트러졌다.
　'으음!'
　정화영은 속으로 신음을 삼켰다.
　새끼손가락보다 더 가느다란 싸리나무 가지에서 쏟아진 시린 내력이 손목을 얼얼하게 하고, 팔을 타고 온몸으로 전해져 왔다. 그로 인해 기식마저 불안정해지고 있었다.

'대체?

정화영은 또다시 극심한 혼란에 휩싸였다.

이번에는 왜 무황성이 자신들을 공격하는가 하는 혼란이 아니었다. 지금 그녀의 뇌리를 온통 뒤흔드는 혼란은 마주하고 있는 중년인의 정체에 관한 것이다.

자신은 절정고수는 아니지만 화산의 제자로 십 년 넘게 검을 갈고닦으며 강한 자부심이 가슴 가득 채워져 있었다. 그러나 지금 이 순간 그 자부심은 바위 바닥에 떨어진 자기병처럼 산산이 부서지고 있었다.

절세의 보검도 아닌 한낱 나뭇가지로 자신을 이처럼 몰아붙이는 자!

'대체 무황성에는 이런 자들이 얼마나 있단 말인가?

정화영은 까마득한 절망감마저 느끼며 연신 뒤로 밀렸다. 급기야 그녀는 포위망 속으로 다시 휩싸여 들었다.

"그만 포기하는 것이 어떻소, 청우자?"

다시 뒷짐을 진 중년인이 입을 열었다. 그와 동시에 벌 떼처럼 몰아치던 복면인들의 공격도 멈추었다.

"누구냐, 네놈은?"

청우자는 들끓는 기혈을 다스리며 목소리를 높였다.

"아까 답하지 않았소."

중년인의 눈에 조소의 빛이 떠올랐다.

"물론 무황성이란 것은 알고 있다. 난 지금 네놈의 정체가 궁금할 따름이다."

"그걸 알아서 뭐에 쓰시려고?"

중년인의 눈에서 다시 조소의 빛이 흘러나왔다.

청우자의 눈썹이 송충이처럼 꿈틀거렸다.

저런 실력이라면 절정고수의 반열에 올려놓아도 무방할 것 같은데 중년인에 대해서는 조금도 짐작 가는 것이 없으니 더욱 큰 위기감이 느껴졌다.

"마지막 소원이라 생각하고 반만 가르쳐 드리겠소. 난 무황성의 외밀원 소속 밀막주(密幕主)라고 하오. 후후!"

중년인이 자신의 소속을 밝힘과 함께 낮은 웃음을 흘렸다.

"밀막?"

청우자의 눈썹이 다시 꿈틀거렸다.

무황성의 외밀원은 들어본 적이 있다.

이름만 알려져 있을 뿐 그 인원이나 행적은 무황성 내에서도 알 수 없는 바람 같은 조직이라고 했다. 그러나 성주의 의중을 가장 잘 파악하고 가장 은밀한 지시를 행하는 외밀원은 최근 들어 무황성의 가장 핵심적인 조직이라고 알고 있었다. 그러나 밀막은 지금까지 한 번도 들어본 적 없는 조직이다. 아마도 외밀원의 몇 개 조직 중 하나이리라.

그런 자가 이만한 실력이라면…….

청우자는 다시 한 번 자신의 안일함을 한탄했다.

무황성은 자신의 생각보다 몇 배는 더 위험한 곳이었다. 그

런 곳을 상대하고자 하며 자신은 너무 허술하게 행동한 것이
다.

　그러나 그런 후회는 아무리 절실해도 지금으로선 아무 소용
이 없었다.

　‘추풍신개는 괜찮을까?

　혼란한 마음을 가다듬은 청우자는 추풍신개의 안위를 걱정
했다. 이자들의 무공이라면 그도 쉽게 추적을 뿌리칠 수 없을
것 같았다.

　“어떻게 알았느냐?”

　청우자도 다시 질문을 던졌다.

　“뭐 말이오? 당신이 우리 무황성에 대해 무언가 조사를 하
고 있다는 것 말이오?”

　“……”

　“후후. 그야 부처님 손바닥과 손오공의 경우가 아니겠소, 무
황성의 눈은 당신들이 상상하지 못할 만큼 높은 곳에서 내려
다보고 있으니.”

　밀막주의 눈에 어린 조소가 더욱 짙어졌다.

　청우자는 들끓어 오르는 분기를 억누르기 위해 이를 악물었
다.

　“그럼 나도 한 가지 질문을 드리겠소. 시발점이 어디요?”

　밀막주는 날카로운 안광과 함께 질문을 던졌다.

　그가 말한 시발점이란 청우자가 무황성에 대한 조사를 하게
된 최초의 원인이 무엇이었나를 묻는 것이었다.

"글쎄⋯⋯. 그것 역시 세상에 영원한 비밀이란 없다란 말로
대신할 수 있겠지."

청우자는 밀막주와 마찬가지로 비유적으로 설명했다.

"후후!"

밀막주가 다시 웃음을 흘렸다.

"그걸 알려주면 편한 죽음을 선사해 줄 수도 있었는데 안타
깝구려. 수고스럽겠지만 그건 우리 방식대로 알아내야겠소.
대신 후회는 하지 마시오."

자신만만한 음성으로 말한 밀막주는 손을 들어 올렸다.

밀막주의 수신호와 함께 공격을 멈춘 채 포위망만 견고히
하고 있던 사내들이 다시 벌 떼처럼 달려들기 시작했다.

"사상검진(四象劍陳)을 펼쳐라!"

사내들의 공격이 아까보다 훨씬 더 맹렬해지자 청우자는 급
히 지시를 내렸다.

검진을 펼칠 경우 청우자의 고강한 무공은 제대로 진가를
드러내지 못하겠지만 대신 무공이 떨어지는 소혜진이나 조운
기는 각개격파의 위험이 최소로 된다.

그런 식으로 최대한 시간을 끌며 놈들을 하나씩 베어 넘긴
후 결정적인 시기에 청우자가 전면으로 나서 퇴로를 확보할
생각이었다.

"그렇게는 안 될 일!"

검진이 막 발동되려는 순간 밀막주가 냉막한 고함과 함께
팔을 뻗었다.

치치칭!

기괴한 금속성과 함께 밀막주의 팔뚝에서 기다란 연검이 튀어나왔다. 그리고 그것은 어느새 쇠꼬챙이처럼 빳빳하게 일어서며 검진의 가장 핵심이 되는 고리를 향해 찔러들었다.

"헛!"

조운기가 경호성을 지르며 뒤로 물러섰다. 그와 동시에 검진이 제대로 발동되지 못하고 출렁거렸다.

취이익―

밀막주의 연검이 섬뜩한 파공성을 내며 이번에는 위에서 아래로 수직으로 떨어져 내렸다.

챙―

소혜진이 급히 검을 쳐올리며 연검을 막은 후 비틀거리며 뒤로 밀려났다.

검진이 발동되었더라면 연수합공에 의해 충분히 수비가 되든지, 아니면 그 이전에 밀막주의 공격 자체가 제대로 이뤄지지 않았겠지만 밀막주는 검진 발동 직전에 교묘히 그 연결 부위를 끊어버렸고, 검진은 펼쳐지기도 전에 와해되고 말았다.

"몰아쳐라! 더 이상 허튼짓을 하기 전에!"

밀막주의 명에 다시 뒤로 물러섰던 사내들이 눈을 번뜩이며 검을 휘둘렀다.

"서로의 간격을 유지한 채 틈을 주지 말아라!"

청우자는 신음을 속으로 삼키며 고함을 질렀다.

검진의 발동이 무산된 이상 각개격파는 불가피하게 된다.

그리고 얼마 지나지 않아 소혜진과 조운기는 심각한 위험에 직면하며 쓰러지게 될 것이다.

"소용없는 수작!"

청우자의 바람과는 상관없이 사내들은 조직적으로 검을 휘두르며 소혜진을 집중 공격했다. 제일 실력이 모자란 소혜진부터 처치하며 무너뜨릴 생각인 것이다.

"하앗!"

쨍강―

이를 악문 소혜진은 필사적으로 검을 휘둘렀지만 중과부적이었다. 결국 그녀는 뒤로 밀리며 청우자와의 거리가 벌어져 갔다.

"흩어지지 말아라!"

청우자가 다시 고함을 지르며 맹렬히 소혜진 쪽으로 쳐나갔다.

"저쪽은 어쩌시려고?"

밀막주가 다시 조소 어린 음성을 흘렸다.

청우자가 소혜진 쪽으로 쳐나가자 복면인들은 그쪽을 내어주는 대신 조운기를 집중 공격했다.

'간교한 놈들!'

청우자는 속으로 신음성을 토했다.

놈들은 당장 소혜진과 조운기를 도륙해서 쓰러뜨리려는 것이 아니었다. 그들을 위험에 빠뜨리면서 청우자의 신경을 분산시켜 이지럽게 만들려는 수작이었다. 그리하여 청우자의 공력이 소모되기를 기다리고 있었다.

차라리 청우자 혼자 몸이라면 복면인들을 가차없이 베어 넘기고 유리한 상황을 맞을 수도 있겠지만 소혜진과 조운기 등으로 인해 계속 신경이 분산되어 제대로 된 신위를 발휘하지 못하고 있었다.

"하앗!"

청우자는 한 손으로 검을 휘두르며 다른 한 손으로는 조운기를 공격하는 사내들을 향해 화산의 독문장법인 태을미리장(太乙迷離掌)을 발출했다.

두 가지 공격을 동시에 행함으로써 공력의 소모가 극심하겠지만 지금의 상황에서는 어쩔 수 없었다.

퍼엉—

폭음과 함께 태을미리장에 격중당한 두 복면인이 피를 뿌리며 뒤로 날려갔다.

"역시 화산의 고수로구려!"

밀막주가 찬사를 터뜨리며 수신호를 했다.

그러자 청우자를 둘러싸며 합공을 하고 있던 사내들이 즉시 뒤로 물러났다.

그리고 그들은 제각각 소혜진과 조운기, 정화영에게로 달려들었다.

"진인께서는 이제부터 나하고 놀아봅시다."

밀막주가 냉랭한 음성과 함께 청우자 앞으로 훌쩍 다가섰다. 그와 함께 무형의 압력이 파도처럼 밀려들었다.

"바라던 바!"

청우자는 고함과 함께 즉시 밀막주를 향해 검을 휘두르며 짓쳐들었다.

자신이 최대한 빨리 밀막주를 쓰러뜨리면 상황은 역전되고 가망성이 있었다.

치리리링—

기괴한 금속성과 함께 밀막주의 팔에 감긴 연검이 물결치듯 뻗어 나왔다.

"차앗—"

청우자는 기합성과 함께 검을 휘둘렀다.

파츠츠츠—

고색창연한 청우자의 매화검에서 서릿발 같은 검기가 일며 밀막주의 연검을 금방이라도 두 동강 낼 듯 뻗어나갔다.

금속성이 터지며 매화검과 연검이 동시에 튕겨났다.

"으음!"

처음으로 밀막주의 입에서 신음이 흘렀다.

일대일로 상대를 하며 마주한 청우자의 무공은 밀막주의 예상보다 훨씬 고강했다.

만약 사질들 없이 청우자 혼자였더라면 지금쯤 수하들 반 이상이 쓰러졌을지도 모를 일이었다.

치이잉—

최초의 격돌에서 우위를 점하지 못하고 오히려 약간의 손해를 본 밀막주가 불끈 호승심을 끌어올렸다. 그러자 그의 연검도 주인의 의지에 감응된 듯 검명을 토하며 날이 선 채 예기를 토해냈다.

"어둠 속에만 도사리고 있다 보니 항상 구파일방의 무공이 궁금했는데 오늘 좋은 경험이 될 것 같소. 후후!"

밀막주는 다시 음산한 미소를 흘리며 검을 앞으로 들어 올렸다.

파앗―

선인지로의 초식처럼 청우자를 가리키는가 싶던 연검이 순식간에 두 배는 더 길어졌다.

그건 아직도 다 풀어지지 않고 밀막주의 팔에 감겨져 있던 연검이 완전히 풀리며 독사출동의 수법으로 쏘아져 나온 것이다.

오행매화보를 밟은 청우자가 신속히 상체를 틀었다. 그 순간 연검이 급격히 휘어지며 청우자의 목을 잘라왔다. 그야말로 연검의 특성을 십분 이용한 날카로운 공격이었다.

파아앗―

상체를 튼 청우자가 그대로 매화검을 그어 올렸다. 그 순간 다시 연검이 휘어지며 어지럽게 날아들었다. 그러자 청우자의 검 또한 어지러운 변화를 보이며 연검의 궤적을 한꺼번에 잘라 나갔다.

"헛!"

밀막주가 다급성을 토했다.

설마 청우자의 검초가 이렇게 날카로울 줄 몰랐던 그는 대경하며 급히 초식을 변화시켰다.

치이잉—

연검이 기음을 발하며 수십 개의 환영을 그려냈다. 그 모습은 마치 수십 개의 검이 모두 실체가 되어 한꺼번에 쏘아지는 것 같았다.

"허튼수작!"

청우자가 짤막한 외침과 함께 검영 한곳을 향해 매화검을 찔러 넣었다.

챙!

수십 개의 환영 중 유일한 실체가 청우자의 매화검에 걸리며 물에 적신 빨래처럼 옆으로 휘어졌다. 뒤이어 서릿발 같은 검기가 뻗어 나오며 밀막주의 가슴을 잘라갔다.

파앗—

밀막주의 가슴이 길게 갈라지며 맨살이 훤히 드러났다. 그리고 그곳으로 미세한 선혈도 내비쳤다.

"망할!"

밀막주가 역정스런 음성을 토하며 훌쩍 물러섰다.

무인으로서의 본능적인 호승심에 이끌려 청우자와 맞상대를 해보았지만 일대일의 정정당한 승부로서는 화산파 고수를 이길 수 없었다.

"쳐라!"

뒤로 물러난 밀막주가 고함을 질렀다. 그러자 조운기와 정화영 등에게로 몰렸던 사내들이 다시 달려들었다.

"더러운 놈!"

청우자가 분기 가득한 고함을 질렀다.

"무인의 협의보다는 목적을 우선시하는 우리이기에 어쩔 수 없소. 넓은 아량으로 양해하시오."

과장되게 고개를 숙인 밀막주가 훌쩍 몸을 날려 소혜진에게로 날아갔다.

거의 무너지기 일보 직전에 처한 그녀를 순식간에 제압하여 인질로 삼은 후 청우자의 움직임마저 묶어버리려는 의도였다.

"조심하거라!"

청우자가 고함을 질러 주의를 일깨운 후 장력을 터뜨렸다.

가슴을 격중당한 복면인이 칠공에서 피를 토하며 날아갔다.

그 순간 밀막주의 연검이 몽둥이처럼 소혜진의 허리를 세차게 가격했다.

"아악!"

소혜진이 날카로운 비명과 함께 휘청 상체를 꺾었다.

"사매!"

정화영이 찢어져라 고함을 쳤다. 그러나 몸을 빼내 그녀를 도울 여지는 조금도 허락되지 않았다. 그녀 역시 여러 명의 복면사내들에게 둘러싸여 백척간두의 위기에 몰리고 있었다.

파아앗—

휘청거리는 소혜진의 가슴 어림으로 복면사내 하나의 검이 세차게 날아들었다.

중심을 잃은 소혜진은 그대로 바닥을 굴렀다.

나려타곤의 치욕적인 자세였다. 하지만 그것은 포위된 상태에서는 오히려 더 치명적이었다. 바닥을 뒹구는 그녀의 신형 뒤로 더 많은 검이 한꺼번에 떨어져 내렸다.

소혜진은 더 이상 구를 힘도 없이 눈을 질끈 감았다.

쐐애액—

두 개의 검이 소혜진의 가슴과 허리를 가르려는 찰나 섬뜩한 파공성과 함께 막대기 하나가 풍차처럼 날아들었다.

"헉!"

사내가 단말마를 지르며 소혜진을 향해 찔러가던 검을 위로 쳐올렸다.

쨍강—

날카로운 금속성과 함께 청죽으로 만든 지팡이가 두 동강이 나며 허공으로 떠올랐다.

"신개!"

청우자가 고함을 질렀다.

천만뜻밖에도 탈출을 도모했던 추풍신개가 다시 돌아온 것이다.

"아무래도 마음이 놓이지 않아서……."

추풍신개는 반 토막이 난 청죽 지팡이를 쌍봉처럼 주워 들며 말했다.

"뒤를 쫓아간 놈들은?"

"속임수를 써서 따돌렸으나 일각 안에 돌아올 것이오."

추풍신개는 입맛을 다시며 답했다.

그들을 처치하지 못하고 잠시 따돌리기만 한 자신에 대한
불만이 엿보였다.

"그때까지 한 놈이라도 더 죽여봅시다."

추풍신개가 두 개의 청죽 지팡이를 앞으로 내밀었다.

그 순간,

휘익!

바람을 가르는 소리와 함께 정화영이 허공을 향해 몸을 숏
구쳤다.

추풍신개가 돌아왔으니 자신이 그를 대신하고자 하는 의도
였다. 자신보다 더 고수인 추풍신개가 가세한 상황에서 자신
이 다시 몇 명의 복면인들을 달고 떠나면 남은 사람들이 그만
큼 유리해질 것이다.

그것은 청우자의 지시도 없는 상황에서 독단적으로 이루어
진 행위였기에 밀막주도 전혀 눈치를 채지 못하고 정화영을
놓치고 말았다.

"추적하라!"

밀막주가 신경질적으로 고함을 질렀다.

그러자 다섯 명의 복면인이 몸을 날려 정화영을 따랐다.

"아주 영리한 제자를 두었구려!"

밀막주가 분기를 감추지 못한 음성으로 말했다.

"네놈들은 지시한 명령만 이행하는 충실한 개에 불과하지
만 화산파 제자들은 다르지. 개들과는 비교도 안 되는 융통성
을 가지고 있지."

청우자는 밀막주를 한 마리 개에 비유하며 조롱했다.

밀막주의 눈이 시퍼런 빛을 토해냈다.

"하지만 결과는 마찬가지라는 말을 해주고 싶구려. 거지를 쫓아간 부하들이 벌써 돌아오고 있으니 말이오. 후후!"

밀막주가 차가운 웃음을 흘리며 고개를 돌렸다.

그쪽에서 경공을 펼치는 바람 소리가 들렸다.

추풍신개의 속임수에 당한 밀막주의 부하들이 일각은 걸릴 것이라던 추풍신개의 예상과는 달리 벌써 되돌아오고 있었다.

"역시 대단한 사냥개들이야."

추풍신개가 이를 악물며 빈정거렸다.

"칭찬의 답례로 최대한 고통스런 죽음을 선사하겠소. 쳐라!"

밀막주의 음성이 염왕의 그것인 양 어둠 속으로 흘러나갔다.

第四十三章

반전(反轉)

장홍관일

쌔애액—

쌔애액—

정화영의 귓가로 바람 소리가 비단천이 찢기듯 스쳐 지나갔
다.

그만큼 그녀가 펼치는 경공의 속도가 쾌속하다는 말이었다.
그래서 또 그만큼 공력의 소모도 심했다.

"지겨운 놈들!"

정화영은 속으로 치를 떨었다. 근 일각의 시간 동안 최대한
공력을 끌어올려 경공을 펼쳤지만 놈들과의 거리는 벌어지지
않았다.

처음에는 조금 벌어지는 것 같기도 했다.

추적하는 놈들이 한 놈이나 두 놈뿐이라면 그렇게 차츰 더 거리를 벌려 떨어뜨려 버릴 수도 있었다.

그러나 놈들은 다섯 명이나 되었고, 교활하게도 그 다섯 놈이 순서를 바꿔가며 한 놈이 최고의 속도로 따라붙고 그 외 다른 놈들은 조금 뒤처져서 공력을 아끼며 제일 선두만 따라왔다. 그러다가 그놈이 지칠 때면 그 뒤의 놈이 최대한의 속도로 경공을 펼치며 역할을 분담했다.

그러다 보니 놈들은 짧은 시간 동안만 최대한의 속도로 경공을 펼쳤고 정화영은 처음부터 끝까지 최고조의 경공을 펼쳤다. 결국 정화영은 점차 지치게 되어 더 이상 거리가 벌어지지 않고 차츰 좁혀지고 있었다. 이대로 가다가는 결국 지쳐서 잡히게 될 것 같았다.

정화영은 빠르게 머리를 회전시켰다.

어서 성시가 있는 곳으로 가서 몸을 숨겨야 했다. 그곳이라면 놈들을 따돌릴 수 있을 것 같았다. 그러나 앞으로 반 각은 더 달려야 성시가 나올 터였다.

'그때까지 최대한 경공을 펼쳐야……'

다짐이 끝나기도 전에 뒤통수를 향해 섬뜩한 기운이 전해졌다.

피잉―

암기였다.

거리가 좁혀지자 놈들은 뒤에서 암기를 날리고 있었다.

'망할!'

정화영은 이를 갈았다.

암기를 피하느라 몸을 비트는 사이 그만큼 속도가 떨어졌다.

피잉―

다시 암기가 날아왔다.

정화영은 또다시 방향을 바꿀 수밖에 없었다. 그러면서 더욱 거리가 좁혀졌다.

살쾡이가 토끼를 쫓을 때 곧바로 목덜미에 송곳니를 쑤셔 넣지 않는다. 우선은 앞발로 질주하는 토끼의 뒷다리를 건드려 중심만 잃게 만든다. 그렇게 되면 토끼의 도주 속도는 차츰 느려지고 몇 번 더 그렇게 하고 나면 토끼는 지쳐 쓰러지는 것이다.

살쾡이는 그때 토끼의 목덜미를 덥석 물어 사냥의 종지부를 찍는다.

놈들은 지금 살쾡이의 사냥법대로 하고 있었다.

자신이 속도를 내려고 할 때마다 암기를 날려 중심을 허물어뜨리고 있었다.

피잉―

피잉―

이번에는 두 개의 암기가 한꺼번에 날아왔다.

"죽일 놈들!"

정화영은 아까보다 더 크게 몸을 비틀었다. 당연한 결과로 중심은 그만큼 더 흔들렸고, 속도가 떨어져 그만큼 거리가 좁혀졌다.

피잉—

핑—

다시 여러 개의 암기가 날아왔다.

정화영은 마침내 신형을 멈추었다.

이런 식으로 계속 도주해 봤자 힘만 더 빠질 것이다. 이젠 차라리 그 힘을 아껴 정면승부를 하는 것이 낫다.

휘익—

휘익—

제일 앞에서 쫓아오던 두 명이 먼저 좌우로 내려섰다. 다른 놈들은 저 뒤에서 달려오고 있었지만 숨 몇 번 더 쉬고 나면 합류할 것이다.

'선제공격!'

마음이 결정되자 정화영의 신형은 즉시 그에 따라 움직였다.

다른 놈들이 합세하기 전에 우선 먼저 온 두 놈에게 최대한의 타격을 주고 나머지는 한꺼번에 상대할 결심을 한 정화영은 검을 빗살처럼 휘둘렀다.

쉬이익—

시퍼렇게 벼린 검이 섬뜩한 음향과 함께 좌측에 있는 사내에게로 날아갔다.

"헛!"

숨 돌릴 틈도 주지 않고 기습적으로 공격을 해오는 정화영의 공세에 사내가 대경하며 검집째 들어 올렸다.

땅—

검집에서 쇳소리가 터져 나왔다.

'으음!'

정화영은 신음을 삼켰다.

검집과 검이 마주친 충격파가 손목을 얼얼하게 했다. 그것만 보아도 사내들의 무공 수위가 절대 자신의 아래가 아님을 알 수 있었다.

자신은 온 힘을 다해 선공을 했고, 사내는 검도 뽑지 못하고 얼떨결에 검집째 들어 올려 막기만 했는데도 조금도 이득을 보지 못했다. 오히려 반탄력에 손목에 저릴 정도였다.

"숨이나 좀 돌리고 하지. 저승길을 그리 재촉할 필요가 있나?"

공격을 받은 사내가 한 걸음 뒤로 물러서며 느물거렸다.

"개소리!"

정화영은 재차 득달같이 검을 휘둘러 갔다.

이번에는 준비를 하고 있었던 듯 사내는 신속히 보법을 밟으며 검을 피했다.

정화영은 그 순간 검의 방향을 틀어 다른 사내의 허리를 베어갔다.

먼젓번 사내에게 했던 공격은 허초였고 실초는 다른 사내에게 뿌린 것이다.

약간은 방심을 하고 퇴로만 차단하고 있던 사내는 황급히 신형을 틀었지만 정화영의 검이 사내의 늑골 부근을 긋고 지나갔다.

"큭!"

사내가 단말마의 비명을 토했다.

정화영의 검이 지나간 자리에서 선혈이 터져 나왔다. 치명상은 아니었지만 전투력의 대부분을 상실할 만큼 엄중한 상처였다.

"교활한 계집!"

허초 공격을 받은 사내가 이를 드러내며 으르렁거렸다. 그사이 뒤떨어져서 추격을 하던 세 명의 사내도 주변으로 내려섰다.

정화영은 입술을 씹었다. 선제공격으로 두 명을 쓰러뜨리려 했지만 반만 성공한 것이다.

"아주 약삭빠른 계집이다. 조심해라."

사내의 명령에 주변을 둘러싼 사내들이 미세하게 고개를 끄덕이며 한층 더 엄중한 자세를 취했다.

'어렵다.'

정화영은 포위망을 구축한 사내들의 몸에서 풍기는 기운을 느끼며 마음의 각오를 했다.

이들 중 두 명만 한꺼번에 공격을 해도 자신이 없었다. 아니, 수장 격인 사내 한 사람도 버거웠다. 그런데 상대는 넷이나 되었다.

아마도 일각이 지나기 전에 사로잡히거나 죽을 것이다.

지금의 상황에서 최선은 최대한 시간을 끌며 자신이 이들을
붙잡고 있어 사숙의 부담을 덜어주는 것이다. 그것 역시 절대
로 쉽지 않겠지만 천운을 바라는 수밖에 없다.

정화영은 검병을 잡은 손에 불끈 힘을 주었다.

"되도록 사로잡되 피치 못할 경우 죽여도 좋다!"

사내가 차가운 목소리로 지시를 하며 손을 흔들었다.

"하앗―"

사내들이 일제히 고함을 지르며 정화영을 향해 검을 뿌렸
다.

정화영은 필사적으로 검을 쳐올렸다.

까강!

두 개의 검이 한꺼번에 정화영의 검에 부딪쳤다. 동시에 다
른 두 개의 검은 아무런 구애도 받지 않고 어깨와 허리 쪽으로
날아들었다.

정화영은 신속히 암향표의 보법으로 검을 피했다. 그러나
또 한 자루의 검이 등줄기를 쑤시고 들어왔다.

파앗―

급히 상체를 뒤틀었지만 검첨이 허리 어림을 스쳐 지나갔
다.

화끈한 통증과 함께 절망감이 엄습해 왔다.

최대한 시간을 끌어 사숙과 소혜진, 조운기에게 부담을 덜
어주려 했는데 첫 번째 격돌에서부터 상처를 입었다.

이런 식이라며 일각이 아니라 반 각도 버틸 수 없을 것 같

았다.

쉬이익—

다시 검 세 자루가 세 방향에서 동시에 날아들었다.

두 자루는 보법으로 흘리고 목을 향해 날아드는 한 자루는
쳐냈다.

파앗—

그 순간 허벅지 어림에서 또 한 번 불에 지지는 듯한 통증이
전해졌다.

어느 순간 날아왔는지 인식도 못한 검이 허벅지를 할퀴고
지나간 것이다.

정화영은 고통에 이를 악물었다.

방금 그 검은 다리 하나를 충분히 자를 수도 있는 검이었다.
그러나 놈들은 자신을 생포하기 위해 치명적인 공격을 하지
않고 조금씩 허물어뜨리려는 것이다. 그렇게 되면 사숙이 준
서찰도 빼앗길 것이고 무당 장문인에게도 피해가 갈 수 있었
다.

죽게 되더라도 서찰을 없애고 죽어야 한다.

정화영은 검을 휘두르며 품속으로 손을 넣었다.

“하앗—”

갑작스런 고함과 함께 정화영은 사내 하나를 향해 구겨져서
돌멩이처럼 변한 서찰을 던졌다.

“엇!”

정화영이 암기라도 던졌다고 생각한 사내는 신속히 서찰을

향해 검을 휘둘렀다.

한 번의 검격에 서찰이 수십 조각으로 흩날렸다.

검에 실린 기운이 서찰을 얼린 천 조각처럼 부숴 버린 것이
다.

"바라던 바!"

그 조각난 서찰을 향해 정화영도 세차게 검을 휘둘렀다.

그녀 역시 한 번의 검격이었지만 검끝에서 피어난 매화 송
이가 서찰을 아예 가루로 만들어 버렸다.

"이런! 무언가 중요한 것이 적힌 종이였던 것 같은데…… 쯧
쯧!"

수장 격의 사내가 아쉬운 듯 혀를 찼다. 그러고는 눈빛을 차
갑게 빛냈다.

"이젠 죽여도 좋다. 쳐라!"

사내가 사형선고를 하듯 단호하게 명령을 내렸다.

"그래서야 쓰나! 사내들이 개떼처럼 몰려들어 여자 하나를
그렇게 핍박해서야……. 같은 사내로서 부끄러워 어디 고개를
들 수 있나?"

장내에 갑자기 굵은 목소리가 울려 퍼졌다. 느긋하게 느물
거리는 목소리는 바로 등 뒤에서 들려왔다.

너무 갑작스런 사태에 사내들은 물론이고 정화영까지도 멍
한 표정으로 소리가 들려온 곳을 쳐다보았다.

자신들과 오 장 정도 떨어진 곳에서 방갓을 쓴 사내 하나가
아름드리나무에 어깨를 기대고 서 있었다.

그 자세는 마치 처음부터 그곳에서 느긋하게 구경을 하고 있었던 것 같았다.

"언제?"

수장 격인 사내의 입에서 자신도 모르게 신음 같은 음성이 흘러나왔다.

이건 도대체 귀신이 곡할 노릇이었다.

밤중이라 사위는 고요하기 이를 데 없었다. 그래서 나뭇잎 하나 떨어지는 소리도 들을 수 있을 것 같았다.

비록 정화영과 대결을 벌이느라 신경이 조금 분산되었다 하더라도 등 뒤에 나타난 인영의 기척을 알아차리지 못한 것은 치명적인 실수라 할 만했다.

"뭐… 내가 언제 나타났는지 하는 것은 그리 중요한 게 아니고… 중요한 것은 저쪽에는 나보다 몇 배는 더 위험한 인간이 서 있다는 거지."

나무둥치에 비스듬히 어깨를 기대고 섰던 방갓의 사내가 맞은편을 향해 턱짓을 했다.

정화영은 물론 모든 사내들이 일시에 반대쪽으로 고개를 돌렸다.

방갓사내의 말대로 또 한 명의 사내가 달빛을 등지고 조용히 서 있었다.

방갓사내처럼 건들거리지도 않고 그냥 조용히 서 있었다. 그러나 그 사내는 흡사 한 자루 검처럼 느껴졌다. 시종 아무런 움직임도 없었지만 사내의 모습은 금방이라도 한 자루 검이 되어 사방에 있는 모든 것을 베어버릴 것 같았다.

"누구냐?"

다른 사내 하나가 불식간에 고함을 질렀다.

"쯧쯧! 이런 순간에는 꼭 이런 대사밖에 못 던지는 단순한 인간들이 싫어. 정말 싫어!"

방갓의 사내가 고개를 절레절레 흔들었다.

정화영은 절대적인 위기의 순간에서도 어이가 없는 기분이 들었다.

두 사내의 정체는 도저히 짐작이 가지 않았다. 특히 방갓을 쓴 사내는 종잡을 수가 없었다. 모든 사람들의 이목을 속이고 나타난 모습은 절정고수 같았는데 말과 행동은 뒷골목 건달이 따로 없었다.

정화영의 궁금증은 다시 뒤쪽에서 들려오는 요란한 인기척에 의해 소멸되어 버렸다.

"헉! 헉! 사부! 갑자기 그렇게 날아가 버리면 우린 어떡합니까? 아이고, 숨 차라!"

먼저 나타난 두 사내와 달리 또 다른 두 사내는 지축이 흔들리는 소음과 함께 달려왔다.

"어헉! 이게 무슨……?"

앞서 달려오던 사내는 검을 빼 들고 서 있는 흑의인들을 보고 비명을 지르며 신형을 멈추려 하다가 미끄러져서 엉덩방아를 찧었다. 그 뒤에서 달려오던 사내도 깜짝 놀라며 그 자리에 주춤 멈추어 섰다.

“사부! 대체 이게 무슨……?”

엉덩방아를 찧었던 사내가 일어서며 고함을 질렀다. 그러고는 장내를 둘러보다 정화영을 발견하고는 입을 딱 벌렸다.

“소, 소저!”

사내가 다급성을 터뜨렸다. 분명히 안면이 있다는 표정이었다.

반쯤 얼이 빠져 있던 정화영은 비로소 엉덩방아를 찧은 사내의 얼굴에 초점을 맞췄다.

“아!”

정화영이 탄성을 터뜨렸다.

낮에 주루에서 보았던 청년이다.

술을 사러 왔다가 파락호들에게 봉변을 당하던 차에 자신이 나서서 조금 도와준 그 청년이었다.

‘그럼?’

정화영의 고개가 급격히 반대쪽으로 돌아갔다.

저 사람이 주루에서 봤던 그 청년이라면 달을 등지고 있는 저 사내는 무언가 보이지 않는 수단으로 동네 파락호들을 벌벌 떨게 만든, 그렇게 하여 자신 일행과 주루의 모든 손님들에게 진수성찬을 맛보게 해준 그 사람이 틀림없다.

달빛을 등지고 있어 얼굴은 확인이 되지 않았지만 그가 분명했다.

잠시 동안 정지해 있던 정화영의 사고가 갑작스레 폭주하기 시작했다.

사숙은?

혜진이와 운기는?

그리고 개방의 인물은?

이들의 무위로 보아 그들은 지금쯤이면 크나큰 위협에 빠져 있을 것이다.

"대협! 도와주세요! 동료들이 이들과 같이 온 자들에 의해 위기에 빠졌어요! 제발 도와주세요!"

정화영은 사내를 을 향해 득달같이 고함을 질렀다.

사내의 정체가 무엇인지, 사내가 어떤 실력을 갖추고 있는지 생각해 볼 겨를도 없었다. 정화영은 달빛을 등지고 선 저 사내라면 모든 상황을 반전시키고 자신들을 위기에서 구해줄 수 있다는 것을 본능적으로 느끼며 고함을 친 것이다.

"자네 혼자 충분하겠지?"

달빛을 등진 사내가 방갓을 쓴 사내에게 말했다.

"무서운데……."

방갓을 쓴 사내는 여전히 느물거렸다.

"갑시다!"

달빛을 등진 사내가 정화영을 향해 짤막하게 말했다.

정화영은 지금 자신이 엄중한 포위망에 갇혀 있다는 사실도 망각한 채 급히 고개를 끄덕였다. 그러고는 사숙 일행이 있는 방향으로 몸을 돌렸다.

"미친!"

정화영이 가려고 하는 쪽에 서 있던 흑의사내가 어이없다는 음성을 터뜨렸다.

정화영은 비로소 이성을 되찾고 주춤 뒷걸음질을 쳤다. 사내의 등장에 자신은 완전히 방심한 상태로 포위망에 접근하고 있었던 것이다.

파앗—

정화영의 눈앞에서 갑작스런 피보라가 일었다. 그러고는 앞을 막던 사내의 목이 허공으로 떠올랐다.

"아악!"

정화영은 비명을 질렀다. 몸에서 분리되어 떠오른 목이 멀뚱히 자신을 쳐다본 때문이었다.

너무 놀라 왜 저 사내의 목이 갑자기 떠올랐는가 하는 의문조차 들지 않았다. 마지막 순간 마주친 사내의 눈동자만 온 영혼 속에 가득했다.

"그새 마음이 변한 거요?"

사내의 목소리에 정화영은 화들짝 냉정을 되찾았다. 지금은 촌각이라도 아껴서 사숙 곁으로 갈 때였다. 정화영은 급히 땅을 박찼다.

"잡아라!"

수장 격의 사내가 고함을 질렀다. 그러나 정화영은 아랑곳 않고 몸을 날렸다.

"자네 목이나 확실히 붙잡게. 저 친구처럼 주인을 배신하고 달아나지 않도록 말일세."

방갓 사내는 비로소 나무둥치에 기댔던 신형을 바로 세우며 한 걸음 앞으로 다가왔다.

앞에 선 사내 두 명이 자신도 모르게 뒷걸음질을 쳤다.

느물거리며 나무에 기대서 있을 때는 몰랐는데 몸을 세우고 성큼 앞으로 나서자 거대한 바위가 굴러오는 듯한 압력이 느껴진 때문이었다.

*　　　*　　　*

우우웅—

청우자의 검에서 무거운 진동음과 함께 검의 길이보다 더 긴 빛줄기가 솟아올랐다.

절정고수들이 뿌릴 수 있는 검기였다.

검기를 뿌려대면 공력의 소모가 막대하지만 지금은 그것을 따질 때가 아니었다. 조운기는 곳곳에 검상을 입어 온몸으로 선혈을 흘리고 있었고, 소혜진은 기력이 고갈되어 쓰러지기 일보직전이었다. 추풍신개 역시 더 이상 소혜진 등에게 도움을 주지 못하고 힘겨운 대결을 펼치고 있었다.

청우자는 화산의 독문 보법을 밟으며 좌측에 있는 사내에게로 쇄도해 들었다.

소혜진을 포위한 채 검을 휘두르던 흑의사내 하나가 급히 검을 쳐올렸다. 그러나 검기에 마주친 검은 풀줄기처럼 싹둑 잘려 나가며 검을 든 사내의 팔마저 같이 잘렸다.

사내는 멍하니 잘린 자신의 팔을 쳐다보았다.

“크으윽!”

사내는 뒤늦게 비명을 질렀다.

잘린 팔에서는 선혈이 터져 나오지 않았지만 혈도를 타고 드는 서릿발 같은 고통은 영혼마저 뒤흔들고 있었다.

쉬이잉―

청우자는 틈을 주지 않고 다시 흑의인들에게로 쏘아져 들었다.

조운기를 에워싸고 있던 흑의인들이 신속히 옆으로 신형을 이동시켰다.

그러나 암향표를 밟은 청우자의 검기가 한발 빠르게 한 사내의 가슴으로 쏟아졌다.

사내의 가슴이 쩍 갈라지며 심장마저 같이 갈라졌다.

파아앗―

팔을 잘린 사내와 달리 심장이 갈라진 흑의인 가슴에서는 그 즉시 분수처럼 선혈이 터져 나왔다.

“조심해라. 만만치 않은 검기다.”

밀막주가 부하들의 주의를 환기시켰다. 그의 목소리에 흑의 사내들은 한 발씩 뒤로 물러나며 긴장의 끈을 조였다.

무림 대문파 절정고수의 신위!

그것은 절대로 경시할 수 없는 것이었다.

우우웅―

청우자가 다시 검을 휘둘러 갔다.

극강의 검기를 이미 두 번이나 발출했기에 목구멍에서 단내가 나는 것 같았지만 한 놈이라도 더 쓰러뜨려야 사질들의 생명을 조금이라도 연장시킬 수 있었다.

밀막주를 상대하려면 공력을 아껴두어야겠지만 그랬다간 지금 당장 사람들이 쓰러질 터였다.

파앗—

다시 한줄기 선혈이 튀었다. 그와 함께 허리가 갈라진 흑의인 하나가 바닥을 뒹굴었다.

"이젠 됐군!"

냉막한 음성과 함께 밀막주가 걸음을 내디뎠다. 청우자의 내력이 많이 소모되었으니 이젠 다시 나서볼 만하다는 판단을 한 것이다.

일렁!

공간이 흔들리는 듯한 느낌과 함께 밀막주의 신형이 흐릿해졌다가 청우자의 전면으로 솟구쳐 올랐다. 청우자가 펼치는 암함표에 못지않는 신법이었다.

"이자는 내가 맡을 테니 모두 제거하라!"

밀막주는 차가운 고함과 함께 청우자를 향해 검을 뿌렸다.

우우웅

밀막주의 검에서도 길쭉한 검기가 솟구쳐 올랐다.

청우자보다는 약간 짧고 색깔도 옅은 듯한 검기였다. 그러나 청우자는 지금까지의 대결로 인해 공력을 많이 소모한 상태였고, 밀막주는 처음 잠깐만 전세에 합류하였다가 줄곧 사태만 관망한 채 쉬고 있었던 때문으로 검기가 훨씬 빨리 형성

되었다.

　치리리링—

　두 개의 검기가 부딪친 곳에서 기이한 진동음이 일었다.

　진동음과 함께 두 개의 검기가 같이 잘려 나가 허공으로 흩어졌다.. 그 광경은 마치 불기둥이 가연물에서 떨어져 나가 허공으로 사라지는 것과 비슷한 모습이었다.

　두 사람은 잠시 주춤거리다가 다시 격돌했다. 그러는 사이 다른 사내들은 추풍신개와 조운기를 훨씬 더 세차게 몰아붙였다.

　"으윽!"

　억눌린 신음이 흘러나왔다.

　한 흑의인의 칼에 어깨를 베인 조운기의 신음이었다.

　"뒤를 조심해라!"

　추풍신개가 고함을 질렀다.

　어깨를 베인 충격으로 검로가 흐트러진 사이 흑의인 하나가 조운기의 뒤쪽에서 공격을 가해온 것이다.

　"사형!"

　소혜진이 검을 돌려 조운기 뒤로 공격하는 사내를 찔러갔다. 그러나 그녀는 남을 도울 처지가 못 되었다.

　추풍신개나 조운기에 비해 적은 숫자를 상대하고 있었지만 그것으로도 그녀는 눈코 뜰 새 없을 지경이었다. 그런 상태에서 검을 딴 곳으로 휘둘렀으니 그 결과는 불을 보듯 뻔했다.

　쉬이익—

한 자루의 도가 추호의 사정도 없이 소혜진의 목으로 날아
들었다.

소혜진은 질끈 눈을 감았다. 마지막임을 의식했기 때문이
다.

"이놈!"

청우자가 고함과 함께 검을 던졌다.

퍼억!

파육음이 울리며 소혜진에게 일격을 가하던 사내가 가슴에
검을 꽂은 채 용수철에 튕긴 듯 날아갔다. 그만큼 청우자의 검
에 실린 힘이 막강했던 것이다.

그 순간 밀막주의 검이 청우자의 복부를 향해 쑤셔들었다.

청우자는 혼신의 힘을 다해 신형을 비틀었지만 밀막주의 검
은 허리 한쪽을 할퀴고 지나갔다.

파앗―

한줄기 피보라가 월광 아래에 터져 나왔다.

달빛을 받은 피보라는 시커멓게 변색되어 있었다.

"처음엔 살려서 비밀을 캐내려 했는데 가만히 보니 그럴 필
요가 없을 것 같소. 당신보다는 저 거지가 더 쉬울 것 같으니
까. 또 더 많이 알고 있을 것 같기도 하고."

휘청거리는 청우자의 가슴을 향해 밀막주가 사정없이 검을
찔러 넣었다.

청우자는 마지막 남은 공력을 모두 끌어올려 우수를 뻗었
다.

밀막주의 검에 심장이 꿰뚫리는 순간 밀막주의 머리를 장력으로 박살 내어 동귀어진하겠다는 의도였다.

"귀찮군!"

밀막주는 검을 뒤로 뺐다. 그러고는 검초를 변화시켜 청우자의 팔과 목을 동시에 잘라갔다.

"헛!"

세찬 공격을 가하던 밀막주가 갑자기 헛바람을 내쉬며 필사적으로 뒤로 물러났다. 누가 보아도 미치지 않았나 싶은 움직임이었다.

그러나 곧이어 그것은 미친 행동이 아니라는 것이 밝혀졌다.

파파파팟―

조금 전 밀막주가 섰던 자리에 무언가가 쏟아져 내리며 지표면에 박혀들었다.

느닷없는 사태에 장내의 전투가 잠시 멈추었다.

청우자와 겨루어 손색이 없는 밀막주의 그런 움직임에서 그의 부하들도 강한 경계심을 느낀 것이다.

'송침?'

밀막주는 조금 전에 자신이 섰던 자리를 쳐다보며 신음을 삼켰다.

마치 수백 개의 벼락이라도 떨어지는 듯한 압력과 함께 자신을 덮치던 물체의 정체가 한 줌의 솔잎이라니?

그건 도저히 믿어지지가 않는 일이었다.

그런 심정은 밀막주만이 아닌 듯, 청우자와 추풍신개도 놀란 눈을 하며 사방으로 고개를 돌렸다.

"사숙!"

정화영이 울음을 터뜨릴 듯한 표정과 함께 달려왔다. 그리고 그의 뒤에 한 사내가 조용히 걸어오고 있었다.

달빛을 등지고 있어 나이를 짐작하기 힘들었지만 걸음걸이와 체격으로 봐서는 절대로 노인은 아니었다.

그런데 한 줌의 솔잎을 벼락처럼 던질 정도의 공력을 지녔단 말인가?

"또 다른 조력자가 있었나?"

밀막주는 뜻밖이라는 듯 입맛을 다셨다.

거의 끝나가는 상황이 저놈으로 인해 다시 처음으로 돌아가 버렸다는 사실에 그의 음성에는 짜증스러운 기색이 묻어났다.

"괜찮아? 사제, 사매?"

정화영은 청우자에 이어 소혜진과 조운기의 상태도 살폈다.

"저흰 괜찮아요. 그보다도 사숙께서……"

소혜진이 급히 청우자의 허리 어림을 쳐다보았다.

갈라진 상처는 그리 크지 않았지만 무리한 운기로 인해 더 크게 벌어지며 선혈이 터져 나오고 있었다.

정화영은 어서 달려가서 치료를 해주고 싶었지만 아직은 밀막주와 대치하고 있는 상황이었다. 정화영은 얼른 무영에게로 고개를 돌렸다.

여전히 무영은 가라앉은 눈으로 주변 상황을 살피고 있었다.

"어떤 고인이신지?"

밀막주가 무영을 향해 질문을 던졌다.

엄청난 공력과 함께 날아든 송침으로 인해 강한 경계심을 느끼긴 했지만 아직은 여유를 잃지 않은 모습이었다.

"오면서 들었지. 무황성의 개들이라고?"

주변을 모두 살핀 무영은 대답을 생략하고 도로 질문을 던졌다.

밀막주의 표정이 얼핏 찌푸려졌다.

이제까지 무황성을 이렇게 하찮게 여기는 인간은 만나보지 못했다. 누구든 무황성이란 단어를 입에 올릴 때는 경외심과 두려움의 감정을 동시에 표출했다. 그런데 저놈에게서는 그런 기운이 전혀 느껴지지 않았다. 오히려 뭔지 모를 진득한 원한과 함께 조롱기마저 느껴졌다.

"피곤하군!"

밀막주는 다시 인상을 찌푸리며 부하들에게 눈짓을 했다.

소혜진과 조운기를 상대하던 사내들이 넓게 퍼지며 무영과 정화영도 같이 포위했다.

무영이 슬쩍 손을 흔들었다.

퍼억!

무영 쪽으로 다가서던 사내 하나의 몸이 폭발하듯 터져 올랐다. 그러고는 피분수가 동료들을 향해 쏟아져 내렸다.

"어헉!"

흑의사내들이 경악성을 터뜨리며 급급히 물러섰다.

아무리 오랜 시간 한솥밥을 먹은 동료라 할지라도 그 육편
은 달갑지 않았다. 하지만 그것보다는 너무 잔인한 무영의 손
속이, 그 가공할 손짓이 언제 자신에게로 향할지 몰라 급급히
뒤쪽으로 몸을 뺀 것이다.

그 사이로 무영은 천천히 밀막주를 향해 다가갔다.

"누구냐고 물었다!"

밀막주가 굳어진 표정과 함께 검을 들어 올린 후 검첩으로
무영을 가리며 물었다.

"실력이 된다면 알려주지."

그 말과 함께 무영의 신형이 일렁이며 흔들렸다.

파아앗—

밀막주가 섬전처럼 검을 휘둘렀다.

무영과는 오 장 정도 떨어진 거리에 있던 밀막주다. 그런데
무영의 움직임과 동시에 그는 들고 있던 검을 세차게 그어내
린 것이다.

까앙—

허공을 향해 그은 것 같은 밀막주의 검에서 무언가 부딪치
는 소리가 들렸다.

불똥이 사방으로 튀었다. 놀랍게도 무영의 신형은 어느새
밀막주 코앞에 나타나 있었고, 작은 막대기로 밀막주의 가슴
을 두드리고 있었다.

까앙—

다시 금속성이 울리며 밀막주가 두어 걸음 뒤로 밀려났다.

그사이 정화영은 급히 뛰어들어 청우자의 허리에 난 상처를 지혈시켰다.

"난 괜찮다. 혜진이와 운기를 살펴라."

청우자는 창백한 표정을 하며 소혜진과 조운기 쪽을 쳐다보았다.

두 사람은 포위망에 갇혀 있었지만 공격은 당하지 않고 있었다. 갑자기 나타난 낯선 사내에 의해 동료 한 명이 처참하게 쓰러졌고, 자신들의 수장마저도 연신 뒷걸음질을 치고 있으니 복면사내들은 긴장된 표정으로 상황만 주시하고 있었다.

"대체 누구냐, 네놈은?"

밀막주는 기가 막힌다는 표정과 함께 다시 고함을 질렀다.

아닌 밤중에 홍두깨라고, 느닷없이 뛰어들어 자신의 일을 방해한 것도 모자라 이젠 마구잡이로 몰아붙이고 있었다.

단순한 듯, 아니, 동네 무뢰배의 몽둥이질인 듯 휘두르고 있는 작은 막대기였지만 허점을 찾을 수 없었다. 그리고 그 막대기에 실린 힘이 상상을 뛰어넘었다.

피식!

밀막주의 고함에 무영은 조소를 흘렸다.

"네놈 주인의 셋째 제자를 내가 데리고 있지."

무영의 입에서 차가운 음성이 흘러나왔다. 그 말을 들은 밀막주의 눈이 두 배로 커지며 얼굴이 밀랍처럼 딱딱하게 굳어졌다.

성주의 셋째 제자 위건화가 흑도 방파인 조양방에서 계략을 꾸미다가 정체 모를 흉수에게 인질로 잡힌 일은 현재 무황성에 있어 가장 큰 사건이었다. 그리고 둘째 제자 사운혁과 성주 단목상군이 어떻게 나오는지 모든 사람들의 이목이 집중되어 있기도 했다.

교활하게도 흉수는 사운혁 혼자 오지 않으면 위건화를 죽이겠다고 전해왔다.

그 때문에 표면적으로는 아무런 움직임을 보이지 않는 무황성이지만 물밑에서는 분주한 움직임이 일고 있다.

무황성주의 셋째 제자를 제압하고 인질로 잡고 있는 자!

대체 어떤 인간인지 상상이 가지 않았는데 지금 마주한 채 병기를 맞대고 있다.

밀막주는 뚫어져라 무영을 노려보았다.

역광을 받은 얼굴에서는 특징을 읽을 수 없었다.

그러나 눈!

얼음장처럼 차가운 두 눈에서는 온몸을 전율케 하는 살기를 읽을 수 있었다.

그 살기만으로도 온몸이 난도질당할 것 같았다.

감정을 주체하지 못한 채 이글거리는 살기가 아니었다. 깊숙하게 가라앉은 채 북해 빙풍처럼 차갑게 뿜어져 나오는 살기였다.

저런 살기는 절대로 쉽게 사그라지거나 분노가 가라앉았다고 해서 옅어지지도 않는다. 시간이 갈수록 더욱 증폭되어 대상을 향해 폭사된다.

지금은 밀막주 자신이 그 대상인 듯싶었다.

무영의 말을 들은 추풍신개도 깜짝 놀란 표정으로 그를 향해 시선을 고정시켰다.

최근 조양방에서 일어난 사건은 아직 시간이 얼마 지나지 않아 널리 퍼지진 않았지만 개방 출신인 그는 이미 그 소식을 상세히 전해 들었고, 온 촉각을 곤두세우고 있는 사건이었다.

대체 어떤 인간이기에 그런 엄청난 짓을 벌이는지 그쪽에서 활동하는 개방도들의 보고를 들으면서도 믿어지지가 않아 몇 번이나 되묻기까지 했었다.

그런데 절체정명의 위기 속에서 그 인간 같지 않은 인간과 조우하게 되었다.

추풍신개는 눈으로 흘러드는 땀을 닦을 생각도 하지 않은 채 무영을 뚫어져라 쳐다보고 있었다.

'좋지 않군!'

밀막주는 처음으로 강한 위기의식을 느꼈다.

스스로 위건화를 잡고 있다는 사실을 밝힐 정도라면 자신과 부하들을 모조리 쓸어버려 살인멸구할 자신이 있다는 말이다.

얼음장같이 차가운 기도와 단 한 치도 빈틈없는 자세는 도망을 칠 엄두도 내지 못하게 만들었다.

십 년도 넘게 무황성 외밀원 밀막주로 활동하며 강호를 누볐지만 이런 기도를 풍기는 인간은 처음이다.

'대체 어디서 이런 인간이?'

밀막주는 자신도 모르게 등줄기에 땀이 흘러내림을 느꼈다.

어떤 원한을 가지고 있는지 모르겠지만 무황성에 대한 놈의
살기가 고스란히 자신을 향해 쏟아지고 있는 것 같았다.

우웅!

자신의 신분을 간단하게 밝힌 무영이 천천히 손을 들어 올
렸다.

밀막주는 불식간에 한 걸음 뒤로 물러나며 검을 쳐들었다.

무영의 팔이 쭈욱 앞으로 뻗어왔다.

팔뚝 길이만 한 단봉에서, 아니, 다시 보니 피리였다. 묵색
피리에서 시퍼런 강기가 쏟아져 나왔다.

밀막주는 내력을 최대한 쏟아부어 검기를 뿌리며 푸른 기운
에 마주쳐 나갔다.

찌잉—

자신의 검기가 너무 허무하게 스러지는 것을 믿을 수 없다
는 듯 밀막주는 자신의 검을 멍하니 쳐다보았다.

청우자와의 대결에서는 각자의 검기가 동시에 흩어졌는데
이번에는 그의 검기만이 잘려 나가 흩어졌고, 무영의 피리에
서 생성된 강기는 여전히 시퍼런 빛을 내뿜으며 건재했다.

서로의 실력 차이가 그 한 수로 명백해진 것이다.

"피가 끓어오르는군!"

밀막주가 허옇게 이를 드러내며 말했다. 그는 강자를 만나
면 위축되기보다는 오히려 기세가 살아나는 부류의 인간이었
다. 그렇기에 무황성에서 한 조직의 수장을 맡고 있으리리.

"그럼 싸워야지, 개처럼 짓지만 말고."

무영의 조롱에 밀막주의 표정이 스산하게 변했다.

"그렇게 하지. 무황성이란 곳은 감히 네놈 따위가 넘볼 수 있는 곳이 아니라는 걸 가르쳐 주지. 하앗!"

밀막주의 입에서 기합성이 터져 나오며 그의 검이 어지럽게 회전했다. 그러고는 수십 가닥의 검기가 무영의 전신을 향해 한꺼번에 찔러갔다.

그 순간 무영의 손에 들린 피리가 미세하게 흔들렸다.

파아앙!

피리 끝에서 파공음이 일며 한줄기 기운이 밀막주가 만든 검기의 무리 속으로 파고들었다.

순간 무영의 전신을 향해 밀려오던 검기가 거대한 바위에라도 부딪친 듯 휘어지며 사방으로 팅겨 나갔다.

"이, 이건!"

밀막주의 눈이 심하게 흔들렸다.

방금 자신이 펼친 수법은 무황성주의 절기로, 한 조직의 수장들만 익히는 검향만리(劍香萬里)의 초식이었다. 그런데 그 검향만리의 초식이 완벽히 파훼되어 버린 것이다.

초식을 뿌리는 당사자인 자신도 이런 파훼법은 생각지 못했다. 물론 파훼법을 알고 있긴 했지만 이런 식은 아니다. 그리고 이렇게 간단하지도 않았다.

이건 파훼법으로 검초라는 매듭을 풀어가는 방식이 아니라 압도적인 힘으로 매듭 자체를 완전히 뜯어버리는 식이었다.

긴장감이 느껴졌지만 그만큼의 투지도 같이 끓어올랐다.

"하앗!"

밀막주는 큰 기합성과 함께 번천해일(飜天海溢)의 초식과 월락검극(月落劍極)의 초식을 연이어 펼치며 쇄도해 들었다.

파치치칭—

밀막주의 검에 어린 강기가 그물이 되어 무영을 덮쳐 갔다. 청우자의 대결에서는 펼치지 않은, 극심한 내력 소모가 동반되는 수법이었지만 그 위력은 가히 바위를 산산조각 낼 것 같았다.

필생의 공력으로 펼치는 밀막주의 무공을 보며 부하들의 눈이 크게 뜨여졌다.

자신들이 상상한 것보다 막주의 무위가 훨씬 고강했던 것이다. 그리고 그것은 자신들이 살아날 확률이 훨씬 높다는 의미이기도 했다.

물샐틈없이 엄밀하게 덮쳐 오는 검기의 그물들을 보며 무영은 잠시 얼어붙은 듯 그 자리에 서 있었다.

'아!'

정화영이 속으로 비명을 질렀다.

자신뿐만 아니라 누구라도 저런 상황에서는 저렇게 얼어붙을 수밖에 없을 것 같았다. 그만큼 밀막주의 수법은 갑작스럽고 동귀어진도 불사할 만큼 강력한 공격이었다. 과연 무황성의 한 조직을 책임지고 있는 사람이란 생각이 들 만큼 고강한 무위였다.

수유의 순간 얼어붙은 듯 서 있던 무영이 들고 있던 피리를 둥글게 휘둘렀다.

일순 느리게까지 보이는 동작이었다. 그렇게 무영은 피리로 자신의 신형에 이불에 둘러씌우듯 원을 그린 것이다.

번쩍!

무영이 만든 원구와 밀막주의 그물 같은 검기가 부딪친 곳에서 순간적으로 섬광이 폭발하는 것 같았다. 동시에 바위라도 산산조각 낼 것 같은 밀막주의 검막이 산산이 찢어지며 원구 속으로 흡수되어 버렸다.

밀막주의 표정이 순간적으로 창백하게 변했다.

놀람을 넘어선 불가해의 표정이었다.

"건들거리며 짖어댈 만한 실력이군."

차갑게 중얼거린 무영은 피리를 들지 않은 왼손을 들어 올렸다. 무영의 손에서 낮은 진동음이 울렸다. 정신을 차린 밀막주가 사력을 다해 검을 휘둘렀다. 그의 입에서 울컥 핏물이 쏟아짐과 동시에 검에서는 물살에 흔들리는 해초 줄기 같은 검기가 쏟아졌다.

좀 전처럼 엄밀한 검망은 이루지 못했지만 열 가닥도 넘는 검기 가닥은 절정고수라도 함부로 대응할 수 없는 수준이었다.

"개는 개일 뿐!"

차가운 음성과 함께 무영은 손에 든 피리를 둥글게 회전시켰다.

흡사 파리라도 쫓는 듯한 동작이었다.

그러나 그 동작 속에서 엄청난 압력이 쏟아지며 마주치는 공격을 흩어버리고 계속해서 밀막주를 향해 덮쳐 갔다.

"타아앗!"

밀막주가 큰 기합성을 터뜨리며 미친 듯이 검을 휘둘렀다.

그물처럼, 해일처럼 전신을 뒤덮어오는 무형의 압력은 조금이라도 몸에 닿았다가는 그대로 부서져 나갈 듯한 섬뜩한 기운을 내포하고 있었다.

파파파팡!

파공음이 사방으로 터져 나갔다.

무형의 그물이 찢겨지며 흘러나오는 소리였다.

혼신의 공력을 끌어올려 무형의 그물을 찢어낸 밀막주의 상의가 너덜하게 변하며 밤바람에 펄럭거렸다. 그러나 밀막주는 그것도 의식하지 못한 채 필사적으로 검을 쳐나갔다.

무영의 피리에서 다시 한줄기 기운이 장검처럼 허리를 양단해 오고 있었기 때문이다.

치잉—

금속이 잘리는 소리가 나며 밀막주의 검기가 속절없이 잘려 나갔다. 계속해서 밀막주의 검기를 자른 무영의 피리가 밀막주의 머리를 양단할 듯 직도양단의 기세로 떨어져 내렸다.

밀막주가 대경하며 급히 검을 위로 쳐올렸다.

'허초!'

밀막주의 눈이 찢어질 듯 부릅떠졌다.

위에서 떨어져 내리던 피리가 어느 순간 사라졌다. 그러고는 정면에서 전신을 얼리는 듯한 기운이 느껴졌다.

"여기까지가 사냥개의 한계인가?"

차가운 음성과 함께 무영은 피리를 쥐지 않는 좌수를 쭈욱 뻗었다.

무영의 좌수가 커다랗게 변하며 밀막주를 덮쳐 갔다.

"밀종대수인?"

밀막주는 의구심 가득한 음성과 함께 미친 듯이 검의 궤적을 변화시켰다.

까가강—

검과 손이 부딪치는 곳에서 쇳소리가 터져 나왔다. 그러나 무영의 손은 잘려 나가기는커녕 더욱 커지며 그대로 밀막주의 가슴을 두드려 갔다.

퍼억—

파육음이 울리며 밀막주의 신형이 포탄처럼 뒤로 날아갔다. 그러고는 몇 번을 땅바닥에 튕기며 널브러졌다.

상관이 부상이 입었음에도 불구하고 흑의사내들은 밀막주를 향해 다가가지 못하고 얼어붙은 듯 서 있었다.

무영은 천천히 쓰러진 밀막주를 향해 다가섰다.

정면에 있던 두 사내가 주춤거리며 뒤로 물러섰다. 그러나 그들은 자신의 추태를 깨달은 듯 얼굴을 일그러뜨리며 허공으로 도약했다.

"하앗!"

두 사내가 동시에 무영을 향해 떨어져 내렸다.

무영은 거들떠보지도 않고 걸음을 옮겼다.

쉬이익—

무영의 머리 바로 위까지 쇄도한 두 흑의인의 검이 무영을 양단할 듯 떨어져 내렸다.

그 순간 무영의 신형이 그 자리에서 꺼져 버렸다. 그러고는 어느새 밀막주의 전면에서 솟아올라 그의 덜미를 잡고 일으켰다.

밀막주는 코와 입으로 피를 쏟아내고 있었다. 무영은 밀막주의 가슴 몇 군데를 두드린 후 그를 청우자와 정화영이 있는 곳으로 던졌다.

"잠시만 보관해 주시오."

말이 끝남과 동시에 무영의 신형이 미끄러지듯 흑의인들 사이로 스며들었다. 그러고는 묵색 피리를 흔들었다.

촤아악—

두 줄기 피보라가 한꺼번에 터져 올랐다.

쿵! 쿵!

심장에 구멍이 난 두 명의 흑의인이 바닥으로 무너져 내렸다. 동시에 자욱한 혈향이 사방으로 퍼져 나갔다.

"한꺼번에 쳐라!"

고함 소리에 추풍신개 등을 포위하고 있던 흑의인들이 한꺼번에 무영을 향해 날아들었다.

"고맙군!"

무영은 차가운 외침과 함께 묵색 피리를 태산횡단의 수법으로 세차게 흔들었다.

피리 끝에서 시퍼런 강기가 장대처럼 허공을 선회했다.

"크윽!"

"큭!"

"아아악!"

단말마의 비명 소리와 함께 몸이 양단된 사내들이 바닥으로 떨어져 내렸다.

한 번의 손짓에 다시 세 명의 사내가 도륙되어 고혼이 된 것이다.

파아앗!

무영의 피리가 다시 휘둘러지자 세 사내의 신형이 폭발하듯 터져 나갔다.

휘익―

획!

전권에서 멀리 떨어져 있던 몇 명의 사내들이 급히 신형을 뽑아 올렸다. 그들은 애초부터 합공을 하지 않고 기회를 엿보던 터였다. 그러나 그들은 한 번 더 땅을 박차기도 전에 어떻게 죽는지도 모른 채 시신이 되어 바닥으로 떨어졌다.

"난장판이군. 쯧쯧!"

길게 혀를 차는 소리와 함께 방갓을 쓴 사내가 모습을 드러냈다. 그 뒤로 두 명의 인영이 따라왔다.

"나처럼 좀 깔깔하게 처리할 순 없나? 피 냄새가 사방을 진동하지 않은가."

　부연호는 자신이 처치한 자들과는 달리 처참한 모습으로 바닥에 널브러진 시신들을 보며 혀를 찼다.

　"다, 당신?"

　소혜진이 부연호의 뒤를 따라온 마소창은 알아보고 눈을 크게 떴다. 그러고는 무영을 향해 고개를 돌렸다.

　구레나룻을 제거한 무영이었기에 얼른 알아보지 못하였는데, 아니, 그보다는 죽음을 직면한 상황에서 얼이 빠져 알아보지 못하였는데 지금 보니 주루에서 파락호들을 덜덜 떨게 만든 그 사내가 맞았다.

　털썩!

　긴장이 풀린 소혜진은 그 자리에 주저앉았다. 그러고는 욕지기를 느꼈는지 속에 든 것을 게워 올리기 시작했다.

　"사매! 괜찮아?"

　정화영이 소혜진의 등을 두드리며 몸을 추스르게 해주었다.

第四十四章

정체

장흥관일

“구명지은에 감사드리오.”

잠시 후 진정이 되자 청우자가 무영을 향해 포권을 취했다.
그를 따라 추풍신개와 정화영 등도 포권을 취하며 인사를 했
다.

“빚을 갚았다고 칩시다.”

무영은 정화영을 보며 고개를 끄덕였다.

빚이란 낮에 정화영 등이 마소창을 도와준 일을 말하는 것
이다.

“그건……”

정화영이 고개를 들었다. 낮에 빚을 진 건 오히려 그들이었
다. 무영으로 인해 그들은 평생 맛보기 힘든 산해진미를 대접

받았다.

그 말을 하려던 정화영은 입을 다물고 말았다.

경황중이라 지금까지는 제대로 느끼기 못했는데 달빛을 받은 무영의 얼굴을 가까이에서 보니 할 말을 잃어버린 것이다.

소혜진도 같은 심정이었는지 멍하니 무영의 얼굴만 쳐다보고 있었다.

"자네는 밤에도 구레나룻을 붙이고 다니는 게 낫겠어."

고개를 흔든 부연호가 앞으로 나섰다.

"하하하! 사해는 동도라 했는데 다수로 소수를 핍박하는 자들이 있다면 당연히 도와야지요. 하하하!"

호쾌한 웃음을 터뜨린 부연호가 주위를 둘러보며 다시 입을 열었다.

"이럴 게 아니라 이곳을 정리하고 어디 가서 숨부터 돌리는 게 어떻겠습니까? 피 냄새 때문에 숨 쉬기가 힘들군요."

모두들 부연호와 같은 생각인지라 누가 먼저랄 것도 없이 몸을 움직였다.

해가 뜨기 전에 최대한 장내를 깨끗이 정리하고 이곳을 떠나야 했다.

한 시진 뒤 무영과 청우자 일행은 추풍신개와 처음 만났던 관제묘로 되돌아왔다.

미행을 당하여 노출되어 버린 곳이지만 미행을 했던 자들이 모두 사라졌으니 문제될 것이 없었다.

허름하고 낡긴 했어도 밤바람을 피할 수 있는 데는 이곳만한 곳도 없었다.

모두들 자리에 앉자 미소창은 챙겨온 여아홍 두 병을 꺼내 정화영에게 건네주었다.

"아까 주루에서 샀던 것인데 다 마시고 이것만 남았습니다. 목이라도 축이시지요."

그러잖아도 목에서 단내가 나는 중이었기에 일행은 몇 모금씩 나눠 마시며 금방 두 병을 비웠다.

목을 축이고 숨을 돌리자마자 청우자는 안광을 빛내며 무영을 주시했다.

무영도 청우자의 날카로운 시선을 의식했는지 고개를 들고 청우자를 쳐다보았다.

"너무 큰 충격을 받은 상태니 인사는 생략하고 단도직입적으로 묻겠네. 공자는 혹시 파황객의 후예가 아닌가?"

"파황객?"

"아!"

조운기와 정화영이 비명 같은 신음을 토했다. 추풍신개도 천만뜻밖인 듯 청우자와 무영을 번갈아 쳐다보았다.

정체 모를 저 청년이 파황객의 후예란 사실도 놀랄 일이지만 청년이 펼치는 단 몇 수의 무공을 보고 파황객의 후예를 알아본 청우자의 식견도 놀라운 일이었다.

무영 또한 청우자의 질문이 뜻밖인 듯 미미하게 안색이 변했다. 사형 허복양도 움찔 신형을 굳혔다.

"대답해 주게!"

청우자는 목마른 사람이 물을 청하듯 무영의 대답을 재촉했다.

무영은 잠시 침묵하다가 입을 열었다.

"오늘 일을 다른 누구에게도 발설하지 않는다고 맹세하면 대답해 드리지요."

무영이 차가운 눈으로 청우자와 그 일행을 쳐다보았다.

금방 칼이라도 튀어나올 듯한 무영의 눈빛에 정화영 등은 온몸이 얼어붙는 듯한 착각을 느끼며 심호흡을 했다.

"그렇게 하겠네."

청우자가 크게 고개를 끄덕이며 답했다. 그리고 사질들과 추풍신개를 돌아보았다.

정화영과 조운기, 소혜진도 얼른 고개를 끄덕였고, 추풍신개도 따라 고개를 끄덕였다.

"좋습니다. 그 맹세를 어기면 여러분은 물론 여러분의 제일 가까운 사람들까지 죽이겠습니다."

무영은 마치 간단한 술자리 약속을 하듯 말했다. 그러나 그 대수롭지 않은 어투의 말은 저승사자의 선언보다도 더 섬뜩하게 느껴졌다.

"조사께서 한때 강호를 유람하는 동안 그렇게 불렀다고 알고 있습니다."

무영은 차분한 음성으로 답했다.

"오!"

"허어—"

청우자와 추풍신개가 불식간에 탄식을 토했다.

"정녕, 정녕 그러한가?"

청우자는 흥분을 감추지 못하고 되물었다.

무영은 천천히 고개를 끄덕였다.

"상, 아니, 자네 문파의 맥은 완전히 끊어진 줄 알았는데 오랜 세월이 흐른 후에 다시 이어졌구만. 허허!"

청우자는 감개가 무량한 듯 잠시 허공을 쳐다보았다.

마침 관제묘 천장은 낡을 대로 낡아 커다랗게 구멍이 있어 별빛이 영롱하게 쏟아져 들고 있었다.

"그러면 자넨 파황객의란 분의 제자인가?"

부연호는 천만뜻밖이라는 듯 무영을 보고 물었다.

무영은 부연호의 질문을 묵살하고 청우자에게로 시선을 주고 있었다.

무영도 자신의 내력이 이렇게 단박에 드러난 것이 무척 뜻밖이었던 것이다.

"그런데 청우자 대협?"

추풍신개가 조금은 의구심을 가진 표정으로 청우자를 불렀다.

밤하늘을 쳐다보며 감상에 잠겼던 청우자는 눈길을 돌려 추풍신개를 쳐다보았다.

"청우자께서는 어떻게 몇 수 펼치지 않은 저 청년의 무공을 보고 단박에 내력을 파악하셨는지요?"

무영이나 허복양도 그것이 궁금했기에 안광을 빛내며 청우자의 대답을 기다렸다.

"그건……."

청우자는 잠시 망설이다가 입을 열었다.

"우리 화산의 조사님 한 분이 저 공자의 조사님과 친분이 있었지요. 그래서 어렴풋이 짐작을 할 수 있었습니다. 더 이상 자세한 것은 지금은 밝힐 수 없으니 양해하시지요."

청우자는 가장 간단한 한 가지 대답만 한 후 입을 다물었다. 추풍신개는 그 속사정이 무척 궁금했지만 화산파 내부의 일인지라 더 이상은 캐물을 수 없었다.

"혹시 그 조사 분의 존함이 백진한(白眞寒)이 아니던가요?"

무영이 뭔가 생각난 듯 청우자를 향해 물었다.

"오오!"

청우자도 아까보다 더 큰 감흥에 휩싸이며 자리에서 벌떡 일어섰다.

"신검(神劍) 백진한?"

추풍신개도 백진한이라는 이름을 알고 있는 듯 목소리를 높였다.

"자네는… 자네도 그분에 대해서 알고 있는가?"

청우자가 흥분을 감추지 못하고 물었다.

"조사동에서 그 이름만 알게 되었습니다. 동명이인인 줄 알았는데 그분이셨군요."

무영은 담담히 말한 후 입을 다물었다. 청우자와 마찬가지로 다른 사람들에게는 더 이상 내막을 밝히고 싶지 않은 듯했다.

청우자는 더 많은 질문을 쏟아붓고 싶었지만 혼자만 있는 자리가 아닌지라 억지로 입을 다물고 있었다.

"그럼 이젠 내가 좀 질문을 해도 되겠나?"

청우자가 잠시 말을 중단하자 추풍신개가 나서며 무영과 부연호를 쳐다보았다.

"아까 자네가 무황성의 셋째 제자를 인질로 데리고 있다고 했는데, 그럼 자네가 조양방을 발칵 뒤집은 그 사람인가? 그리고 자네는 주마룡 부연호이고?"

추풍신개는 다시 무영과 부연호를 동시에 쳐다보았다.

무영이 긍정도 부정도 않은 채 침묵을 지키자 부연호가 나섰다.

"그러고 보니 서로 인사도 않고 질문만 던지고 있었군요. 소생, 마련의 주마룡 부연호라고 합니다. 이 친구는 그 이름도 유명한 무영이고. 이분은 무영의 사형, 그리고 이놈은 제 종자인 마가 놈입니다."

"제가 왜 공자님 종자입니까? 전 엄연히 무영 사부님의 제자입니다!"

마소창이 발끈하며 고함을 지르다가 부연호의 손이 올라오자 얼른 목을 움츠렸다.

청우자도 경황 중에 실례를 범했다는 말과 함께 자신과 추풍신개, 그리고 사질들을 소개했다.

“자네가 부연호라면 얼굴이······.”

추풍신개는 확인을 하려는 듯 부연호를 쳐다보았다.

개방의 정보망을 의심치는 않았지만 아직까지도 도무지 믿어지지 않는 일이었다. 무황성 셋째 제자와 교룡각의 인원들을 풍비박살 내어버린 자들이 이들 네 사람이었다니?

다시 봐도 믿어지지 않았다.

부연호는 더 이상 감출 것도 없다는 듯 방갓을 벗었다. 그러자 그의 반쪽 얼굴이 달빛을 받아 황금빛을 토해냈다.

“어엇!”

“엄마!”

조운기와 소혜진이 깜짝 놀라며 뒤로 물러나 앉았다.

낮에 보았으면 또 다르겠지만 깊은 밤 관제묘 안에서 본 부연호의 황금 가면은 음산하기 그지없었다.

“정말이군요. 당신들이 그들이었군요.”

정화영은 조양방의 일에 대해서 알고 있는지 믿기지 않는다는 표정으로 두 사람을 쳐다보았다.

이곳으로 길을 재촉하며 들른 주루에서 뜬소문 같던 단편적인 이야기였기에 한 귀로 듣고 한 귀로 흘렸는데 지금 보니 그것이 모두 사실인 것 같았다. 특히 반쪽 황금 가면과 또 이들이 펼치는 무공을 보니 오히려 소문이 실제보다 축소된 듯했다.

자신들은 도저히 뿌리칠 수 없을 것 같았던 무황성 밀막과 밀막주를 단숨에 처치해 버리는 실력이라면 무황성주의 셋째 제자라 하더라도 충분히 인질로 만들 수 있을 것 같았다.

"대체… 자네들의 의도는 무엇인가?"

추풍신개는 의구심 가득한 얼굴로 무영과 부연호를 쳐다보았다.

"개방도이시니 이미 알고 있을 게 아닙니까, 제가 왜 이러는지."

부연호가 퉁명스럽게 답했다.

"자넨 알겠네. 마련이 무황성에 의해 그런 일을 당했으니. 하지만 저 친구는 오리무중일세. 정체는 물론이고… 아니, 이젠 정체 정도는 알았다고 해야 하나. 전대고수인 파황객의 후예라고."

"저 친구 역시 무황성에 의해 사랑하는 사람을 잃었지요. 그래서 나보다 더 진한 분노로 무황성에 대해 복수의 칼을 가는 중이고……. 그 이상은 나도 모릅니다. 그럼 이제부터 제가 질문을 좀 하겠습니다."

부연호는 추풍신개의 질문에 간단하게 답한 후 청우자를 쳐다보았다.

"두 분, 아니, 여러분은 왜 무황성의 밀막인가 하는 놈들에게 쫓기셨습니까. 같은 정파무림인들이 아닌가요? 우리야 서로 적대관계이니 그렇다 치지만 여러분이 놈들 손에 당할 뻔했다는 것은 정말 이해가 안 되는군요. 혹시 성주 부인의 속옷이라도 훔쳤습니까?"

부연호는 추풍신개 쪽을 쳐다보았다.

추풍신개의 입끝이 슬쩍 밀려 올라갔다. 마도 출신인 부연호의 느물거림이 예상외였던 것이다.

"성주 부인의 속옷이라……. 그보다는 몇 배로 중요한 것이지."

그 말과 함께 추풍신개는 청우자를 쳐다보았다. 이들에게 비밀을 털어놓아도 되겠는지 의향을 묻는 것이다.

청우자는 잠시 생각에 잠겼다가 입을 열었다.

"적의 적은 친구라고 했지요. 그리고 어쩌면 조양방 사건과 무관하지 않을 것 같기도 하고……."

청우자는 고개를 끄덕였다.

지금 자신들의 입장에서 이들은 공동의 적을 가진 가장 강력한 원군일 수 있었다. 만약 함께할 수만 있다면 무황성의 흉계를 파헤치는 일이 몇 배는 더 쉬워질 것 같았다. 그러나 무엇보다도 파황객의 후예를 만난 이상 절대로 그냥 헤어질 수는 없는 일이었다. 어떻게 해서든 그를 통해 잃어버린 화산의 신검을 찾아야 했다.

"신개께서 설명을 해주시지요. 나보다는 더 자세히 조사를 했고, 추가로 밝혀진 것도 있을 테니."

청우자는 추풍신개에게 설명을 부탁했다.

"그럼 최대한 신속하게 설명하겠네."

추풍신개는 잠시 생각을 정리하는 듯 눈을 감았다가 설명을 이었다.

"이 일은 몇 달 전, 청우자께서 내게 행방이 묘연한 제자 한 사람의 행적을 추적해 달라는 부탁과 함께 시작되었다네. 그 제자는 종남파에서 벌어진 어떤 행사에 화산파 사람들과 참석했다가 갑자기 고향에 계신 부모님에게 무슨 일이 있어 급히 고향으로 내려간다는 서찰만을 남긴 채 사라졌다고 했네. 느닷없는 일이었지만 본인이 쓴 서찰이 남아 있었던 관계로 그러려니 했네. 하지만 사부이신 청우자께서는 제자의 성정을 잘 알기에 그 사실을 믿지 못하고 평소 친분이 있던 나에게 은밀히 제자의 행적을 조사해 줄 것을 부탁한 것이지."

추풍신개는 말을 끊고 잠시 청우자의 눈치를 살핀 후 입을 열었다.

"나는 청우자의 부탁대로 아무도 모르게 제자의 행적을 조사하던 중 그가 고향으로 내려간 것이 아니라 실종된 것임을 알아냈네. 그리고 그의 실종에 무황성이 관련되었다는 사실도."

"내 제자가 실종되었고, 그 실종에 무황성 놈들이 관련된 것이 확실하단 말이오?"

청우자는 제발 아니었으면 하는 표정으로 추풍신개를 쳐다보았다.

추풍신개는 침통한 표정과 함께 무겁게 고개를 끄덕였다.

"청우자의 말이 아니었으면 나 역시 아무것도 알아내지 못했을 것이오. 하지만 의구심을 가지고 면밀히 조사를 해보니 청우자의 제자인 황문원(黃文元)의 마지막 행적과 무황성 비밀 조직 한곳의 행적이 겹친다는 것을 알아냈소. 물론 다른 일로 무황성이 그곳에 비밀 조직을 보냈다고 할 수도 있겠지만 화산의 제자 한 명이 실종된 지역에서 그들 비밀 조직의 흔적이 발견된 것은 결코 우연의 일치라고는 볼 수 없소.”

추풍신개는 단정을 하듯 말을 맺었다.

그의 말을 들은 청우자는 잠시 동안 아무 말도 하지 못하고 허공만 응시했다.

몇 달 전 종남파의 행사에 참석코자 사숙, 사백들과 함께 떠난 제자 황문원으로부터 사숙 한 분의 행동이 의심스럽다는 서찰 한 통을 받았다.

그 내용인즉, 사숙 한 분이 비밀리에 누군가를 만나 사문의 표식인 매화 무늬 세 개가 새겨진 서적 한 권을 전하고 반대로 그에게서 주머니 하나를 받았다는 것이다.

그냥 개인적으로 누군가에게 물건을 부탁하고 전해 받은 것이라고 보기에는 의심이 갔다.

매화 무늬 표시가 세 개나 새겨진 서적은 화산파에서 비밀에 속하는 것이고, 화산파 제자라고 해도 아무나 함부로 소지할 수 없었다. 그러기에 그것이 외인에게 전해진다는 것은 더더욱 이해가 가지 않았다. 그는 결국 정체불명의 사내를 미행하다 얼핏 무황성의 표식을 보았다고 했다. 아직 확실한 것이 아니라 그 사숙이 누구인지는 다음에 밝히겠다는 말과 함께 빨간색 매화 문양 세 개가 역삼각형으로 새겨진 책자가 어떤 것인지 알아봐 달라는 부탁과 함께 글을 맺었다.

청우자의 제자들 중 황문원은 무척 신중하고 용의주도한 성

격이었다. 그래서 종남으로 가는 도중임에도 불구하고 청우자
자신에게 그런 서찰을 남겼다. 그런데 또 그런 신중함이 독이
되어 그 사숙이 누구인지 구체적으로 밝히지 않았다. 아마도
확실치도 않은 자신의 짐작만으로 사부에게 선입견을 심어주
지 않기 위해서일 것이다. 그래서 청우자는 지금 그때 같이 간
다섯 명의 사형제를 모두 용의선상에 올릴 수밖에 없는 처지
였다.

　그건 황문원이 돌아오면 알게 될 일이었으니 뒤로 미루고,
청우자는 그가 누군가에게 건넨 서책이 어떤 것인지 사형인
장문인에게 물어보았다.

　빨간 매화 문양이 역삼각형으로 그려진 서책이라면 화산에
서도 극비로 분류되는 서류철로, 장문인과 열 명의 장로만이
열람할 수 있는 것이라 했다. 그리고 그 내용에 대해서는 청우
자에게도 알려주지 않았다.

　청우자는 그 서책을 다섯 사형제 중 한 명이 어떻게 손에 넣
었는지도 궁금했지만 그것보다는 극비에 속하는 그 서책이 외
인의 손에 넘어갔다는 사실에 큰 불안감을 느꼈다.

　청우자는 그 사실을 당분간 비밀로 한 채 어서 종남으로 떠
난 문도들이 돌아오기만을 기다렸다.

　몇 달 후 문도들이 돌아왔을 때 청우자는 가슴이 덜컥 내려
앉는 기분이었다.

　같이 떠났던 문도 중 황문원은 돌아오지 않았다. 그들의 이
야기로는 고향 부모님들에게 급한 볼일이 있어 떠난다고 했다

는데 청우자는 절대로 그럴 리 없다는 판단이 들었다.

황문원의 고향은 감숙성 오지였고, 부모님은 어릴 때 헤어진 걸로 알고 있었다. 아마도 황문원은 좀 더 깊이 조사하다가 꼬리가 밟혀 제거당했을 확률이 높았다.

청우자는 입술을 씹으며 그에 관련된 사항을 비밀리에 조사해 나가다가 그 시기에 종남파 제자 한 명도 같이 실종된 것을 알아냈고, 그 이상은 도저히 알 수 없었다. 그래서 청우자는 평소 친분이 있던 개방의 추풍신개에게 그 일을 부탁했고, 화씨세가의 잔치에 참석하는 길에 여기서 만나기로 한 것이다.

추풍신개는 청우자의 제자로부터 시작되어 자신이 조사한 것들까지 빠르게 설명했다.

정보를 다루는 사람답게 신속하지만 한 줄도 더 빼고 보탤 만한 부분이 없는 설명이었다.

설명을 들은 무영과 부연호는 잠시 동안 묵묵히 듣고만 있었다. 그러다 언제나처럼 부연호가 먼저 입을 열었다.

"제자의 행방은 아직… 입니까?"

"그렇다네. 아마도 무황성 놈들에게 살해되어 땅속에 파묻혔을 가능성이 높네."

청우자는 자신도 모르게 입술을 씹었다.

전혀 예상 못한 사실에 정화영과 조운기, 소혜진은 불신 가득한 표정으로 청우자만 쳐다보았다.

황문원은 정화영에게는 사제였고 조운기와 소혜진에게는 사형뻘인 문도였다. 신중하고 차분한 성격이어서 사부는 달랐지만 무척 가까이 지냈다. 그런데 그가 고향으로 잠시 떠난 것이 아니라 무황성에 의해 사라졌단 말인가.

쉽게 믿어지지가 않았다. 그러나 믿을 수밖에 없는 일이었다.

무영 일행이 없었다면 자신들 역시 지금쯤 무황성 밀막에 의해 땅속에 파묻히고 있을 테니까.

"그렇다면 무황성이 흑도는 물론 백도무림인 화산파에도 마수를 뻗치고 있다는 말인데…… 대체 뭘까? 마련과 사도맹을 무너뜨리고 흑도를 꼭두각시로 만들면서 정파무림에는 간세를 심어놓고 그들이 하려는 일이 무엇일까?"

부연호는 황금색 가면을 손끝으로 톡톡 치며 중얼거렸다.

마련과 사도맹, 그리고 흑도를 무너뜨리려 할 때는 백도무림 패자인 무황성이 사도를 멸하고 무림 평화를 구축하려 한다는 낯간지러운 명분이라도 생각할 수 있었다.

그런데 정파무림에까지 무슨 수작을 벌이고 있다면?

"모르겠군, 모르겠어! 무림일통이라도 하려는 것일까?"

부연호는 이내 고개를 흔들었다. 그러고는 무영을 쳐다보았다.

"자넨 뭐 짚이는 것이라도 있나? 난 도저히 감을 못 잡겠는데."

"자네 말대로 무림일통이 목적인 모양이지."

무영은 대수롭지 않게 대꾸했다

"농담 말고!"

부연호가 피식 웃으며 화답했다. 무영이 농담을 하는 것은 정말 오랜만인 것 같았기 때문이다.

"흑도를 꼭두각시로 만들어 정파무림과 싸우게 하고, 양패 구상할 때 자신들이 나서서 무림일통을 한다면 쉬울 수도 있지."

무영은 여전히 심드렁하게 답했다.

"소설을 쓰는군. 그래서 무얼 얻겠다고? 지금도 정파제일세력으로 추앙받고 있는데 무림일통이니 뭐니 설치다가는 힘만 잃게 될 텐데."

부연호는 다시 어이없는 미소와 함께 말했다.

"그런가? 그럼 아닌 모양이지."

무영이 줏대없는 사람처럼 순순히 고개를 끄덕였다.

"자네 언제부터 그렇게 실없는 사람이 되었나? 여아홍에 독이라도 들었나?"

부연호는 이래도 흥, 저래도 흥 하는 무영을 보며 어이없는 표정이 되었다. 지금껏 무영은 시시때때로 소화하기 힘든 독설은 내뱉어도 이런 실없는 대답은 한 적이 없었다.

"아직까지 그 누구도 이룩하지 못한 일이라 한 번쯤 이룩하고자 하는 미친 인간이 있지 않을까 싶어 해본 말일세."

무영은 여전히 심드렁한 어조로 대꾸했다.

"자넨 독설이 더 어울려. 앞으로 되도록 여아홍은 마시지 않는 게 좋겠네."

부연호는 고개를 흔들며 여아홍이 담겼던 빈병 두 개를 들어 부정 탄 물건이라도 되는 듯 관제묘 밖으로 던져 버렸다.

와장창—

바위에라도 부딪친 듯 빈병 두 개가 박살이 나며 잠시 주변의 정적을 깨뜨렸다.

그리고는 다시 정적이 찾아들었다.

"무림 역사상 아직까지 아무도 못 이루었던 일이라……."

정적 속에서 청우자의 음성이 낮게 내리깔렸다.

그 음성에 추풍신개가 흠칫 고개를 들고 청우자를 쳐다보았다.

순간적으로 두 사람의 눈이 허공에서 마주쳤다. 그러나 두 사람은 이내 시선을 거두며 미미하게 고개를 저었다.

그건 그야말로 이제껏 아무도 이루지 못한 불가능한 일인 것이다.

"누가 비밀 서류철을 놈들에게 건넸는지 사숙께선 아직 찾아내지 못했나요?"

내내 긴장된 표정을 짓고 있던 소혜진이 이를 빠드득 갈며 물었다.

그녀는 무황성의 목적이 무엇인지, 그들이 지금 정파무림에 얼마만큼 간세를 펼쳐 놓았는지 하는 것은 관심이 없었다. 그녀의 관심은 사형인 황문원을 그렇게 만든 화산의 첩자가 누군지 하는 것에만 쏠려 있었다. 만약 알아낸다면 지금 당장 화산으로 돌아가 검을 뽑고 달려들 태세였다.

"갈!"

청우자가 고함을 질렀다. 공력이 담긴 갑작스런 고함에 소혜진은 깜짝 놀라 두 손으로 귀를 막았다.

"너희들은 앞으로 어떤 일이 있어도 오늘 일은 모른 체하거라. 의식은 물론, 무의식 속에서라도 잊도록 해라. 그래야 문원이 꼴을 당하지 않을 것이다. 또한 그래야만 간세에게 낌새를 보이지 않고 잡을 수가 있을 것이다. 알겠느냐?"

청우자는 칼날이라도 튀어나올 듯한 눈으로 세 사질을 쳐다보았다.

"아, 알겠습니다, 사숙. 그렇게 하겠습니다."

소혜진이 급히 대답했고, 정화영과 조운기도 서둘러 고개를 끄덕였다.

무황성의 능력이 어떤지 조금 전에 직접 보았으면서도 무영과 부연호의 존재로 인해 잊어버렸다.

그들은 바람이라도 쫓아갈 수 있다는 추풍신개의 은밀한 조사를 알아채고 이곳까지 역추적을 해온 자들이다. 그런 자들 앞에서 조금이라도 낌새를 느끼게 했다가는 황문원처럼 쥐도 새도 모르게 사라질 것이다.

사숙의 말대로 의식은 물론 무의식 속에서까지 오늘 일을 떠올리지 않도록 노력해야 한다. 그래야 복수를 할 수도 있을 것이다.

"으으음!"

청우자의 고함 소리에 정신을 차렸는지 죽은 듯 쓰러져 있던 밀막주가 신음을 흘렸다.

무영은 그의 가슴 혈 몇 군데를 빠르게 짚었다.

"울컥!"

밀막주가 한 모금의 검은 피를 토해내며 기침을 했다. 그러고는 자신의 처지를 깨달았는지 용을 쓰며 몸을 일으키려 했다. 그러나 그것은 그의 생각일 뿐 점혈당한 몸은 꼼짝도 하지 않았다. 아혈마저도 봉해졌는지 밀막주는 온 얼굴에 핏줄만 튀어나올 뿐 말 한마디 하지 못하고 있었다.

무영은 잠시 차가운 눈으로 밀막주를 내려다보다가 아혈을 틔워주었다. 그러고는 즉시 목울대 근처를 두드렸다.

"컥!"

숨이 막히는 것 같은 소리와 함께 밀막주의 입에서 작은 알약 하나가 튀어나왔다.

이런 경우에 대비해 자살용으로 물고 있는 독단이었다.

무영은 손가락으로 독단을 집어 가볍게 문질렀다.

푸스스—

독단이 매캐한 연기를 발생시키며 사라져 버렸다.

"죽여라!"

밀막주가 짤막하게 말했다.

"서두를 필요 없어. 어차피 살려줄 생각 없으니까."

무영은 차가운 음성으로 답한 후 밀막주의 정수리에 손바닥을 갖다 댔다.

"무슨 짓이냐?"

밀막주가 얼굴을 찌푸리며 눈동자를 굴렸다.

우웅—

무영의 손에서 미미한 진동음이 울렸다. 그러자 밀막주의 표정에 조소가 떠올랐다.

"그따위 사술로 날 어떻게 할 생각은 말게. 이미 그런 술수는 통하지 않도록 철저히 훈련되었으니까 그냥 죽이는 게 나을 걸세."

죽기로 각오하자 여유가 생기는 듯 밀막주는 조롱기 어린 음성으로 말했다.

"그럴까?"

무영의 입가에도 한줄기 조소가 떠올랐다.

"으윽!"

잠시 후 밀막주의 입에서 신음이 터져 나왔다. 그러나 조롱기 어린 표정은 변하지 않았다.

"안 된다니까! 우리는 이런 일에 대비해 무수히 훈련받았으니까."

밀막주는 인상을 찌푸리면서도 자신있게 말했다.

"정말 존경스럽군. 인정하겠어."

무영이 고개를 끄덕이며 밀막주의 정수리에서 손을 떼어냈다.

"후후! 자네의 사술 따위에 당할 내가 아닐세. 그러니 어서 죽이게."

밀막주는 다시 조소를 터뜨리며 득의의 표정을 지었다.

그 순간 무영의 눈에서 푸르스름한 광채 한줄기가 흘러나왔다. 그것은 너무나 순간적인 것이어서 다른 사람은 물론 밀막주도 의식하지 못했다.

"죽을 때 죽더라도 알고 있는 것은 털어놓고 가야지."

무영이 은근한 어조로 물었다.

"그래야 저승길이 편하지."

무영의 말과 함께 서서히 밀막주의 눈이 풀리고 있었다. 무영의 손이 닿은 정수리 쪽에 온 신경을 집중시키다가 눈에서 뻗어 나온 안광은 놓치고 만 것이다.

"얼마나 많은 정파무림에 공작을 벌였나?"

무영이 음울한 어조로 물었다. 그것은 마치 주문을 외는 것 같았다.

밀막주의 얼굴이 묘하게 일그러졌다.

고통을 참는 것 같기도 하고 희열에 들뜬 것 같기도 했다.

그때 무영의 입에서 음울한 주문 한줄기가 흘러나왔다. 너무 낮아서 다른 사람들에게는 들리지도 않을 정도였지만 그 주문과 함께 밀막주의 눈은 완전히 풀려 버렸다.

"비밀을 안고 가면 저승길이 너무 힘들지요. 그러니 어서 털어놓는 게 어떻겠소?"

무영의 음성이 한층 더 은근하게 흘러나왔다.

잠시 후 밀막주의 입이 천천히 열렸다. 그의 입가로 한줄기 침도 흘러내리고 있었다.

"구파일방과 오대세가 중 두 곳."

밀막주의 입에서 억양없는 목소리가 흘러나왔다. 이젠 완전히 제압된 것이었다.

"세상에……."

정화영이 자신도 모르게 비명을 토했다.

사숙인 청우자와 비교해도 손색없는 무공을 지닌 밀막주의 심령을 저런 식으로 제압하는 무영의 수법도 공포스러웠지만 밀막주의 입에서 나온 말은 더 놀랄 만했다.

정파무림의 대들보라 할 수 있는 구파일방 모든 곳에 무황성의 간세가 스며 있다니? 또한 오대세가 중 두 곳에도…….

정화영은 분노에 앞서 왠지 모를 스산함에 온몸이 떨려 옴을 느꼈다.

백도무림의 중추라고 생각했던 무황성인데 실상은 시커먼 아가리를 숨기고 있는 이무기였다. 그리고 그 아가리 속으로 자신들은 속절없이 빨려들 뻔했다.

"각 문파에 스며든 간세에 대해서도 말해주고 떠나시오. 그 래야 편하오."

무영의 은근한 목소리가 이어졌다.

"그건 모른다. 성주와 외밀원주만 아는 일이다."

"외밀원주?"

무영의 이마가 찌푸려졌다. 들어본 적은 있지만 안개에 가 려진 이름인 것이다.

"그는 누구인지요?"

"요화극! 이름만 알 뿐 그 외 아무것도 모른다."

밀막주는 억양없는 음성으로 말하고는 입을 닫았다.

외밀원 막주의 신분이면서 외밀원주에 대해서는 아는 것이 없다는 말이다.

무황성 내에서도 가장 두터운 장막에 가려진 인물!

그에 대한 관심이 증폭되었지만 밀막주는 그에 대해서는 어떠한 대답도 하지 못했다.

"그럼 각 문파에 스며든 간세에 대해 말해주시오!"

무영의 말에 닫혀 있던 밀막주의 입이 다시 열렸다.

"내가 아는 자는 무당의 허진자(虛眞子)와 하북팽가의 팽소강(烹蘇江)뿐이다."

"허진자!"

청우자가 깜짝 놀라며 고함을 질렀다. 그의 예상을 뛰어넘는 이름인 것이다.

대답을 마친 밀막주의 입에서 신음이 스며 나왔다. 그리고 그의 코를 통해 선혈이 흘러내리기 시작했다.

"현도봉으로 누가 오고 있지?"

부연호가 나서서 물었다.

"크으으, 그건 우리 소관이 아니라 모른다. 사운혁 공자가 알아서 할 일이다. 크아아악―!"

밀막주는 머리를 감싸 쥐며 비명을 질렀다. 이젠 그의 입에서도 폭포수 같은 선혈이 흘러내렸다.

무영은 천천히 그의 사혈 한곳을 눌렀다.

밀막주가 목을 꺾으며 옆으로 넘어갔다.

쓰러진 그의 몸이 순식간에 목내이처럼 쪼그라들었다. 그건 교룡단주 화설금의 최후와 비슷한 모양이었다.

기괴하고도 끔직한 모습에 청우자 등은 도호를 읊으며 고개를 돌렸다.

정화영과 조운기 등도 얼굴을 찌푸리며 고개를 돌렸다.

"이놈은 제가 처리하겠습니다."

마소창이 얼른 나서 밀막주의 시신을 밖으로 들고 나가 땅에 파묻기 시작했다.

"외밀원주… 그는 대체 어떤 놈일까?"

부연호가 입맛을 다시며 중얼거렸다.

밀막주를 통해 알아낸 사실은 예상보다 적었다.

무황성이 정파무림에 광범위하게 간세를 심어놓은 이유도 알 수 없었고, 간세의 정체도 무당의 허진자와 하북팽가의 팽소강뿐이었다. 또한 현도봉으로 오는 인원에 대해서도 알지 못했다. 다만 한 가지 소득이라면 요화극이라는 외밀원주의 이름이었다.

정체가 안개에 가린 듯하면서도 그가 이 모든 일을 주도하고 있는 것이다. 물론 그 뒤에는 무황성주 단목상군이 버티고 있겠지만 실제적인 책임자는 그였다. 어쩌면 그가 무황성주를 부추겨 자신의 뜻을 관철시켜 나가고 있을지도 몰랐다.

"신개께서도 아는 것이 없는지요?"

부연호가 추풍신개에게 질문을 던졌다.

추풍신개는 자괴감에 젖은 표정으로 고개를 저었다.

무림의 정세에 관해서는 가장 많이 알고 있다는 개방에서도 전혀 모르고 있었다는 사실에 속이 쓰린 모양이었다.

"오늘부터 만사 제쳐 놓고 그놈에 대해서 알아보겠네."

추풍신개는 지그시 입술을 씹었다.

장내에 다시 침묵이 내려앉았다.

죽음직면에까지 달했던 혼란이 일단락되었지만 오히려 더 큰 혼란이 뇌리로 엄습해 왔다.

무황성이 무엇을 꾸미는지, 또 자파에 스며든 간세는 누구인지, 앞으로 어떻게 해야 하는지……

모든 것이 너무 혼란스러워 아무것도 생각할 수가 없었다.

숨 막힐 듯한 정적을 깨고 마소창이 들어왔다. 목내이처럼 변한 밀막주의 시신을 다 파묻은 모양이었다.

"다 되었습니다."

마소창이 옷에 묻은 흙을 털어내며 말했다.

"수고했다. 모처럼 쓸 만했다."

부연호가 칭찬인지 비아냥거림인지 모를 말을 던지자 마소창의 얼굴이 일그러졌다.

"그럼 우린 이만 일어서야겠습니다."

마소창의 일이 끝나는 동안 혼자만의 생각에 잠겼던 무영이 천천히 자리에서 일어섰다.

갑작스런 무영의 행동에 청우자와 부연호 등은 물론이고 무영의 사형인 허복양도 멍한 표정으로 무영을 쳐다보았다.

아직은 청우자 일행의 상처에서 흐른 피도 다 닦아내지 못한 터였다. 언제까지 같이 있을 수는 없었지만 이왕 구해준 목숨이니 기력을 챙길 때까지만이라도 지켜주었으면 하는 바람이 있었는데 무영은 칼로 자르듯이 일어서는 것이다.

"사부, 너무 야박한 거 아닙니까? 아직 치료도 다 못했는데."

마소창이 반항기까지 어린 표정으로 무영을 쳐다보았다.

이제껏 조양방의 삼류무사로 살았던 그는 구파일방의 한곳인 대화산파의 사람들과 이렇게 마주하는 일은 상상도 하지 못했다. 특히 조운기의 몸에 난 상처에 금창약을 발라준 후 소혜진으로부터 고맙다는 말까지 들었을 때는 숨이 막혀 제대로 대답도 하지 못했다. 그런 심정이었기에 조금이라도 더 이들과 같이 있고 싶었던 것이다.

"같이 있으면 이 사람들이 더 위험해진다. 그리고 언제까지 같이할 수 있는 사람들도 아니지."

무영은 담담하게 답했다. 그 말에 마소창은 물론 정화영 등도 흠칫 표정을 굳혔다.

백도와 흑도!

정파와 사파!

오늘은 위기에 빠진 사람들과 그들을 구해준 사람들의 관계로 만났지만 서로는 백도와 흑도라는 넘기 힘든 벽을 가진 사람들이었다.

마소창은 비로소 그것을 느꼈는지 조운기 옆에서 조금 떨어져 앉았다.

이런 자리가 아닌 다른 자리에서 만났다면 흑도 방파인 조양방 출신이라는 사실 때문에라도 이들에게서 칼부림을 당할 수 있었다.

"그렇지. 언제까지 함께할 수는 없는 사이들이지."

부연호도 고개를 끄덕이며 몸을 일으켰다. 그의 황금색 반쪽 가면이 뻥 뚫린 관제묘 지붕 사이로 스며든 달빛에 차갑게 번뜩거렸다.

무영과 부연호가 일어서자 허복양도 몸을 일으켰고, 마소창도 주춤거리며 일어섰다.

'후우—'

정화영은 안타까운 심정으로 한숨을 삼켰다.

백도와 흑도!

지금 이곳에서는 아무런 의미가 없는 단어 같았지만 이곳을 벗어난다면 그 의미는 강철보다 더 단단하게 굴레를 씌울 것이다.

"그럼, 조심하시길……."

무영은 청우자 등을 향해 가볍게 묵례했다.

"다시 만날 수 있겠나?"

무영이 등을 돌리려는 순간 청우자가 조용히 말을 던졌다.

"그럴 이유라도?"

무영이 화답했다.

"우리 문파의 신검을 되찾고 싶네. 자네라면 알고 있을 것 같은데?"

청우지는 간절한 눈빛으로 말했다.

“글쎄요. 전 다른 문파의 무공은 관심이 없어서……”

무영은 애매하게 답하며 말끝을 흐렸다.

“부탁일세.”

청우자는 다시 간청했다. 무영은 여전히 대답을 하지 않았다.

“내 짐작이네만… 무당 장문인을 만나려면 무당파로 가는 것보다는 화씨세가로 가는 것이 나을 걸세. 화씨세가와 무당은 가까운 관계로 화씨세가 잔치에 무당 장문인이 직접 참석할 수도 있으니까.”

청우자는 무영을 향해 다시 한 번 뜻 모를 말을 했다.

“무당 장문인? 그게 무슨 말이지? 자네가 현도봉 쪽으로 가지 않고 이쪽으로 온 것은 무당 장문인을 만나기 위해서인가?”

부연호는 눈 사이를 좁히며 말했다. 내내 이해가 가지 않았던 무영의 행보 하나가 이해가 되는 순간이기도 했다.

“제가 지금 대협을 죽일 수도 있다는 사실은 알고 계시겠지요?”

무영의 음성이 무겁게 내리깔렸다.

한 올의 감정도 담겨 있지 않았지만 그 어떤 협박보다도 공포스럽게 느껴졌다.

“그러고 싶으면 그렇게 하게. 어차피 우린 자네의 상대가 아니니.”

청우자는 담담하게 무영을 쳐다보았다.

정화영은 터질 듯 쿵쾅거리는 가슴을 억지로 진정시키며 검병에 손을 갖다 댔다.

청우자의 말에 무영의 손이 곧 출수라도 할 듯 경직되었다.

만약 저 손이 앞으로 쭈욱 뻗어 나온다면 그 앞에는 파멸만이 있을 뿐이었다.

지금 사숙으로서는 도저히 그 공격을 막을 수 없을 것이다. 자신이 검을 뽑아 휘두르더라도 그건 마찬가지일 것이다. 그러나 사숙의 심장이 터져 나가는 상황을 보고 있을 수만은 없었다. 무영의 손이 앞으로 나올 기미가 보이면 그녀는 동귀어진의 수법으로 돌진할 생각이었다.

무영은 잠시 동안 청우자의 눈을 응시하다가 입을 열었다.

"화씨세가까지 동행하기로 하지요. 대협에게 손을 쓸지 말지는 가면서 생각해 보기로 하고."

第四十五章
상문(喪門)의 흔적

장흥관일

"초연!"

낮고 음울한 목소리가 실내의 바닥으로 내려앉았다.

"부르셨습니까?"

음울한 목소리와는 대조적인 맑은 여인의 목소리가 화답하며 벽 쪽에서 그림자가 솟아나듯 한 인영이 모습을 드러냈다.

복면을 하고 있었지만 늘씬한 키에 군살 하나 없이 근육으로만 다져진 몸매의 여인이었다.

잠시 복면여인을 처다보던 사내가 입술을 움직였다.

"놈에 대한 정보는?"

"조양방을 떠난 후 관도로 벗어난 지전부터 행적이 사라졌습니다."

복면여인이 조금 뜸을 들인 후 답했다.

"수하들의 추적 솜씨가 녹이 슨 것인가?"

사내의 목소리에 약간의 짜증이 묻어났다.

"그런 것은 아닙니다. 다만……."

"다만?"

"환술을 쓰는 놈들이라 행적을 숨기는 데는 귀신같은 능력을 발휘한다는 보고입니다."

복면여인이 다분히 분기가 감도는 목소리로 대꾸했다.

"그렇군. 놈들은 사술의 대가들이지. 그걸 간과했어."

음울한 목소리의 사내가 잠시 혀를 찼다. 그러고는 습관처럼 긴 손가락으로 탁자를 두드렸다.

"그런데 왜 현도봉인가, 하고 많은 무당산 봉우리 중에서?"

사내의 눈이 매의 눈초리처럼 날카롭게 빛을 토했다.

"그곳은 여러 갈림길이 있습니다. 따라서 그만큼 도주로도 많다는 말이지요."

복면여인은 잠시의 뜸도 들이지 않고 답했다.

"흠……."

사내가 완강하게 고개를 저었다.

가장 먼저 짐작할 수 있는 것이 그것이었다. 그리고 그것은 또 바보가 아닌 이상 누구나 짐작 가능한 것이기도 했다. 그 점이 오히려 머리를 혼란스럽게 했다.

놈은 절대로 단순한 인간이 아니다.

사제 위건화의 계략을 모조리 분쇄하고 역공작을 펼쳐 사제를 꼼짝 못하게 잡아버린 인간이다.

그런 인간이 지극히 단순한 그런 이점 때문에 현도봉을 택했단 말인가?

절대로 그럴 리 없다. 무언가 훨씬 더 복잡한 이유로 그곳을 약속 장소로 정한 것이 분명하다.

그것을 간파한다면 놈을 잡는 것은 훨씬 쉬워질 것이다. 하지만 놈의 의중이 도무지 짐작이 가지 않았다.

사내는 자신도 모르게 눈살을 찌푸렸다.

'뭘까?'

머리를 쓰는 일이라면 남은 세 명의 사형제 중에서 제일가는 사제를 그렇게 만든 놈이 자신을 혼자 오라고 전한 후 현도봉에 무슨 계략을 펼쳐 놓은 것일까?

놈은 절대로 자신이 혼자 그곳에 나타나리라고는 생각지 않을 것이다.

역으로 놈 역시 혼자 오지는 않을 것이다. 그런 점에서 현도봉이 놈에게 어떤 이점을 주는 것일까?

무황성주의 둘째 제자 사운혁은 자신의 숙소에서 그의 심복 복면여인을 앞에 두고 머리를 감싸 쥐고 있었다.

"아니면……."

사운혁이 자신의 의견에 고개를 젓자 복면여인이 조심스럽게 다시 입을 열었다.

"아니면?"

"우리의 전력을 분산시킬 수 있지요."

복면여인이 아까보다 더 자신없는 목소리로 말했다.

"그게 그거 아닌가?"

사운혁이 가느다란 미소를 입에 물고 말했다.

"무슨?"

복면여인의 눈이 복면 사이로 조금 커졌다.

"도주로가 많은 것이나 전력을 분산시키는 것이나 결국 같은 맥락이지."

사운혁의 말에 복면여인은 더 이상 대꾸를 하지 못했다.

'끄응—'

사운혁은 속으로 신음을 삼켰다.

시키는 일만 충실히 잘해내는 수하인지라 머리를 굴리는 데는 한계가 있었다.

이런 일은 결국 자신의 몫이었다.

"날짜가 얼마나 남았지?"

결국 사운혁은 무영의 계략을 간파하는 것을 포기하고 복면여인에게 다른 질문을 던졌다.

"이젠 보름이 남았습니다."

복면여인이 이번에는 거침없이 답했다. 역시 이런 일에만 어울리는 수하였다.

"반이 지나갔군. 준마를 타고 최대한 빨리 간다면 여기서 그곳까지 얼마나 걸릴까?"

"닷새면 됩니다."

"그럼 앞으로 열흘은 더 여유가 있군."

“그렇습니다. 그때까지 알아낼 수도 있습니다.”

복면여인이 자신감을 가지며 말했다.

“상관없지. 목적지가 정해진 이상 중간 과정은 그렇게 큰 의미가 없어. 일거수일투족을 세세히 꿰뚫고 있다면 더 바랄 게 없겠지만 그렇게 만만한 놈들이 아니지. 대신 놈과의 약속 장소인 현도봉에 완벽한 준비를 해놓으면 될 일이야.”

“그곳에서는 만반의 준비를 하고 있습니다.”

복면여인의 목소리가 자신감을 되찾았다. 그러나 사내는 여전히 가라앉은 눈빛으로 복면여인을 쳐다보았다.

“그곳에서 그놈의 흔적은 보이지 않았나?”

“찾지 못했습니다. 인근을 샅샅이 뒤졌지만 놈의 흔적은 보이지 않았습니다.”

복면여인은 고개를 강하게 저으며 답했다.

'아직 오지 않은 것인가, 아니면 이미 오래전에 준비를 마친 것인가?

사운혁은 인상을 찌푸린 채 생각에 잠겼다.

놈이 만약 조양방에서 사제를 잡기 전에 모든 것을 계획한 상태라면 현도봉 근처에 미리 무슨 수작을 부려놓았을 수도 있다.

그런 가능성도 염두에 두고 현도봉 근처를 이 잡듯이 뒤지게 했지만 그 어떤 특이점도 발견할 수 없다는 말이다. 인질로 삽혀 있는 위건화의 흔적 또한 미찬가지였다.

놈이 아무리 인적없는 곳만 골라 돌아다녔다 해도 지금 앞에 서 있는 복면여인의 조직과 비호단(飛虎團)의 능력이면 반드시 꼬리를 잡힐 것이다.

비호단은 오래전부터 자신이 은밀하게 키운 무항성 밖의 비밀 조직이었다.

그들의 존재는 자신 이외에는 아무도 모른다. 사부나 사형제들은 물론, 앞에 서 있는 복면여인마저도 모르는 조직이다. 복면여인이 이끄는 조직은 그들을 숨기기 위한 조직이나 마찬가지다. 그러기에 복면여인의 조직은 사형 석모광뿐만 아니라 사부도 익히 알고 있을 것이다.

공을 들여 숨기는 척했지만 노력하면 찾을 수 있을 만큼만 숨겨놓은 조직이다. 이들의 존재로 연막을 피워 비호단은 완벽하게 숨긴 것이다. 그러니만큼 그들의 능력은 복면여인의 조직을 훨씬 능가했다.

마음만 먹는다면 귀신의 종적도 찾아낼 수 있는 것이다. 그런데 놈은 코빼기도 보이지 않았다.

'하긴 그렇게 쉬운 놈이라면 사제가 그렇게 꼼짝없이 당하지 않았겠지.'

사운혁은 입맛을 다셨다.

"놈은 좀 더 시간을 두고 찾기로 하고 준비된 것들을 설치하는 편이 낫지 않을까요?"

복면여인이 조심스럽게 사운혁의 의향을 물었다.

"교활하기 짝이 없는 놈이니 무슨 술책을 부릴지 모른다. 그러니 한순간도 경계를 늦추지 말고 최대한 은밀히 설치하도록 해라. 그리고 다음 지시를 기다려라.”

“존명!”

복면여인이 허리를 숙인 후 벽 속으로 스며들었다.

같은 시각, 무황성의 또 다른 실내에서도 비슷한 상황이 벌어지고 있었다.

보통 사람보다 한참은 더 큰 체격의 거인사내 앞에 평범한 체격의 복면사내가 시립해 있었다.

“물건을 호송하는 일은 어떻게 되었나?”

거인사내 석모광이 질문을 던졌다.

“확보에서부터 호송까지 아무런 문제 없이 진행되고 있습니다.”

복면사내는 자신감이 넘치는 목소리로 답했다.

“추적은 없었나?”

“혼자서 아무도 몰래 우리 속을 뛰쳐나온지라 그걸 걱정할 필요가 없었습니다. 그러지 않았다면 제법 힘이 들었을 텐데 말입니다. 후후!”

복면사내는 재미있다는 듯 웃음을 감추지 못하고 답했다.

높은 울타리 안에서 꼼짝 않고 있는 사냥감을 사로잡는 일은 절대로 쉬운 일이 아니다.

운이 나쁘다면 중도에 발각되어 도로 사냥감이 되든지, 아니면 큰 피해를 입고 도주해야 할 일이 생길시도 몰랐다.

그런데 정말 천우신조라도 이런 천우신조가 없다고 혀를 내

두를 수밖에 없는 상황으로 그 사냥감이 야밤에 아무도 몰래 우리 밖으로 탈출을 시도한 것이다. 그리고 누군가를 쫓아가 듯 신속히 울타리로부터 멀어졌다.

너무 공교로워 처음에는 미끼가 아닌지 조심을 할 정도였다. 그러나 곧 그게 아니라는 것을 알게 되었고, 신속히 사냥감을 포획하고 석모광의 지시대로 호송하고 있는 것이다.

물론 포획을 하는 과정에서 사냥감이 너무 사나워 조금 고생을 했다. 몇 명의 수하가 부상을 당하고 사냥감이 다치기도 했다. 그러나 그것은 계획을 세울 때 각오한 출혈에 비해 극히 미미하다고 할 정도였다.

그것이 복면사내의 눈가에 미소를 띠게 만들었다.

"단순히 운이 좋았다고만 생각하나?"

석모광의 목소리에 복면사내는 눈가에 피어오르던 웃음기를 얼른 지웠다.

"그럼……?"

"모든 것을 처음부터 끝까지 세심하게 관조하다 보면 일이 어떤 방향으로 흘러갈지 보이는 법이지. 그 흘러가는 길목을 지키면 아주 작은 힘을 들이고도 사냥감을 잡을 수 있는 법이야."

석모광은 입꼬리에 옅은 미소를 지으며 말했다.

"그 말씀은 사냥감이 우리를 뛰쳐나올 줄 예상하셨다는……?"

복면사내가 말꼬리를 흐리며 석모광을 쳐다보았다.

"여인의 심리를 읽는 것은 사제만의 특기가 아니지. 철이 덜
든 어린 여인의 심리를 읽는다는 것은 아주 쉬운 일이지."

석모광의 입가에 피어오른 미소가 더욱 짙어졌다.

"조양방의 무법자… 암중인을 도우면서 정이 꽤 들었던 모
양이군. 조양방을 탈출하면서까지 따라갈 정도로……. 아주
정열적인 여인이야."

"어쨌든 그 철부지로 인해 일이 더 쉬워질 수 있습니다."

"그렇게 되길 바라야지."

석모광은 고개를 천천히 끄덕였다.

그때 밖에서 인기척이 들렸다.

"자넨 계속해서 일을 추진하게. 아주 신중하게."

"알겠습니다!"

복면사내가 깊이 허리를 숙인 후 실내를 벗어났다.

"들어오게!"

복면사내의 기척이 완전히 사라진 후 석모광이 문밖을 향해
말했다.

문이 열리며 한 청년이 모습을 드러냈다.

조금 전의 청년과 달리 복면을 하지 않은 평범한 경장 차림
의 청년이었다. 가슴에 무황성의 표식이 있는 것으로 보아 무
황성 내의 인물인 듯싶었다.

"알아본 일은 어떻게 되었나?"

석모광은 기대감 가득한 눈으로 물었다.

"제가 누굽니까?"

청년이 싱긋 미소를 지었다.

"역시 자네야. 하하!"

석모광은 호탕하게 웃으며 크게 고개를 끄덕였다.

"여기 있습니다."

청년은 품속에 손을 넣어 작은 봉서 하나를 꺼내 석모광에게 내밀었다.

석모광은 낚아채듯 봉서를 받아 들어 그 안에 든 보고서를 꺼냈다.

〈상문(喪門)은 오래전에 사라진 문파입니다.〉

보고서의 첫 머리는 그렇게 쓰여 있었다.

〈상문이란 문파는 이름 그대로 술법으로 시체를 부리거나 기괴한 사술을 무공에 가미하여 생각지 못하는 능력을 발휘하는 문파였습니다. 그런 때문에 그들은 정파로는 인정되지 못했습니다.

그러나 악행이나 민간에 폐해를 끼치는 짓을 벌이지 않고, 민간에 극심한 전염병이 도지면 산문을 나서서 그들 문파의 비기로 병자들을 고치기도 했고, 또 무림이 위기에 닥칠 때는 인원을 차출하기도 하여 사파로도 취급되지 않았습니다. 하지만 워낙 폐쇄적이어서 보통 때는 다른 문파와 전혀 교류가 없고 기괴한 무공만을 펼쳤기에 정파로도 인정받지 못하고 정사 중간 문파로 존재했습니다.

　그렇게 그들은 있는 듯 없는 듯 무림의 아주 작은 문파로 존재하며 별 관심조차 끌지 못했습니다.

　그러던 그들이 크게 한번 무림의 주목을 받게 된 일이 있었는데, 당시 무당의 장문인인 일검진천(一劍震天) 운현자(雲現子)가 폐관 수련 도중 주화입마에 빠진 사건이 있었습니다.

　이미 인간의 경지를 넘어선 공력을 지닌 절대고수의 주화입마였기에 누구도 도움을 줄 수 없는 속수무책의 상황이었습니다. 무당의 전 문도가 나서서 매달렸지만 상태 악화 속도를 줄이는 선에서 그칠 뿐 그 이상의 상황은 만들지 못했습니다.

　그런데 그때 상문의 문주란 사람이 몇 명의 문도를 데리고 무당으로 찾아왔습니다.

　워낙 폐쇄적인 문파인지라 문주의 이름도 알려지지 않았지만 그는 운현자와 몇 번 만나 술자리를 가졌고, 정파무림인으로서는 유일하게 운현자와 교분이 있어 그렇게 달려왔던 것으로 보입니다.

　무당으로 오자마자 그는 상문의 비책으로 운현자의 주화입마를 치료하게 해달라고 요청했지만 무당에서는 자신들 모두가 힘을 합쳐도 어떻게 하지 못한 장문인을 이름조차 생소한데다 사파의 냄새가 물씬 풍기는 상문이란 곳의 사람에게 맡길 수 없다고 거절했습니다. 상문주는 안타까운 마음에 발을 굴렀지만 어쩔 수 없었고, 그렇게 그닐 밤이 지난 다음날 마침 운현자의 상태는 더욱 악화되었습디다.

　노심초사하는 마음으로 밤을 지새운 상문주는 도저히 참을
수 없었던지 강제로 장문인의 거처로 가려고 했습니다. 당연히
무당 문도들이 막아섰고, 상문주와 그들 사이에 뜻하지 않은 대
결이 벌어졌습니다.

　그런데 그때 깜짝 놀랄 일이 벌어졌다고 했습니다. 이름마저
제대로 알려지지 않았던 상문주의 무공은 그들의 예상을 완전히
벗어날 정도로 고강했다고 합니다.

　뒤늦게 그의 능력을 인식한 장로 한 사람의 고함으로 사태는
진정되었고, 상문주의 장문인 치료가 허락되었습니다.

　무당 명숙들이 지켜보는 가운데 운현자를 치료하게 된 상문
주는 일반적인 치료법과는 완전히 다르게 부적과 괴상한 신물들
을 잔뜩 늘어놓고는 주문을 외우기 시작했습니다.

　그렇게 이상한 술법을 펼치며 한 시진 정도가 흐르자 운현자
의 몸이 거의 두 배로 부풀어 오르기도 하고 쭈그러들기도 하며
기괴한 현상을 보였다고 했습니다. 같이 있던 무당 명숙들이 기
겁을 했지만 이미 기호지세여서 지켜볼 수밖에 없었다고 합니
다.

　그런 기괴한 치료가 근 반나절 동안 이루어진 후 끝이 났고, 그
다음날부터 운현자의 주화입마는 차도가 보이기 시작했답니다.

　그리고 한 달이 지나자 운현자는 주화입마에서 완전히 벗어
날 수 있었습니다. 그리고 그의 공력은 주화입마에 이르기 전보
다 더 증가했다고 알려졌습니다.

　물론 그 뒤로 상문의 명성은 크게 달라졌고, 무당 장문인의

주선으로 상문은 정파의 일원으로 정식 인정되었습니다.

그러나 그 이후로도 그들은 여전히 폐쇄적으로 자신들만의 세계에서 생활하여 세인들의 뇌리에서 차츰 잊혀져 버렸다고 합니다.

그들의 술법은 사파의 사술이 아닌가 싶을 정도로 기괴하였지만 아주 작은 공력만으로도 인간의 능력을 극대화하는 데는 타의 추종을 불허한다고 알려졌습니다. 그런 면에서는 정파의 어떤 무공보다 더 강력했다는 무당 장문인의 평이 있었다고 했습니다.

그렇게 폐쇄적이지 않고 다른 문파와도 교류하며 그들의 능력을 발전시켰다면 대문파로의 성장도 불가능하지 않았을 것이라 했는데 그들은 끝까지 자신들만의 세상에서 칩거하며 교류를 거부했다고 합니다.

그 후 어찌 된 일인지 상문은 그들의 능력을 계승 발전시키지 못하고 강호상에서 쇠락해 버렸고, 이후에는 아예 사라졌다고 합니다. 비록 기괴한 술법과 주문들이 토대가 되었지만 인간의 육체적 능력을 극대화시키는 그들의 비술은 충분히 연구해 볼 가치가 있다고 생각되는데, 그들은 영문 모르게 사라졌고 이제는 명맥조차 이어지지 않는다는 보고입니다.

너무 오랜 시간이 지난 사건이라 더 이상은 조사가 불가능합니다만 조양방에서 펼친 놈들의 환술은 상문의 그것과 유사한 곳이 많다는 외밀원의 분석입니다.

…후략…….〉

"상문이라고?"

서찰을 읽은 석모광이 눈살을 찌푸리며 중얼거렸다.

아무리 머릿속을 헤집어도 생전 처음 듣는 이름이었다. 그래서 다른 사실을 유추할 수가 없었다. 오로지 서찰 안의 내용에만 의존할 수밖에 없었다.

촤라락—

석모광은 다시 서찰을 펼쳤다. 그러고는 꼼꼼하게 읽어나갔다.

아무리 읽어도 현재 무림에서 활동하는 다른 문파나 어떤 고수들과 연관시킬 만한 것이 없었다. 그야말로 하늘에서 뚝 떨어진 새로운 사실이었다.

"어쨌든 대단하군. 백여 년 전에 사라진 문파마저 찾아내어 놈의 정체를 파악하려 하다니……. 정말 대단한 외밀원이야. 인정하지."

석모광은 고개를 여러 번 끄덕이며 찬사를 토했다.

촤르르—

마침내 석모광은 보고서를 접어 봉서에 다시 넣었다. 그러고는 앞에 선 청년을 쳐다보았다.

"돈이 많이 들었겠군."

석모광의 말에 사내의 입가에서 가는 미소가 떠올랐다.

"야명주 두 개를 내어주었습니다."

사내가 대답했다.

"호종관 그 인간, 욕심이 점점 늘어. 자고로 과욕은 화를 부른다는 말을 모르는 모양이지."

석모광이 혀를 찼다.

"우리에겐 다행이지요. 그자가 사심없이 깨끗한 인간이라면 이런 정보는 절대로 빼낼 수 없지요."

청년이 즉시 대꾸했다.

"그건 그렇군. 그럼 그자의 욕심에 대해 불만을 가져서는 안 되겠군."

"물론입니다. 계속해서 탐욕적인 인간으로 남아 있기를 기원해야죠."

"후후! 그런가?"

석모광은 입술을 비틀고 웃은 후 잠시 생각에 잠겼다가 다시 입을 열었다.

"그럼 그놈은 상문의 후예라고 봐야 하나?"

"지금으로서는 그 가능성이 제일 높습니다. 무황성 외밀원의 정보력은 타의 추종을 불허하니까요."

청년의 목소리에 은근한 경외감이 묻어났다.

"그리고 그 정보를 가로채서 이용하는 우리는 더 대단하지요."

청년은 자신의 노고를 인정해 달라는 듯 농을 던졌다.

"그것도 인정하지!"

석모광은 고개를 끄덕였다. 그러나 표정은 그디지 밝아지지 않았다.

“상문 출신이란 것을 알았다고 해도 크게 도움이 되지 않는 것이 문제야.”

석모광의 말에 청년은 아무런 대꾸를 하지 못했다.

말 그대로 상문에 대한 다른 정보가 전혀 없기 때문이었다.

상문이 지금 활동하고 있는 문파라면 당장 그들을 때려잡아 타격을 줄 것이지만 현재 아무런 흔적이 없으니 그럴 수도 없었다. 신출귀몰한 도둑놈 이름을 겨우 알아냈다고 달라질 건 없었다. 그냥 도둑놈으로 불러도 아무런 문제가 없는 것이다.

백여 년 전 상문 문주의 무공이 상상외로 강했다는 사실도 아무런 도움이 되지 않는다. 지금 나타난 놈은 오히려 그보다 더 강해 보이니 상문 문주의 무공을 재평가하여 새로이 경계를 할 일도 없었다.

단지 한 가지 단서가 될 만한 것은 무당과의 관계이다.

그때 상문 문주가 무당 장문인을 치료해 주었으니 그 과정에서 외부로 알려지지 않은 무언가, 그들 사이의 비밀이나 다른 것이 있지 않을까 하는 것이다.

“놈이 약속 장소를 무당산 줄기의 현도봉으로 정한 건 그 때문이 아닐까요?”

같은 생각을 했는지 청년이 질문을 던졌다.

“그럴 수도 있겠지.”

석모광은 고개를 끄덕였다. 그러나 그것 역시 지금으로서는 아무 도움이 안 된다.

그게 무엇인지 알아내려면 시간이 많이 걸릴 것이다. 어쩌면 너무 오래전 일이라 아예 못 알아낼지도 모르고.

　"그 문제는 외밀원에서 알아내겠지. 우리는 그때 다시 가로채면 된다. 네 역할이 크다. 절대로 잊지 않겠다."

　석모광은 청년의 노고를 치하했다.

　"공자께서 만인지상의 몸이 되는 것이 저의 큰 기쁨입니다."

　청년이 깊이 고개를 숙이며 답했다.

第四十六章

화씨세가(華氏世家)

장흥관일

호북의 화씨세가는 균현 외곽에 자리 잡은 검의 명가였다.

대대로 절정고수를 배출해 내어 그 명성을 드높였는데 당대에 이르러 소가주 화위성(華爲星)은 가문의 검법인 만화삼십육검(萬化三十六)을 십이성 대성하고 그것에 자신의 심득까지 곁들인 만화일섬검법(萬化一閃劍法)을 창안하여 만화신검이란 별호로 불리었다.

그의 검은 별호에서 알 수 있듯이 천변만화하는 초식으로 상대를 검광의 그물 속에 가두어 십중팔구는 스스로 검을 놓게 만들었다.

젊었을 때부터 환상적인 검법으로 중원에 명성이 자자했지만 조금도 자만하지 않고 서른다섯의 나이에 폐관 수련에 들었다.

삼 년 후에 폐관을 끝내고 나왔을 때 그의 검법은 그 찬란하던 변화가 모두 사라지고 오히려 지극히 단순한 쾌검에 가까운 초식을 보였다.

폐관에 들기 전에 이미 만변하는 초식을 펼친 그였기에 폐관 후에는 이만변의 초식을 기대한 가솔들과 친우들은 의아함을 감출 수 없었지만 그는 그저 미소만 지을 따름이었다.

결국 궁금함을 참지 못한 그의 동생이자 그가 폐관 수련을 하는 동안 임시 소가주직을 맡고 있던 화운성(華隕星)이 비무를 청하였다.

화위성은 한 모금의 술을 마신 후 천천히 일어서서 비무에 응하였다.

화운성 역시 검의 명가인 화씨세가의 차남으로 절정고수의 수준이었다. 그리고 폐관에 들기 전 하위성과 오십 합 이상은 상대할 수 있는 실력이었다.

모든 사람들의 이목을 받으며 두 사람은 비무를 시작했다. 그런데 그 결과는 보는 이의 눈을 의심하게 했다.

단 삼 초!

화위성이 펼친 삼 초 만에 화운성은 검을 떨어뜨리고 망연한 표정으로 서 있었다.

아무런 말 없이 한참 동안 화운성이 그렇게 서 있자 세인들의 궁금증은 더욱 증폭되어 이곳저곳에서 웅성거리는 소리들이 급격하게 흘러나오기 시작했다.

그때 화운성이 대소를 터뜨렸다. 그 소리는 대들보를 흔들 만큼 커서 이곳저곳에서 흘러나오는 웅성거림을 일시에 날려 버렸다.

쥐 죽은 듯 조용해진 세가 마당에서 화운성이 입을 열었다.

"축하하오, 형님! 만변을 일변 속에 가두었구려. 으하하하! 가문의 영광이오!"

화운성은 그렇게 한참 더 웃고 난 후 그 길로 자신도 폐관 수련에 들었다.

그리고 오 년의 시간이 흐른 후 출관하였는데, 그는 이만변 을 일변에 가두었다는 칭찬을 형으로부터 듣게 되었다.

그러나 화운성은 자신의 성취에 전혀 만족하지 않고 계속해 서 검법 수련에만 몰두하면서 외부와 접촉을 거의 하지 않았 기에 정말로 그가 형의 칭찬대로 이만변을 일변 속에 감추었 는지 확인할 수가 없었다. 그러다 보니 사람들은 형 화위성이 오 년이나 이어진 동생의 폐관 수련을 치하하는 뜻에서 듣기 좋게 그런 칭찬을 했다고 믿었다.

그가 진짜로 이만변을 일변 속에 가두었든 그렇지 못했든 화위성이 버티고 있는 화씨가문은 중원제일의 검가로 위명을 빛내고 있었다.

그 화씨가문에서 며칠 후 가주 화철상(華喆尙) 칠십 회 생일 잔치가 열리며 장남이자 소가주인 화위성에게 가주직을 물려 주는 행사가 같이 열리는 것이다.

지금 그 화씨세가의 한 실내에는 무거운 기운이 흐르고 있었다.

"놈의 흔적을 찾지 못했단 말이냐?"

화씨세가의 장남 화위성이 낮은 음성으로 물었다. 그러나 그의 눈에는 지울 수 없는 노기가 서려 있었다.

"인근 오십 리를 모두 뒤졌지만 놈의 흔적은 찾지 못했습니다."

둘째동생 화준성(華準星)이 낮은 한숨과 함께 답했다. 그의 눈에서도 분기가 솟구치고 있었다.

감히 검의 명문인 호북성 화씨세가에 스며들어 도둑질을 한 놈이 있다는 것은 도저히 용납할 수 없는 일이었다.

그리고 그자를 이틀 동안이나 잡지 못하고 있다는 사실도 용납이 되지 않았다.

"그렇다면 놈은 우리 집 안에 있다. 지금은 그 어느 때보다 외부 손님이 많은 시기이니 어쩌면 우리 가문이 가장 숨기 좋은 곳일 것이다."

하위성은 형형한 눈빛으로 가족들을 둘러보며 말했다.

그의 시선을 받은 가족들은 잠시 찬물을 뒤집어쓴 듯 몸을 움찔하다가 신형을 바로 세웠다.

"형님 말씀이 맞습니다. 애초부터 이런 혼잡한 상황이기에 가능한 일이었습니다. 이렇게 외부 손님들이 많은 시가가 아니었다면 어떤 놈이든 우리 가문을 넘볼 수 없는 일이지요. 그리고 놈은 밖으로 도망치는 척하면서 도로 집으로 되돌아와서 손님들 속에 숨었습니다. 아주 교활한 놈입니다."

화준성이 고개를 끄덕이며 대꾸했다.

"그런데 이런 판국에도 첫째는 연공실에만 틀어박혀 있단 말이냐?"

화위성은 이맛살을 찌푸리며 바로 아래 동생 화운성의 가족들을 쳐다보았다.

화씨세가에서 곧 가주가 될 화위성보다 더 검술이 뛰어나다고 알려진 하운성은 비상 가족 회의에도 나타나지 않고 검술 연습에 여념이 없는 모양이었다.

"죄송합니다, 백부님. 제가 경황 중에 연락을 드리지 못했습니다. 지금이라도……."

"됐다!"

화운성의 아들 화송추(華宋抽)가 아버지의 입장을 세워주려고 하자 화위성은 화송추의 말을 잘랐다. 연락은 이미 받고도 남았을 테지만 수련에 정신이 팔린 화운성은 웬만한 일에는 관심을 두지 않는 것이다.

"어차피 이곳에 오더라도 아무 도움이 되지 못할 것이다. 비록 표정은 심각하게 꾸미고 있어도 머릿속으로는 온통 검법 생각만 하고 있을 테니까."

화위성은 한숨을 푹 내쉬었다.

몇 달 전 화운성은 부친의 고희연을 의논하기 위해 열린 가족 회의에 모처럼 참석하여 화위성의 말을 열심히 경청하는 표정을 짓고 있었다.

평소 효자였던 그였기에 다른 일은 몰라도 부친의 고희연을 의논하는 자리에는 깊은 관심을 가지고 있다고 생각한 화위성은 어떤 일에 대해 화운성에게 질문을 던졌다. 그런데 진지한 표정을 짓고 있던 화운성은 묵묵부답 아무런 대답이 없었다.

눈을 가늘게 뜬 화위성이 고함을 쳤을 때, 화운성은 놀란 표정을 하며 사방을 두리번거렸다.

그러고는 잠시 동안 왜 이곳에 와 있는지조차 자각하지 못했다. 물론 회의 시간 내내 화위성이 한 말은 한마디도 기억하지 못하고 있었다.

기가 막힌 화위성은 손을 흔들어 화운성을 연공실로 돌려보내고 말았다.

그런 화운성이니 지금 이 자리에 있다고 해도 도움이 될 리 만무했다.

'그 녀석은 검치(劍痴)가 되어가고 있구나!'

화위성은 속으로 가볍게 탄식했다.

출관했을 때 이미 화위성 자신을 능가하는 만화검을 익히고 있었다.

그리고 다시 몇 년 동안 수련에 전념하고 있었으니 그 경지는 또 얼마나 높아졌는지 짐작이 가지 않았다. 검가의 자손으로 그런 경지에 도달했다는 것은 의당 기쁘기 그지없는 일이지만 과유불급이란 말이 있듯이 오로지 검에만 미쳐 버려 다른 일에는 백치가 되어가는 것이 문제였다. 집에 도둑이 들어 절대로 잃어버려서는 안 될 물건을 훔쳐 갔다는 소식에도 그는 큰 관심을 보이지 않았다.

아마도 그 도둑이 검법에 있어서는 자신보다 더 고수라는 말을 들었다면 당장 뛰쳐나왔을 것이다.

"어쨌든 놈이 우리 집에 있을 가능성이 높다. 그러니 놈을 잡을 수 있는 방법을 여기서 의논해 보도록 하자. 기필코 놈을 잡아 물건을 회수하고 정체를 알아내야 한다."

화위성이 단호한 어조로 말했다. 그러나 그의 표정에는 난감한 기색이 번져 갔다.

지금은 화씨세가 역사상 가장 많은 외부인이 머물고 있다. 지금 이 시간에도 세가를 방문하는 손님들이 속속 모여들고 있는 중이다. 그런 많은 손님들 중에서 흉수를 찾아내는 일은 절대로 간단한 일이 아니었다.

"좋은 의견들이 있으면 말해보아라!"

화위성은 식솔들을 둘러보며 물었다.

"우선은 빈객들의 인명록과 어제 이전에 들어온 실제 방문인들을 철저히 대조하여 의심나는 자를 파악해야 합니다."

화운성의 딸 화연옥(華蓮玉)이 나서서 가장 현실적인 방안 하나를 제시했다.

그녀는 현가주의 손자, 손녀들 중 가장 머리 회전이 빠르고 명석했다. 그래서 이런 일에는 언제나 조장 먼저 방안을 제시했다. 지금 역시 마찬가지였다.

"좋은 의견이구나. 그건 네가 맡아서 빈객들이 눈치채지 않게 조사해 나가거라."

화위성이 인자한 표정과 함께 말했다.

"알겠습니다, 백부님. 최선을 다하겠습니다."

화연옥이 고개를 숙였다.

"다른 의견들도 말해보아라."

"놈은 어떻게든 틈을 보아 이곳을 탈출하려 할 것입니다. 그걸 역이용하는 방법도 있습니다."

화위성의 아들 화상기(華常基)가 다른 의견을 제시했다.

"어떻게 말이냐?"

화위성의 눈이 광채를 토했다.

"우선 엄중히 지키는 외곽 경비 한쪽을 허무는 것입니다. 물론 표시 나게 해서는 안 되겠지요. 뭔가 피치 못한 볼일이 생겨 잠시 자리를 비우는 식으로. 그렇게 하면 놈은 그 틈을 이용할 수도 있을 것입니다."

"그것도 좋은 방법이구나. 놈은 여간 간교하지가 않으니 절대로 함정이란 것을 의심하지 않게 하여 일을 꾸며보아라."

"잘 알겠습니다."

화상기도 고개를 숙였다.

그렇게 몇 가지의 의견들이 더 나오며 화씨세가의 내당은 더욱 엄중한 기운이 감돌았다.

*　　　*　　　*

"저곳이 화씨세가다."

청우자가 고갯마루에서 이마에 흐른 땀을 닦으며 턱짓으로 성시 한가운데에 있는 저택을 가리켰다.

"와아! 정말 어마어마하군요. 역시 세가라고 불릴 만해요."

소혜진은 청우자가 가리킨 곳을 쳐다보며 연신 감탄사를 토해냈다.

화산을 떠나 이곳으로 오며 여러 세가들을 보았지만 화씨세가에 비하면 조족지혈이었다.

그런 큰 규모의 세가를 고갯마루에서 쳐다보니 더욱 웅장하게 보여 소혜진은 내내 입을 다물지 못했다.

"입에 먼지 들어가겠어. 입 좀 다물어."

정화영이 눈을 흘기며 핀잔을 주었다.

무황성 밀막의 습격을 받은 후 이틀에 걸쳐 이곳까지 왔다. 다시 말해 죽음의 위기에서 벗어난 지 겨우 이틀밖에 지나지 않았고, 그때 입은 상처에 딱지도 채 지지 않았는데 소혜진은 마치 소풍을 나온 것처럼 즐거워하며 재잘거리고 있었다.

아직 철이 덜 든 소녀의 특징이라고 할 수 있겠지만 그보다는 무영과 부연호, 그리고 허복양이라는 든든한 동행이 있어 모든 근심을 떨쳐 버릴 수 있었기 때문이다.

처음에는 반쪽 가면 얼굴의 부연호와 가면은 쓰지 않았지만 가면 쓴 부연호보다 더 무서운 무영으로 인해 항상 멀찍이 떨어져 앉았던 그녀다. 그러나 능청스런 부연호의 언행과 냉소이긴 하지만 이따금씩 흘러나오는 무영의 미소를 대한 후부터는 거리를 떨쳐 버리고 참새처럼 재잘거렸다.

"이렇게 여유를 부려도 되는 것인가? 자네를 못 믿는 것은

아니지만 그놈은 결코 혼자 오지 않을 텐데 자네는 아무 준비
도 하지 않는 것 같아 불안하다네."

같이 화씨세가를 감상하던 부연호는 무영의 표정을 유심히
살피며 우려를 표명했다.

무영이 일방적으로 정한 날짜까지는 아직 남아 있긴 하지만
놈은 무황성주의 제자이다. 그러니 무황성의 보이지 않는 힘
을 얼마든지 쓸 수가 있는 것이다.

그런 놈을 상대하려면 아무런 세력이 없는 이쪽에서는 몇
배의 준비를 해야 하는데 부연호를 찾아온 서문진충 일행에게
몇 가지 부탁만 한 후 무영은 시종일관 느긋하기만 했다. 그리
고 이제는 청우자를 따라 이곳 화씨세가까지 왔다. 그런 무영
의 태도에 느긋하다 못해 게으르기까지 한 부연호 조차도 이
젠 조바심이 나는 것이다.

"아직은 시간이 있으니 유람이나 좀 더 하기로 하지. 살아
있을 때 즐겨야지 죽고 나면 아무리 하고 싶어도 소용없으니
말일세."

부연호의 조바심에는 아랑곳 않고 무영은 느긋하게 답했다.

"내가 말을 말지."

부연호는 고개를 저으며 입맛을 다셨다. 그러고는 화산파
사람들 쪽으로 고개를 돌렸다.

"대체 가족이 얼마나 많기에 저런 큰 저택에서 산단 말인가
요?"

한참 동안 말없이 화씨세가를 감상하던 조운기도 감탄스런

표정으로 말했다. 그의 말대로 화씨세가는 몇만 평이나 될 법한 넓은 땅에 큰 건물만 해도 수십 채였다. 그에 딸린 작은 건물이 각각 몇 개씩 있으니 그 안에 있는 방의 수는 수백 개는 될 것 같았다.

"가족들이야 식솔들까지 쳐도 백 명 안팎이겠지만 검에 있어서는 절세고수인 화위성과 화운성이 버티고 있는 화씨세가이니 한마디의 가르침이라도 듣겠다고 찾아오는 사람들과 친분이 있는 식객들은 식솔들보다 몇 배는 많겠지."

정화영이 차분한 목소리로 설명했다.

"그럼 그들에게 들어가는 식비만 해도 어마어마하겠네요?"

소혜린이 나섰다.

그녀의 생각으로는 아무리 재력이 뛰어난 세가라 해도 그렇게 지속적으로 손님을 받다 보면 감당이 불가능할 것 같았다.

"손님들이 식충이들만 있는 줄 아니? 그만한 실력의 가문이라면 돈을 싸 들고 배우러 오는 사람도 많을 테고, 가문의 고수 한두 사람만 인근 표국이나 무관으로 파견해 주어도 큰 재물이 생기는 거야."

일행 중 재정을 담당하고 있는 정화영이 한심하다는 표정과 함께 설명을 해주었다.

그제야 이해가 간 듯 소혜진은 고개를 끄덕였다.

"정 소지는 무림사에 관해 모르는 것이 없는 것 같군요. 산속에만 틀어박혀 있었을 텐데 어찌 그리 박식한지 감탄스럽습니다."

부연호가 반쪽 얼굴에 능글맞은 미소를 지으며 끼어들었다.

정화영은 부연호의 미소가 반쪽만이 아닌 온전한 것이었다면 얼마나 좋을까 하는 안타까움에 속으로 한숨을 쉰 후 입을 열었다.

"산속이든 저잣거리든 사람 사는 곳은 다 똑같아요. 구파일방도 별다르지 않아요."

그녀의 말대로 화산이나 무당, 더 나아가 소림이라 할지라도 그런 식의 수입이 없으면 버틸 수가 없는 것이다. 그래서 대문파 인근에는 큰 성시가 자리하고 있다. 아니, 그게 아니라 큰 성시 인근에 대문파가 형성되었다.

"구파일방이란 말은 어폐가 있군요. 구파는 몰라도 일방은 빼는 게……."

부연호는 추풍신개의 눈치를 보며 말했다.

개방은 얻어먹는 거지들이니 구파와는 다른 형태로 수입을 얻는다는 말이었다.

"그건 맞는 말일세. 다른 문파들처럼 도움을 주고 반대급부를 받는 것이 아니라 우리 개방은 오로지 일방적인 착취를 통해 수익을 얻고 있지. 아무런 도움도 안 주면서 부자들의 주머니를 털고, 아녀자들의 푼돈마저 갈취하지. 어쩌다 정보를 팔고 대가를 받기도 하지만 그건 쥐꼬리만 한 부분밖에 안 되고 주 수입은 선량한 백성들 주머니를 터는 것이지."

추풍신개가 한 술 더 떠서 인정을 하자 부연호는 입맛을 다시며 시선을 돌렸다.

마소창처럼 발끈해서 받아쳐야 느물거리며 남 약 올리는 장기를 발휘할 터인데 오히려 한 수 더 뜨니 김이 팍 새는 것이다.

부연호의 김빠져하는 표정을 본 정화영은 실소를 삼켰다. 그러면서 무영 쪽을 슬그머니 쳐다보았다.

부연호와 달리 무영은 이틀 동안 자신들과는 채 다섯 마디도 나누지 않고 내내 사숙 청우자와 함께 무언가를 의논하기도 하고 틈만 나면 혼자만의 깊은 생각에 잠겨 있기도 했다.

그때의 무영의 모습은 그야말로 시퍼렇게 갈아놓은 보검 같았다.

초점을 맞추지 않고 허공을 응시하는 눈이었지만 쏟아지는 안광은 말 그대로 종이의 뒷면까지도 관통할 것 같았다.

그때는 언제나 느물거리던 부연호마저도 근처에 얼씬거리지 않고 멀찌감치 떨어져 힐끔거리기만 했다.

지금 역시 무영은 작은 바위 위에 걸터앉아 무언가 깊은 생각에 잠겨 있는 모습이었다.

얼굴은 화씨세가를 향한 것 같았지만 시선은 허공에 고정되어 꼼짝도 하지 않고 있었다.

'무슨 계획을 세우는 것일까?

정화영은 서늘한 한기가 몰려오는 느낌에 몸을 움츠렸다.

여기까지 오면서 추풍신개로부터 조양방에서 일어났던 일에 대해 비교적 상세히 들었다.

추풍신개 역시 세세한 부분까지는 알지 못하고 있었지만 신개가 알고 있는 부분만 들어도 입이 절로 벌어졌다.

남아 있는 무황성주의 제자 중 가장 두뇌가 뛰어나다는 위건화가 몇 달 동안 꾸민 음모를 모조리 분쇄시키고 그를 인질로 잡기까지 했다는 사실이 절대 허구가 아니라는 것을 알면서도 쉽게 믿어지지가 않았다. 아마도 틈만 나면 저런 식으로 고도의 집중력을 발휘하며 생각을 정리하기에 가능할 것이다.

'지금도 그런 계획을 세우고 있는 것일까?

정화영은 그것이 무척이나 궁금했지만 무영 쪽으로 다가설 엄두조차 내지 못했다.

그러던 정화영의 눈이 반짝 빛을 뿜었다.

무영이 사색을 끝냈는지 못 박히듯 고정한 시선을 돌렸기 때문이다.

정화영은 천천히 무영 쪽으로 걸음을 옮겼다.

"한 모금 드세요. 이게 마지막이에요."

정화영은 물이 든 가죽 주머니를 무영에게 내밀었다.

다른 사람들은 다 몇 모금씩 마셨지만 무영은 생각하기에 바빠 한 모금도 마시지 않았기 때문이다.

"고맙소!"

목이 말랐는지 무영은 사양하지 않고 가죽 주머니를 받아 남은 물을 모두 마셨다.

"무슨 생각을 그리 깊이 하세요."

물을 다 마신 무영 옆에 앉으며 정화영은 넌지시 질문을 던졌다.

"그냥 경치 구경을 좀 했소."

무영은 무감동하게 답했다.

"허공에도 경치가 있나보죠."

정화영이 무영을 정시했다.

"그게 무슨 소리요?"

"공자님 시선은 지금까지 한 번도 움직이지 않고 허공에 고정되어 있었어요."

정화영의 대꾸에 무영은 피식 특유의 미소를 흘렸다.

냉소에 가까운 미소였지만 정화영은 가슴이 쿵 하고 내려앉는 느낌을 받았다.

"역시 화산이군요."

무영이 입가에 피어오른 미소를 지우지 않은 채 말했다.

"그게 무슨……?"

정화영의 눈매가 가늘어졌다.

"한시도 놓치지 않고 내 시선을 쫓을 수 있다니 말이오. 꽤 긴 시간이었는데……."

"그, 그건……."

정화영은 얼굴이 달아오른 것을 느꼈다.

무영의 말은 '그동안 내 얼굴만 계속 쳐다보고 있었단 말이오?' 하는 것이나 마찬가지였다.

그것을 빙 돌려서 표현한 것이다.

"궁금했으니까요. 대체 어떤 분인지 짐작이 안 가기도 하고……."

　　장화영은 심호흡과 함께 달아오른 마음을 진정시키며 말했다.

　　약간은 당돌한 그녀의 대답에 무영은 다시 미소를 지었다.

　　"어차피 인간이란 짐작하기 힘든 존재들이오. 무황성주도 그렇고 소저의 동료 황문원이란 사람을 실종시킨 사숙들 중 한 사람도 그렇고……."

　　무영의 신랄한 지적에 정화영은 대꾸도 하지 못하고 눈만 깜박거렸다.

　　그녀의 얼굴이 다시 붉어졌다.

　　언제나 소혜진의 말에 이런 식으로 핀잔만 주던 그녀였기에 반대로 당하고 보니 기가 막힌 심정이 된 것이다.

　　"그런 말이 아니라……."

　　"지금은 저들이 누구인지 짐작하는 것이 더 급선무일 것 같소."

　　정화영의 말을 자르며 무영의 시선이 옆쪽으로 향했다. 그러고는 품에 있던 구레나룻을 꺼내 얼굴에 붙였다.

　　앞에 펼쳐진 소로를 따라 열 명가량의 인영이 빠르게 날아오고 있었다.

　　정화영은 굳은 표정으로 인영들을 향해 시선을 고정했다.

　　무영 일행과 동행하며 잠시 긴장이 풀려 있었지만 무황성의 추적은 간담이 서늘하게 할 정도였다. 그런 그들이니 다시 따라붙지 않는다는 보장이 없었다.

　　청우자와 추풍신개도 기척을 느꼈는지 긴장된 기색과 함께 그들을 향해 시선을 고정시키고 있었다.

휘익—

휙—

옷자락이 펄럭거리는 소리와 함께 인영들이 순식간에 가까워졌다.

잠시 후 그들은 청우자 일행과 무영 일행을 발견하고는 신형을 멈추었다.

"아니, 청우자 대협이 아니시오?"

내려선 인영들 중 한 사람이 청우자에게 아는 체를 했다.

"화준성 대협이구려."

청우자도 마주 인사를 했다.

그들은 뜻밖에도 화씨세가의 사람들이었다. 그리고 선두에 선 사람은 화씨세가주의 셋째인 화준성이었다.

"개방의 추풍신개께서도 계셨군요?"

화준성은 추풍신개와도 안면이 있는 모양이었다.

"정말 오랜만이구려. 오 년도 더 된 것 같은데 용케도 이 거지를 알아보다니 송구해서 몸 둘 바를 모르겠습니다."

추풍신개가 과도하게 겸양을 떨었다.

"하하! 천하가 좁다 하고 바람처럼 종횡하는 추풍신개를 어찌 모를 수 있겠소. 어쨌든 반갑습니다. 우리 집으로 오시는 길이겠지요?"

"그렇다오. 그런데 화 대협은 여긴 어쩐 일이신지요."

청우자는 하준성을 향해 질문을 던졌다.

이들의 차림은 무복을 단단히 차려입고 있어 당장 결전이라도 벌이러 가는 것 같았다. 또한 경공을 펼치며 급히 달려오고 있는 모습이 심상치 않았다.

"집안에 작은 불상사가 있었습니다. 그래서 순찰 삼아……."

화준성은 상세한 내막을 밝히기 꺼려 하며 간단히 답했다.

검으로 따지자면 무림세가에서 수위를 다투는 화씨세가의 사람들을 이렇게 밖으로 내몰 만한 불상사라면 대체 어떤 것일지 궁금하기 짝이 없었지만 당사자들이 밝히지 않는 이상 다른 문파의 내부 사정을 캐물을 수 없는 것이 강호의 율법이었다.

"그렇군요. 하지만 이쪽 길은 아무 이상이 없는 것 같습니다. 오늘 내내 나물 캐는 아낙들 외에 다른 사람은 아무도 마주치지 않았으니까요"

청우자가 차분한 음성으로 설명을 하자 하준성은 짧은 한숨을 내쉬며 긴장을 풀었다.

그러고는 무영 일행 쪽으로 눈길을 돌렸다.

"그런데 이분들은?"

하준성이 무영 일행을 보고 물었다.

"이 사람들은 우리 화산과 친분이 있던 분들인데 평소 흠모해 마지않던 화씨세가를 꼭 방문해 보고 싶다고 하기에 이번 행차에 동참하게 되었소."

청우자는 무영 일행의 정체를 밝히지 않으면서도 자신들 일행으로 화씨세가를 방문할 것이라는 점을 내비쳤다.

화준성의 눈에서 순간적으로 날카로운 빛이 뻗어 나왔다. 화산의 청우자 일행과 동행하고 있지만 기질이 너무나 달라 보였던 것이다.

구레나룻을 달고 있는 무영은 모든 것이 안으로 갈무리되어 기도를 느낄 수 없었다. 하지만 그것이 오히려 경계감을 느끼게 했고, 방갓을 둘러쓰고 있는 부연호는 겉으로 풍기는 기운은 동네 건달 같았지만 여차하면 순식간에 야수로 변해 발톱과 송곳니를 찔러올 것 같은 느낌을 주었다.

또한 무영의 사형 허복양은 무언가 한곳이 모자란 느낌을 주었지만 속에 담긴 내력은 절대로 만만해 보이지 않았다. 하나같이 화산의 사람들과 친분을 가지기에는 거리가 많아 보이는 사람들이었다.

"이분들의 신분은 내가 보장할 수 있으니 염려 놓으시지요."

화준성의 내심을 짐작한 듯 청우자가 덧붙였다. 그러자 자신의 실수를 깨달은 듯 화준성이 얼른 눈길을 돌렸다.

"제가 실례를 했구려. 청우자 대협의 동행이시라면 화산파의 사람이나 만찬가지인데 가문에 그런 일도 있고 해서……. 하지만 이쪽은 청우자 대협의 말대로 별 이상이 없는 것 같으니 이만 돌아가는 방향으로 해야겠습니다. 어서 가시지요."

화준성은 손님을 맞이하듯 앞장서서 안내했다.

화씨세가의 내부는 멀리서 보던 것보다 더 넓게 느껴졌다.

평소에는 사람들이 많았겠지만 현 가주의 칠순이자 가주직 계승식을 겸한 자리이기에 더욱 많은 것이리라.

정문에서도 무영과 부연호의 신분을 의심받았지만 청우자가 일행임을 보증하고 화준성이 같이 왔기에 입장이 허락되었다.

무영은 화준성에 이어 정문에서도 자신들을 잠시 일견하는 것만으로도 신분을 의심하는 화씨세가의 눈썰미에 내심 감탄하게 되었다. 그런 눈썰미는 고수들에게만 허락되는 것이다. 웬만한 무인들은 속으로 갈무리한 기도를 읽을 수 없다. 그것은 그만큼 화씨세가에는 고수들이 많다는 반증이었다.

숙소를 배정받고 여장을 푼 청우자는 화씨세가 사람들에게 무당파 사람들의 거처를 물었다. 무영이 무당파의 거처를 물었다면 경계심을 불러일으킬지도 모르기에 청우자가 대신 나선 것이다.

무당파는 며칠 전에 당도해 있었고, 청우자의 질문에 화씨세가 사람들은 아무런 경계심 없이 무당파의 거처를 가르쳐 주었다.

"지금 바로 만나러 갈 생각이라면 잠시 기다리게."

화씨세가 사람들이 나간 후 무영이 몸을 일으키자 청우자는 무영을 만류하며 지필묵을 꺼냈다.

"무당 장문인은 아무나 만나고 싶다고 함부로 만나지는 사람이 아닐세. 그러니 내가 소개장을 써주겠네. 배첩과 함께 같이 보내면 혼자 가는 것보다 쉬울 걸세."

청우자는 일필휘지로 소개장을 완성한 후 무영에게 주었다. 무영은 배첩을 써서 소개장과 함께 품에 갈무리한 후 천천히 숙소를 빠져나갔다.

"사숙, 그런데 무영 공자님의 사문은 어느 곳인가요? 정말 궁금해 죽겠어요."

무영이 나가고 무영 일행과 떨어져 자신들만의 공간에 있게 되자 소혜진이 득달같이 질문을 던졌다.

밀막의 습격에서 무영의 구원을 받고 구사일생한 후에 뜻밖에도 사숙 청우자가 무영의 사문을 아는 것 같았다. 두 사람의 대화 중에 계속하면 무영이 사숙을 죽일 수도 있다는 말에, 그리고 지금까지 내내 무영 일행이 동행했기에 물어보지 못했는데 이젠 도저히 참을 수가 없었던 것이다.

정화영과 조운기도 같은 심정인지 반짝거리는 눈으로 청우자의 입만 쳐다보았다.

청우자는 잠시 난감한 표정을 짓다가 입맛을 한 번 다신 후 입술을 움직였다.

"파황객의 후예란 사실까지 아는 상황에서 더 숨길 것은 없겠구나. 그 청년의 사문은 상문이라는 곳이다."

"상문?"

"상문이라면… 죽은 사람들을 염하고 저승길로 편하게 인도하기 위한 일을 하는 곳이 아닌가요?"

소혜진이 약간 겁에 질린 목소리로 말했다.

"꼭 그런 것만은 아니다. 그런 일을 하는 집단을 상문부라고 칭하는 곳도 있지만 그 청년의 사문이 그런 곳인지는 알 수 없다."

청우자는 가볍게 고개를 저은 후 다시 말을 이었다.

"상문의 정체가 무엇인지는 알려진 게 없지만 그들은 주술의 힘으로 인간의 능력을 극대화시키는 데는 타의 추종을 불허하는 실력을 가졌다고 했다. 그래서 약물이나 괴이한 심법으로 비정상적인 힘을 끌어낸 후 결국은 마성에 젖어들거나 폐인이 되는 사파로 의심받기도 했지만 그런 폐해를 입은 사람은 하나도 나오지 않았다. 아마도 그들은 그런 폐해를 극복하는 방법을 알아냈거나 철저히 경계한 것이 아닌가 싶다. 그런데 뜻밖에도 삼백 년 전에 존재했던 파황객이란 고수가 상문 출신이라고 했다. 그걸 아는 사람은 거의 없지만 우리 화산파의 신검 백진한 조사님과 상문이 관련이 있어 알게 된 사실이다."

"대체 파황객이란 분은 어떤 사람인가요?"

소혜진은 은은한 경외감과 함께 물었다.

"워낙 강호 활동이 짧아 알려진 것이 얼마 없다만 그의 무공은 그야말로 파천황의 경지에 이르렀다고 했다. 사공이나 마공은 아니되 그들의 수법보다 훨씬 더 패도적이고 강력했다고 들었다."

"그럼 마도로 몰릴 수도 있었겠군요."

정화영이 조심스런 음성으로 물었다.

"그럴 수도 있었지. 하지만 그의 행적은 누구보다 정의로웠고 오히려 이름난 마두들이 그의 손에 피곤죽이 되어 쓰러졌다. 그가 더 오래 무림에서 활약했더라면 대협객의 평가를 받았을지도 모를 일이지만 어느 날 갑자기 사라졌기에 정사 중간의 평가밖에 받지 못한 채 기억 속에서 잊혀져 갔지.”

청우자는 간략하게 설명하고 입을 다물었다.

그것만으로는 무영이 청우자를 죽일 수도 있다고 말한 행동의 설명은 되지 못했다. 무언가 다른 사연이 있는 것 같았지만 청우자가 굳게 입을 다물었으니 물어볼 수도 없었다.

“그럼 무영 공자님의 지금 무공은 파황객이란 고수의 수준인가요?

소혜진이 다시 눈을 반짝이며 물었다.

“그건 모르겠구나. 파황객의 무공이나 그 후예인 무영 공자가 소유한 무공의 끝을 알지 못하기에……. 어쨌든 무림에 거대한 파란을 일으킬 만한 수준임은 분명하구나.”

청우자는 우려감 가득한 음성으로 말을 맺었다.

“그런데 백진한 조사님과 상문의 관계란 어떤 것인지……?”

더 참지 못한 소혜진이 청우자의 눈치를 살피며 물었다.

“그건 너희들이 내 나이쯤 되면 알 수 있을 것이다. 그러니 그때까지는 아무것도 알려고 하지 말아라. 무영 공자가 우리를 죽일 수도 있다는 말을 명심하도록 하고.”

청우자가 엄하게 단속하자 소혜진이 목을 움츠렸다.

第四十七章
전대의 약조

장흥관일

청우자로부터 소개장을 받은 무영은 무당파 사람들 숙소로
가는 길에 천천히 화씨세가 내부를 살폈다.

"심상치 않군."

무영은 고개를 조금 빼서 안채를 쳐다보았다.

며칠 후에 있을 잔치를 대비한 화씨세가의 분위기는 더없이
밝고 들떠 있었다.

손님들을 맞는 세가 식구들의 얼굴에는 반가움과 자부심이
가득했고, 바쁘게 움직이며 음식을 만들고 집안일을 하는 시
녀들의 얼굴에는 화색이 돌고 있었다. 그러나 그보다 더 깊은
화씨세가의 중심부에는 뭔지 모를 긴장감이 흐르고 있었다.

아마도 화준성이 말한 가문의 불상사와 연관된 일일 것이

다. 그리고 그 일은 무황성과 관계된 것일 가능성이 높았다.

정파무림의 명숙들이 한자리에 모이는 곳!

그곳을 방문하는 화산의 청우자를 제거하려고 한 무황성이 화씨세가를 주시하지 않을 리 없었다. 그리고 그들이 꾸민 어떤 계략과 연관되어 불상사가 일어났을 수 있었다.

화준성을 만나는 순간부터 무영은 그런 예감을 받았다.

'그게 무엇일까?'

무영은 다시 화씨세가 중심부를 쳐다보며 신경을 곤두세웠다.

밀막주의 자백을 통해 무황성은 오래전부터 백도무림에도 많은 첩자를 심어놓고 흉계를 꾸미고 있다는 것을 알았다. 그리고 그 흉계의 대상은 구대문파뿐만 아니라 무림세가도 포함되어 있었다. 화씨세가 역시 예외는 아닐 것이다.

하위성과 그 동생 하운성의 검이 얼마나 날카로울지 모르기에 어쩌면 가장 역점을 두고 있을지도 몰랐다.

"무얼 그리 열심히 보고 계시는가요?"

뒤에서 맑고 깨끗한 여인의 음성이 무영의 상념을 깨뜨렸다.

부지런히 움직이는 시비들의 발걸음이라 생각하며 신경 쓰지 않고 있던 무영은 슬쩍 입맛을 다셨다.

목소리에 담긴 자신감과 더 나아가 약간은 도전적이기도 한 기운은 절대로 시비의 것이 아니었다. 아마도 이집 자손들 중 누군가의 것이 분명했고, 자신을 염탐자로 생각할지도 몰랐다.

무영은 천천히 신형을 돌려 목소리의 주인공을 쳐다보았다.

정화영보다는 조금 어릴 것 같고 소혜진보다는 두어 살 더 먹었음직한 여인이었다. 그리고 입고 있는 옷차림이 이곳 화씨세가의 가족임을 대변해 주었다. 아마도 화위성이나 그 형제들의 딸일 것이다.

"그냥 이곳저곳 구경하고 있었소."

무영은 약간은 어눌한 표정으로 가장하며 답했다.

"풋!"

여인이 실소를 터뜨렸다.

웃을 만한 상황이 아님에도 터져 나오는 여인의 실소에 무영은 의아한 눈으로 그녀를 쳐다보았다.

"조금 전의 그 표정은 얼굴에 있는 구레나룻만큼이나 어색하네요."

여인은 말과 함께 다시 미소를 지었다.

무영은 한 방 맞은 기분이 되어 아무 말도 하지 못한 채 여인을 쳐다보기만 했다.

여인은 이미 자신의 구레나룻 수염이 가짜라는 것을 알아채고 있었다. 그리고 질문에 답하며 어눌하게 지은 표정 역시 가식이라는 것도 간파하고 있었다.

눈썰미가 보통이 아닌 여인이었다. 아마도 그건 화씨가문 혈육들의 특징이 아닌가 싶었다.

오는 길에 만났던 화준성의 눈초리, 그리고 정문 앞에서 미주쳤던 중년인에 이어 이 여인까지……

하나같이 칼날처럼 날카로운 구석이 있었다. 그렇기에 중원 제일의 검가라는 위명을 떨치고 있는 것이리라.

"누구시죠? 단순한 방문객은 아닌 것 같은데?"

여인은 여전히 미소 띤 얼굴로 물었지만 그 눈은 무영의 내심이라도 훑은 듯 날카롭게 빛났다.

"그러는 소저께서는……?"

무영은 대답 대신 담담한 목소리로 되물었다.

날카롭던 여인의 눈초리에 짧은 순간 이채가 스쳐 지나갔다. 자신의 눈빛을 이렇게 담담하게 받아내는 또래의 청년은 아직 만나보지 못했다. 누구든 자신 앞에 마주하여 눈을 마주치면 주눅이 들거나 얼굴이 붉어졌다. 그렇지 않다면 하다못해 눈빛이라도 흔들렸다.

이처럼 깊은 연못 같은 눈은 처음이었다.

"실례했군요. 제가 먼저 말을 걸었으니 먼저 소개를 해야 했는데……. 저는 이 집의 식구 중 한 사람인 화연옥이라 해요."

여인은 자신을 소개하며 눈으로 무영의 정체를 묻고 있었다.

"저는 화산 청우자 어른의 일행이오. 이름은 장무영이라 하고……."

무영은 중원에서 가장 흔한 성씨 하나를 자신의 이름 앞에 붙여 소개했다.

"장무영……."

화연옥은 무언가 내키지 않는다는 표정으로 무영이 밝힌 이름을 되뇌다가 다시 입술을 움직였다.

"그런데 우리 집 내당은 왜 그렇게 유심히 살핀 건가요? 무슨 특별한 용무라고 있으신 건가요?"

화연옥은 자신의 집 안채 쪽을 한 번 바라본 후 무영의 표정을 살폈다.

"그냥 단순한 집 구경이었다고 하지 않았소. 나 말고 다른 사람들도 마찬가지인 것 같소만."

무영은 턱끝으로 한쪽을 가리켰다. 그곳에서도 세 명의 사내가 감탄 어린 표정과 함께 화씨세가의 내당 쪽으로 시선을 고정시키고 있었다. 그들의 모습 역시 무영과 별반 다르지 않았다.

"그렇군요. 단순한 집 구경이었군요. 그런데 왜 나에겐 그렇게 느껴지지 않은 걸까요? 저 사람들의 집 구경과 장 공자님의 집 구경은 너무 다르게 보였어요. 그게 내 주의를 끌었어요."

화연옥은 자신의 솔직한 심정을 내보이며 무영에 대한 경계를 늦추지 않았다.

무영은 화연옥의 얼굴을 잠시 정시했다.

온화한 표정 속에 날카로운 구석이 있었다. 그러면서도 솔직한 성격의 여인이었다.

대개의 경우 상대가 이렇게 잡아떼면 자신의 심정을 밝히지 않고 잔뜩 의심만 품은 채 등을 돌릴 것이다. 그런데 이 여인은 자신이 무영을 경계하게 된 이유를 터놓으며 다시 물은 것이다.

'어쩌면……'

무영은 자신을 감추기로 한 생각을 바꾸었다.

어쩌면 이 여인을 통해 화씨세가에 스며든 무황성의 간계에 쉽게 접근할 수 있을 것도 같았다.

"바깥쪽의 분위기와 안쪽의 분위기가 무척이나 이질적이더군요. 그래서 잠시 살펴보았소."

"어떤 면에서… 그렇단 말이지요?"

화연옥의 눈이 다시 빛을 토했다.

"바깥은 잔칫집인데 안쪽은 초상집 같은 분위기더군요."

무영은 약간은 과장된 표정으로 답하며 화연옥의 반응을 살폈다.

실제로는 초상집까지는 아니었지만 슬쩍 넘겨짚으며 던진, 일종의 충격요법이었다.

아주 짧은 순간 화연옥의 표정이 급변했다가 정상으로 돌아왔다.

이십대 초반의 여인으로서는 보기 힘든 평정심이었다. 그것은 그만큼 침착한 성격이거나 정신수양이 깊다는 말이었다.

"나중에 차 한잔 하실래요?"

잠시 말을 멈추고 깊은 눈으로 무영을 쳐다보던 화연옥이 낮은 음성으로 말했다.

뜻밖의 제의에 무영은 자신도 모르게 입가에 미소를 피워 올렸다.

날카로운 눈매에 빠른 판단력까지 겸비한 여인이었다.

무영이 절대로 평범한 청년이 아님을 알아채고, 또 무언가 자신의 가문 사정을 알고 있음을 간파하고는 즉시 자리를 마련하고자 결정을 내린 것이다.

"집주인의 청을 거절하면 쫓겨날 수도 있겠지요?"

무영은 장난스런 미소와 함께 고개를 끄덕였다.

[저녁 식사를 마친 한 시진 뒤 별채의 접객실로 오세요.]

화연옥은 전음으로 약속 시간과 장소를 정한 후 자연스럽게 신형을 돌려 걸음을 옮겼다.

누가 보아도 방문자를 친절하게 대접해 준 후 등을 돌리는 집주인의 모습이었다.

'보통 고수가 아니군.'

무영은 화연옥의 가벼우면서도 자로 잰 듯한 일정한 발걸음을 보며 속으로 중얼거렸다.

잠시 후 무영도 일정한 보폭으로 무당파 사람들이 머무는 곳으로 걸음을 옮겼다.

무당 장문인 영진자(永眞子)를 비롯한 무당파 사람들은 화씨세가의 내당이 가장 가까운 건물에 숙소를 정하고 있었다. 그것은 그만큼 화씨세가가 무당과 친분이 두텁다는 뜻이기도 했다.

무영은 잠시 그쪽을 살펴보다가 지나가는 시녀에게 부탁해서 소개장과 배첩을 건네게 했다.

열일곱 살쯤 되어 보이는 시녀는 구레나룻이 진하게 덮인 무영의 얼굴을 잠시 쳐다보다가 겁먹은 얼굴을 하고는 무당파 숙소로 사라졌다.

"들어오시랍니다."

잠시 후 시녀가 꾀꼬리 같은 목소리로 무영을 안내했다.

무영은 천천히 무당파 장문인이 묵고 있는 숙소로 걸음을 옮겼다.

"누구신가?"

세 명의 무당파 청년과 함께 숙소에 있던 영진자는 무영에게 자리를 권한 후 차분한 눈빛으로 무영을 살폈다.

물결 한 점 없는 심연처럼 잔잔한 눈빛이었다. 그러나 그 눈빛 속에는 세상의 모든 지혜가 담겨 있는 것 같았고, 어떤 두터운 안개도 꿰뚫어 볼 수 있을 것 같은 통찰력이 느껴졌다.

무영은 순간적으로 자신이 발가벗겨지는 느낌을 받고 천천히 심호흡을 했다.

호흡과 함께 단전에서부터 솟아오른 한줄기 기운이 온몸으로 퍼져 나가며 무당 장문인 영진자의 시선에 의해 순간적으로 벗겨졌던 껍질이 다시 두텁게 온몸을 감싸는 기분을 느꼈다.

"허허!"

영진자의 입에서 나직한 웃음이 흘러나왔다.

그 웃음소리를 들은 세 젊은이의 안광이 빛을 뿜었다. 이제껏 자신들의 장문인이 이런 반응을 보인 적이 없는 탓이었다.

“주위를 좀 물려주었으면 합니다만…….”

무영은 자신을 소개하는 대신 단도직입적으로 부탁했다.

“감히!”

주변에 있던 세 명의 젊은이 눈에서 번쩍하고 살기에 가까운 기운이 쏟아졌다.

누군지도 모르는 생면부지의 인물을 무당 장문인이 이렇게 만나주는 것도 도를 넘은 파격이었다. 화산파 청우자의 소개장이 없었으면 어림없었을 것이다.

그런데 그런 인물이 주위를 물려달라고 하니 어이가 없다 못해 살의까지 일어난 것이다.

무당파 장문인이 누군가의 암습 따위에 당할 사람은 아니지만 그런 상황을 만든다는 것만으로도 그들에게는 씻을 수 없는 과오가 될 터였다.

“자네가 누군지부터 밝히게. 청우자의 소개장에는 아무것도 쓰여 있지 않았네.”

영진자는 차분하면서도 단호한 음성으로 답했다.

“송문현검(松紋玄劍)을 가져왔습니다.”

무영은 여전히 단도직입적으로 말했다.

무당 장문인 영진자가 잠시 어리둥절한 표정을 지었다. 무영이 말한 송문현검의 의미를 파악하지 못한 것 같았다.

영진자 뒤에 시립해 있는 청년 세 명은 더더욱 어리둥절한 표정으로 무명을 노려보기만 했다.

“설마……?”

잠시 후 영진자가 눈 사이를 모으며 신음처럼 중얼거렸다. 그의 눈이 먼 과거로 향하고 있었다.

"현철(玄鐵)로 만들어진 단검을 말하는 것인가?"

영진자의 목소리가 지금까지보다 두 배는 높아졌다.

"단검 표면에 소나무 그림이 정교하게 음각되어 있지요."

무영이 덧붙였다.

영진자의 심연 같던 눈에 파문이 일기 시작했다. 그러나 세 명의 젊은이는 여전히 영문 모를 표정으로 두 사람을 지켜보기만 했다.

"상문의 맥이 아직까지 이어지고 있었다니……."

한참 후 영진자가 탄식하듯 중얼거렸다. 그 음성에는 아쉬움과 함께 뭔지 모를 경외감이 동시에 녹아 있었다.

"보여주게!"

평정심으로 돌아온 영진자는 무영을 향해 손을 내밀었다.

무영은 품속에 손을 넣어 보자기에 싼 작은 물건을 꺼내 영진자에게 건네주었다.

영진자는 조심스럽게 보자기를 풀었다.

그 안에 작은 단검이 짙은 묵광을 토해내며 모습을 드러냈다.

현철로 만든 단검이었다. 그리고 무영의 말대로 단검 표면에는 무당의 표식이라고도 할 수 있는 소나무 무늬가 정교하게 음각되어 있었다.

"이것이 무당파로 되돌아올 줄은 꿈에도 생각지 못했는

데……."

송문현검을 손에 든 영진자가 믿을 수 없다는 듯한 눈빛으로 한참 동안 그것을 살펴보았다.

"상문의 후예인가?"

송문현검에서 시선을 돌린 영진자가 무영을 향해 질문을 던졌다.

상문이란 단어가 영진자의 입에서 흘러나오자 이제껏 영문 모를 표정만 짓고 있던 세 명의 젊은이가 놀란 표정을 지으며 무영을 쳐다보았다. 그들은 송문현검은 알지 못해도 상문에 대해서는 익히 아는 모양이었다.

무영은 대답을 미룬 채 시립한 세 명의 젊은이를 쳐다보았다.

"괜찮네. 이들은 내 제자들이고 장차 무당을 짊어지고 나갈 무당의 기둥들일세. 이들을 믿지 못한다는 것은 나를 믿지 못한다는 것과 같은 뜻일세."

영진자는 주위를 물려달라는 무영의 청을 거절하며 고개를 끄덕였다.

무영은 칼날 같은 눈으로 세 젊은이를 잠시 주시한 후 입을 열었다.

"소생, 상문의 제이십오대 문주입니다."

무영은 자신의 신분을 정식으로 밝혔다.

실내에 잠시 정적이 퍼져 나갔다.

무영의 대답을 들은 영진자가 한동안 아무런 말도 않고 침묵을 지키고 있자 청년들도 덩달아 정적을 유지했다.

상문이란 단어가 주는 중압감에 의한 정적이었다.

다른 사람들에게는 이름조차 생소한 상문이지만 무당에게 있어서 그 이름은 절대로 평범하지 않았다. 상문은 무당의 가장 무거운 비밀 한 가지와 관련이 있었다.

"상문의 진전은 모두 이어받았는가?"

한참 후에 영진자가 날카로운 눈빛과 함께 물었다. 그것이 무엇보다 궁금한 모양이었다.

"글쎄요, 직접 가르침을 받은 것이 아니라 확실하게 말씀드릴 수가 없군요."

무영은 담담하게 답했다.

잠시 더 날카로운 눈으로 무영을 쏘아보던 영진자가 미미하게 고개를 끄덕였다.

상문은 갑자기 사라졌다. 그래서 제대로 절기가 이어지지 않았을 것이다. 아마도 앞에 있는 이 청년은 조사들이 남긴 비급을 통해서 그들의 진전을 이어받았을 것이고, 그것이 그들의 수준에 이르렀는지 아닌지는 알 수 없음이 당연했다.

필설로 표현하기 어려운 순간적인 깨달음을 비급을 통해서 완벽히 익힌다는 것은 절대로 쉬운 일이 아니다. 하지만 극히 드문 경우 그 비급을 통해 모든 것을 성취하고 더 나은 진전을 이룬 천재들도 있었다.

'과연 이 청년은 어느 정도일까?'

영진자는 그것이 못내 궁금했다.

“그 가면은 벗는 게 어떤가?”

무영의 얼굴을 정시하던 영진자가 말했다. 무영의 얼굴을 뒤덮은 구레나룻을 말함이었다.

빙긋 미소를 지은 무영은 구레나룻을 떼어냈다.

영진자의 눈이 미세하게 흔들렸다.

진면목이 드러나며 눈빛마저 달라 보였다.

어쩌면 오래전 무당을 발칵 뒤집은 그를 뛰어넘을 인재일 수도 있겠다는 생각도 들었다.

하지만 깊이 가라앉은 눈빛 속에 도사린 용광로 같은 불길 한줄기!

분노 같기도 하고 야심 같기도 한 그 불길의 정체는 도저히 파악이 불가능했다.

그것이 바른 방향으로 물길을 튼다면 무림에 새로운 신성이 탄생할 수도 있겠지만 그 반대라면……?

생각하기도 싫은 일이었다.

“확인이 끝나셨습니까?”

더 이상 영진자의 상념을 허락하지 않겠다는 듯 무영이 불쑥 말했다.

영진자는 퍼뜩 상념에서 깨어나며 송문현검의 의미를 되새겼다.

“확인했네. 무당의 물건이 맞네.”

영진자는 고개를 끄덕인 후 아무 말 없이 무영을 쳐다보기만 했다.

“그럼!”

잠시 영진자의 시선을 받던 무영은 천천히 몸을 일으켰다. 아무런 미련도 없다는 듯 등을 돌렸다.

영진자의 눈이 또 한 번 흔들렸다.

“이 송문현검의 의미를 알고 있나?”

무영의 등을 향해 영진자가 질문을 던졌다.

“알고 있긴 합니다.”

무영이 담담하게 답했다.

“그런데 왜 그냥 가는가?”

영진자가 의미 모를 말을 했다.

“금석에 새겨진 글자라도 흐려질 만큼 시간이 흘렀지요.”

“그래서 말로 한 약속은 믿을 수 없다는 말인가?”

영진자의 눈이 엄한 빛을 뿜었다.

“그것보다는… 강호무림을 믿지 못합니다.”

무영이 잘라 말했다.

“강호무림이 따로 있는 것이 아닐세. 사람 사는 곳이 강호일세.”

“그럼 인간 세상을 믿지 못한다고 해두죠.”

무영이 문 쪽을 향해 한 걸음 옮겼다.

“첫 번째 조건을 말해보게!”

영진자가 무거운 음성으로 말했다.

“무당은 다르다는 말씀이시군요.”

무영이 빙긋 미소를 지으며 말했다.

"아무리 강호 인심이 흉흉해졌다지만 선대의 약조를 지키지 못할 만큼 무당이 퇴락하지 않았네."

영진자의 음성이 바위처럼 무겁게 내리깔렸다.

무영이 가져온 송문현검은 전대의 약속을 지키라는 증표였던 것이다.

"현천심공(玄天心功)을 주십시오."

무영이 짤막하게 말했다.

"그것이 어떤 것인지는 알고 있나?"

"알고 있습니다. 본 문의 조사님께서 무당의 장문 조사님을 치료하셨던 심공이지요."

무영이 확고한 어조로 답했다.

"아닐세. 그건 무당의 심공일세."

영진자가 고개를 저었다.

"그럴 테지요. 지금은 무당의 진기가 스며들어 무당의 심공으로 변모되었을 테니까요. 그리고 그렇게 하기로 애초에 약조한 것이기도 하지요."

무영의 설명에 세 청년의 표정이 어리둥절하게 변했다.

현천심공은 무당의 독문심법 중 한 가지였다. 비록 그 누구도 대성한 사람이 없었지만 그 능력은 가히 독보적이라 할 만큼 뛰어난 신공이었다. 그런데 그 뿌리가 무당이 아니라니?

그래서…….

'그래서 그렇게 익히기가 힘들고 이질석이었던가?'

무당파 대제자 형표산(亨票山)은 현천심공을 떠올리며 혼란스런 마음을 진정시키려 애를 썼다.

언젠가 자신도 현천심공의 수련에 도전한 적이 있었다. 다음 세대 장문인이 될 무당의 대제자이기에 주어지는 특권이자 의무이기도 했다.

무당의 다른 심법과 달리 그것은 처음부터 너무나 힘이 들었다.

아니, 힘들다기보다는 그동안의 상리를 벗어난 부분이 너무나 많았다. 때문에 이것을 익히다가 주화입마에 빠져드는 것이 아닌가 하는 우려에 빠지기도 했다.

그러나 그럴 때마다 무당의 면면부절한 기운을 끌어올려 말끔히 씻어버렸다.

근 석 달에 걸쳐 식음을 전폐하고 매달렸지만 소득은 미미했다. 일 할도 채 익히지 못한 것 같았다.

그런 미미한 성과에도 불구하고 그것을 끝냈을 때 사부 영진자는 환한 미소와 함께 그간 얻은 성과에 대해 자세히 기록하게 했다.

영문을 몰랐지만 형표산은 자신만의 성과를 세세히 적었고, 사부에게 건네주었다.

사부는 그것을 가지고 현천심공 비급을 재정립하였고, 그렇게 현천심공은 아직도 미완성의 신공으로 남아 있었다.

그런데 그것의 주인은 따로 있단 말인가? 그리고 오랜 세월 동안 무당의 성취가 가미된 채 주인을 찾아간단 말인가?

형표산은 눈을 크게 뜬 채 사부와 무영의 대화에 온 신경을 집중했다.

"주겠네. 그게 첫 번째 조건이었으니까."

영진자는 무거운 음성으로 답했다. 형표산과 두 청년은 둥그레진 눈으로 영진자를 쳐다보기만 했다.

무당의 독문심법 한 가지를 외인에게 내어놓는다는 것은 말이 안 되는 이야기지만 그것은 전대의 어떤 약속에 관한 것이고 문파를 대표하는 장문인이라면 그런 결정을 내릴 자격이 있었다.

"그럼 이제 두 번째 조건을 말해보게."

영진자가 다시 무영을 향해 말했다.

무영은 잠시 뜸을 들이며 형표산 등을 쳐다보다가 입술을 움직였다.

"소림의 반선신공(半仙心功)을 얻을 수 있게 도와주십시오."

"반선신공?"

영진자의 눈 사이가 좁혀졌다.

소림에 그런 신공이 있다는 말은 처음 들었다. 타문파의 내부 사정을 속속들이 알기는 어렵지만 무당 장문인이라면 남들보다는 훨씬 많이 알 수 있는 자리인데 그건 금시초문이었다.

"그것도 상문의 심법인가?"

"지금은 소림의 심법이 되어 있을 것입니다, 무당의 현천심공처럼."

무영이 우회적인 어법으로 영진자의 질문에 답했다.

"그럼 자네 문파의 조사들께서 소림에……?"

영진자의 목소리가 높아졌다.

무당에 이어 소림에도 똑같은 일이 있었다면 그건 우연이 아니라 상문이 의도적으로 무언가를 꾸몄다고 볼 수도 있었기 때문이다.

"그건 아닙니다. 저희 전대 문주님들께서는 워낙 낯을 가리는 분들이셔서 그렇게 인맥이 넓지 못했습니다. 어떤 경위로 그것이 소림으로 흘러들어 갔는지는 모르겠지만 소림에도 현천심공과 같은 심공이 있다는 것을 확인했을 뿐입니다."

무영의 대답에 영진자는 잠시 복잡한 표정을 짓다가 입을 열었다.

"하지만 그건 소림의 물건이니 내가 어떻게 할 수 있는 것이 아닐세."

"그래서 얻을 수 있게 힘만 한번 써달라고 부탁을 드리는 것입니다. 성사 여부는 소생의 운에 달린 것이니 왈가왈부하지 않겠습니다. 그게 두 번째 조건입니다."

무영은 조건이란 단어를 강조했다.

영진자는 곧바로 확답을 하지 않고 무영을 쳐다보았다.

"그 두 가지 심공으로 무엇을 할 셈인가?"

영진자가 다시 질문했다.

"그 두 가지 심공이 있다면 결점을 제거하고 진정한 본 문의 무학을 대성할 수 있기 때문입니다."

"우리 무당의 장문 조사님을 치료해 주셨던 종하기(宗霞氣) 문주의 무공 말인가?"

　영진자의 눈이 번쩍 빛을 토했다. 그러나 무영은 대답하지 않았다.

　그 모습은 그의 무위에 미치지는 못한다는 말 같기도 했고, 반대로 더 강한 무공을 펼칠 수 있다는 말 같기도 했다. 그 어느 쪽이든 강호무림에 파란을 몰고 올 일이었다.

　무당의 장문 조사이신 운현자를 치료했던 종하기가 치료를 거절당한 후 막무가내로 운현자의 처소로 밀고 들어올 때, 세간에 알려진 바와 달리 무당에서는 아무도 그를 당할 수 없었다. 그때 최고수였던 운현자마저도 힘들지 않았을까 하는 평가였다. 그것은 무당이 봉인시킨 오랜 비밀 중의 하나였다.

　그런 무공을 지닌 상문이 왜 갑자기 사라졌는지는 아직도 알 수 없지만 그는 무당에 큰 파문을 남긴 사람이었다.

　그런데 지금 그 후예가 자신 앞에 서 있다.

　영진자는 진탕되는 가슴을 애써 진정시켰다.

　"자네 말대로 성사 여부와는 상관없이 딱 한 번 힘을 써주겠네."

　영진자는 무겁게 고개를 끄덕이며 말했다.

　장문인의 대답에 형표산은 무거운 한숨을 토했다. 그 어느 것도 결코 가벼이 넘길 수 있는 일이 아니었다.

　경우에 따라서는 무림에 큰 풍파가 일 수도 있었다.

　만약 장문인과 대면하고 있는 이자가 천하에 다시없는 이무기라서 무림에 피바람을 몰고 온다면 무당도 그 책임에서 자유로울 수가 없을 것이다.

"그럼 마지막 조건을 말씀드리지요."

무영의 목소리에 잠시 생각에 잠겼던 영진자가 퍼뜩 고개를 들었다.

"조건이 또 있단 말인가?"

영진자의 목소리가 어느 때보다 크게 울려 퍼졌다.

송문현검을 가져오는 상문의 문도에게 두 가지 조건을 들어 주어라.

그것은 자신이 장문직을 맡으며 전대 장문인으로부터 인계받은 여러 유지 중 하나였다.

너무 오래된 유지이긴 했지만 분명 그것은 두 가지 조건이었다.

그런데 또 하나의 조건이라니?

영진자는 눈을 부릅뜨고 무영을 노려보았다.

"어떤 채무든 시간이 지나면 이자가 붙는 법이지요. 그 이자 격으로 한 가지 부탁을 더 드리겠습니다. 두 가지 조건에 비해 이자 수준 정도로 미미한 것입니다."

무영은 표정 하나 변하지 않고 능청스럽게 말했다.

영진자는 물론 형표산 등도 어이가 없는 표정으로 무영을 쳐다보았다.

저잣거리에서 물건을 흥정하는 것도 아닌, 전대의 유지를 지키는 이런 엄숙한 자리에서 이자를 붙이겠다니?

가히 무림비사로 전해질 만한 일이었다.

"그런 말도 안 되는……!"

잠시 후 형표산의 왼쪽에 있던 청년 하나가 고함을 질렀다.

형표산의 첫째 사제이자 영진자의 둘째 제자인 기문승(基門承)이었다. 영진자의 제자 중 가장 성격이 급한 탓에 참지 못하고 나선 것이다.

"그때 무당 장문이셨던 운현자께서 쾌차하신 후 이룬 업적으로 지금 무당이 얼마나 발전하였는지 생각한다면 사소한 이자라고 생각됩니다."

무영이 여전히 능청스럽게 대꾸했다.

"아무리 그래도……."

"으하하!"

영진자가 파안대소를 터뜨렸다. 기문승의 목소리가 그 웃음소리에 파묻혔다.

"살다 보니 이런 일도 다 겪는군. 전대 약조에 이자라……. 무당으로서는 백 년이 지나도 생각지 못할 유연한 사고방식일세. 하하하!"

영진자는 다시 너털웃음을 터뜨렸다.

"그 이자가 어떤 것이지 들어나 봄세. 물론 꼭 들어준다는 보장은 없네."

영진자는 다 지우지 못한 웃음을 입꼬리에 매달고 말했다.

"금방 역공을 하시는군요. 그럼 말씀드리지요. 조만간 제가 강호에 작은 조직을 하나 만들고자 합니다. 그때 장문인께서 그 조직을 한 번만 지지해 주십시오. 물론 미풍양속에 반하거나 악행을 저지른다고 생각되면 없던 것으로 해도 좋습니다."

"미풍양속이나 악행을 저지르지 않는 조직이라면 굳이 내 지지가 필요치 않을 것 같은데?"

영진자는 언뜻 납득이 안 간다는 표정으로 무영을 말을 받았다.

"강호에서 급조된 조직은 십중팔구 기득권 세력으로부터 배척을 당하지요. 심한 경우 무림 공적으로 몰리기도 하고."

무영은 신중한 표정으로 답했다.

무영의 말대로 급조된 강호의 조직은 사방으로부터 경계와 견제를 받을 수 있다. 특히 그 조직의 힘이 강할수록 더 심하다. 지금 이 청년이 조직을 만든다면 그 힘은 상상을 불허할 정도일 것이다. 그렇다면 그만한 견제와 배척을 당하는 것은 불을 보듯 뻔하다. 이 청년은 그것을 예상하고 그런 부탁을 한 것이다.

영진자는 무영의 심연 같은 눈을 다시 정시했다.

"현천심공과 반선심공으로 대성한 파천황의 무공과 조직으로 자네는 무얼 할 생각인가? 무림 정복이라도 꿈꾸는 것인가?"

파안대소와 함께 부드러워졌던 영진자의 눈매가 다시 엄하게 변했다.

운현자를 치료한 종하기의 무공은 그 당시에 벌써 무당을 뛰어넘는 수준이었다. 그런 무공이 현천심공과 반선심공으로 한 단계 더 성취를 이룬다면, 그리고 그런 무공을 익힌 자가 조직을 만든다면?

그런 상황이라면 한 번쯤 무림의 패권을 넘볼 수도 있다. 그것은 그야말로 강호무림에 대격변을 일으키는 일이다.

무영을 쳐다보는 영진자의 눈이 더욱 형형한 빛을 뿜어내고 있었다.

"그런 건 취미없습니다. 짧은 인생, 즐기며 사는 것도 부족하니까요."

무영은 딱 잘라 말했다.

영진자의 눈이 다시 흔들렸다.

지금까지 적잖은 대화를 나누었지만 전혀 내심을 짐작할 수 없는 청년이었다.

청년의 입에서 나오는 말이 단 한 점의 거짓도 섞이지 않은 진실 같기도 했고, 반대로 눈 하나 깜박이지 않고 내뱉는 거짓 같기도 했다.

"그런 것도 아니라면 무얼 하려고 그런 힘과 함께 조직까지 키우려고 하는가?"

영진자는 칼날보다 더 날카로운 시선으로 무영을 응시하며 물었다.

무영은 망막을 태울 듯한 영진자의 시선에 절로 내부가 진탕되며 호흡마저 가빠져 오는 것을 느꼈다.

대무당파의 장문인이라면 절정고수의 경지를 뛰어넘을 만한 무공을 지니고 있다. 그런 절정고수의 내공이 담긴 눈빛이라면 보통 사람은 심맥이 파괴되어 폐인이 되고도 남을 것이다.

무영은 천천히 내력을 끌어올려 진기를 다스린 후 천천히 입술을 움직였다.

"아무도 보지 않는 곳에서는 더없이 사악하면서도 사람들이 보는 곳에서는 군자연하는 위선자의 두터운 가면을 벗겨볼 생각입니다."

『장홍관일(長虹貫日)』 5권에 계속…

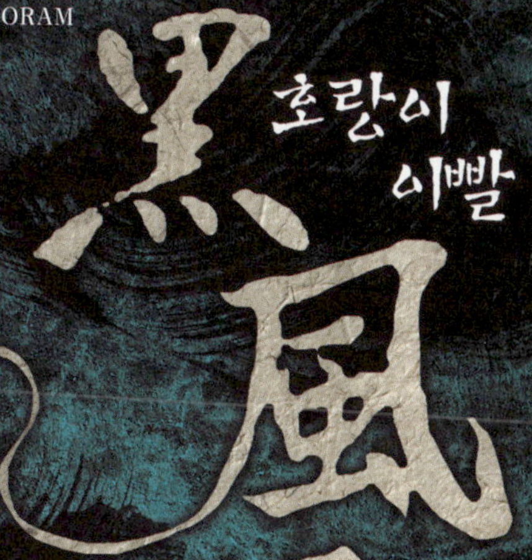

새로운 대륙, 새로운 강호에서
새로운 이야기가 시작된다.
검은 하늘에 빛나는 별처럼 찬란한 영웅들이 있고, 그들의 영혼을 탐내는 어둠이 있다.
그 혼돈의 시대에 태어나 불굴의 기백을 지니고 전장을 치달리던 장수 황보강.
그를 쫓는 〈악몽〉들. 그리고 운명이라는 이름으로 결정지어진 고난.
그것들은 결코 떼어놓을 수 없는 그의 분신이기도 하다.
어느 날 황보강은 선택의 기로에 선다.
운명에 굴복하고 나 또한 〈악몽〉이 될 것이냐 아니면 내 손으로 내 운명을 만들어 나가는
자가 될 것이냐…….
전자의 길은 편하고 달콤할 것이며, 후자의 길은 가시밭길이 될 것이다.

〈악몽〉은 언제나 우리 곁에 있는 어둠이다. 우리들의 또 다른 모습이기도 한 것이다.
그래서 우리는 매 순간 황보강과 같은 선택의 기로에 서지 않던가.
그리고 무엇을 딕하든 모든 운명은 〈무정하(無情河)〉에서 비로소 끝나리라.

RELOAD

리로드

Book Publishing CHUNGEORAM

이수영 판타지 장편 소설

'Fly me to the moon' 의 작가 이수영!
'리로드Reload' 로 귀환하다!

―빈약한 운명 하나를 쥐어 그 자리에 넣었구려. 허나 그대가 되돌린 인간은 인간이라기엔 너무도 강한 운명을 가진 자요. 그자로 인하여 뒤틀릴 운명들은 어찌하려오?

운명의 여신이 준엄하게 물었다.

―나는 대가를 치렀소. 운명의 여신 베기르 라라여, 동의하시오?

전신(戰神) 카자르 엔더는 하나 남은 혈손을 위해 신력의 반을 희생했지만 그의 투기는 흔들리지 않았다. 그는 현존하는 전쟁의 신이고 대륙에서 가장 크게 숭앙받는 신이었다. 하위 신들과 비슷할 정도로 신력이 감소했어도 그의 영향력은 줄어들지 않았다.

―오만하구려, 카자르 엔더여.

베기르 라라가 냉소했다. 운명의 여신은 평소에는 조용했지만 뒤틀린 시간과 인과에 대해서는 엄격하였다. 그녀가 다스리는 운명의 굴레는 신들조차 벗어날 수 없는 것. 장대를 휘두르는 눈먼 여신을 신들도 두려워했다. 그러나 오만하고 교활한 전신(戰神)은 그녀를 외면하고 항의하는 다른 신들을 향해 미소 지었다.

―누누이 말하지만, 말로만 떠들지 말고 덤벼.

● '낙월소검(落月笑劍) - 달빛은 흐르고 검은 웃는다'
BOOKCUBE에서 절찬 연재 중.

Book Publishing CHUNGEORAM

강명운 판타지 장편 소설

사립 사프란 마법 여학교였던 [외전] 학교

쏟아지는 개그!
빵빵 터지는 웃음!

히트작
「사립 사프란 마법 여학교였던 학교」 외전!
마론 일당의 숨겨져 있던 이야기, 지금 공개!

소녀들은 숙녀가 되는 예법을 익히며, 취미 삼아 마법을 배우는 요조숙녀들의 전당.

그러나 교장의 아주아주 개인적인 이유로 소녀들의 낙원에 세 남학생이 입학하면서,
「사립 사프란 마법 여학교」였던 학교가 되고 마는데…

바람 잘날 없이 시끌벅적 버라이어티한
학원 코믹 로맨스 판타지물의 정화!!

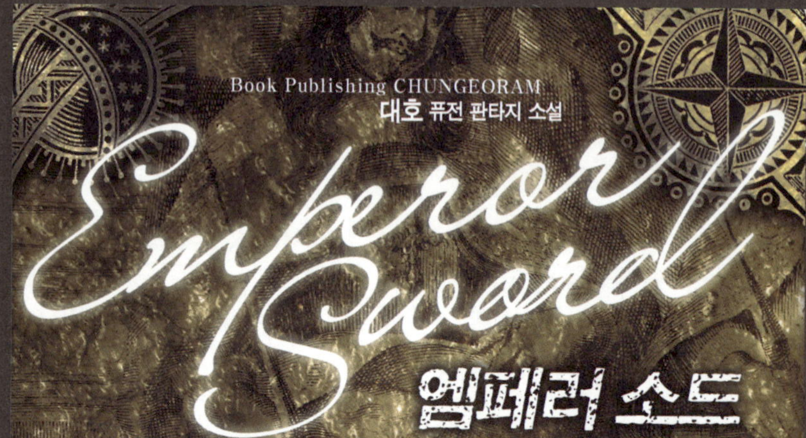

어머니의 강권으로 용병 생활을 끝마치고 돌아왔더니
이번엔 로열 아카데미에 입학?
조용히 학창생활을 영위하려 했더니, 뭐?
부모님은 사라지고 집이 불타?

실종된 부모님을 찾기 위해, 귀족들의 횡포를 처벌하기 위해
오늘도 그의 황금 사자패가 빛을 뿜는다!

"암행어사 출두야!"

테일론 대제국의 유일한 암행 감찰관 레인!
그가 만들어가는 새로운 판타지에 주목하라!